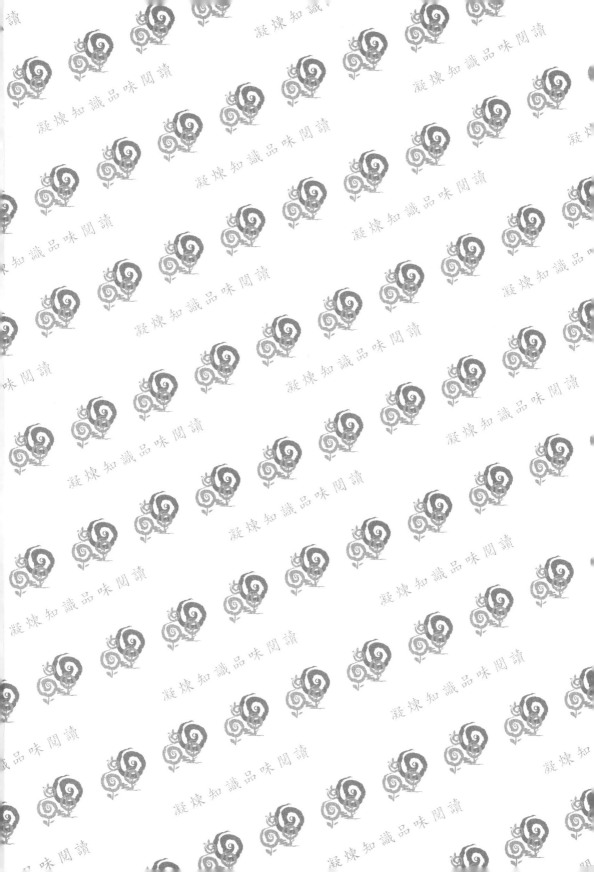

圖解
系列

圖解

閩南語概論

楊秀芳**教授**推荐

陳筱琪 / 著

閱讀文字

理解內容

觀看圖表

圖解讓
閩南語
更簡單

從閩南語開始入手語言學研究吧！

閩南語是我們的親密母語，亦是教育部鄉土語言課程的指定語種。除了口語使用外，我們還可以從「語言學」的角度，深入剖析閩南語的音韻、層次與詞彙特點。

閩南語成形的核心區在大陸福建省的泉州、漳州、廈門一帶，經歷先秦兩漢時代的醞釀，六朝、唐五代的發展，至宋元明時代定型後，閩南語走出福建，向南散播至潮汕平原，臺灣島，並橫越廣東、廣西，向西流播至雷州半島與海南島，晚近更散播至南洋新馬地帶。

本書分為「閩南語研究的觀念與方法」、「閩南語的語言特點」、「閩南語的比較」三大篇章，以閩南語為標的物，論述與閩南語研究相關的各種語言學知識。第3章「研究閩南語的方法」針對語言學初學者設計，從語言的田野調查準備工作、語音轉寫的音標符號、閩南歷代韻書、辭典，以及中央研究院語言數位典藏計畫等，依序說明各項閩南語研究的專門知識、注意事項與可用工具，讀者不需事先研讀艱澀的語言學書籍，即可輕鬆入手。

閩南語的研究可大致分為共時音系描述與歷史語言層次剖析兩類。閩南共時音系的首要特點是大量的「鼻化韻母」以及嚴格且複雜的「連讀變調」，這兩個語言特徵都是國語（或說華語）所沒有的。鼻化韻母是指發音時從肺部呼出的氣流同時通過口腔與鼻腔所形成的韻母，例如閩南語「錢」tsĩ、「天」tʰĩ、「扁」pĩ等字的韻母讀音。連讀變調則是指聲調單字調的調值與連讀時的聲調調值

不同，例如閩南「花」單字調讀hue55，若置於詞彙首字位置，如「花店」一詞，此時的「花」字讀音為hue33；又如「好」單字調讀ho53，若置於詞彙首字位置，如「好心」一詞，此時的「好」字讀音為ho55。

閩南語的另一個顯著特徵是複雜的歷史語言層次，也就是所謂的「文白異讀」現象。閩南語的形成區域位於今日的福建省，遠離中國古代的政治文化核心，歷朝歷代的北方政經文化力量，將一波波的北方語言層輸入南方的閩語系統中，並逐漸沉積融合至閩南音系內，形成各個不同時代來源的語言層。這種語言層次積累的現象早先因「語用形式」差異被研究者關注，例如「三」一般做量詞時讀sã，而詞彙「三國演義」中之「三」則讀sam，第一種讀音sã屬於「白讀音」，一般多用於口語音之中，而第二種讀音sam屬於「文讀音」，一般用於讀書或文言詞彙之上。

本書的另一項特點是詳細介紹了幾種當前閩南語著作中使用的音標符號，國際通用的語言學標音符號為「國際音標」，簡稱IPA，不過教育部於民國95年另外公布了「臺灣閩南語羅馬字拼音方案」，訂製另一套音標體系供國中小國民教育之鄉土教材使用。本書第8章羅列「國際音標」、「臺灣閩南語羅馬字拼音方案」的符號對應，並於相關處補充相近或相同讀音的注音符號，以供讀者學習與查閱。本書不僅針對臺灣地區的讀者，不使用注音符號的內地、港、澳讀者，亦可以本教材來學習閩南語研究的相關知識。

目錄

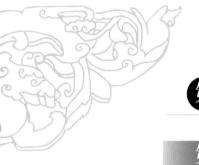

第二篇 閩南語的語言特點

第5章 閩南語的共時音系

第6章 閩南語的連讀變調

第9章 閩南語的腔調

第一篇

閩南語研究的觀念與方法

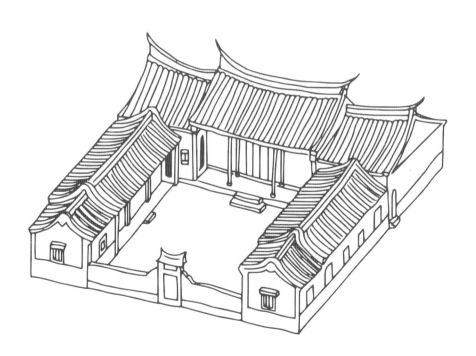

第1章

閩南語研究的背景知識

1-1 語言和方言

(一)語言的概念

「語言」是人類社會約定俗成後形成的穩定溝通符號，是人類最重要的思維系統與交際工具，也是文化載體的重要組成部分。

簡單來說，語言的概念可以從「語音」、「詞彙」、「語法」三個面向切入。討論語言問題可分別由這三個小類著手，並依照系統特徵分析個別的語言問題。

(二)方言是語言的變體

「方言」是某種特定語言的「地區性變體」。若某個語言的通行範圍廣泛，久而久之，不同的社群將形成自身特有的區域特徵，這些區域特徵若擴大到一定的程度，就會發展為語言底下的一個地區方言。

也就是說，「方言」隸屬於「語言」之下，與該語言共享大致相同的語言法則，但卻具備了在地社群的地域文化甚至族群認同標誌。

(三)語言關係與方言關係

一個語言底下，可能同時存在著幾個不同的方言，這些方言間的差異程度不一定相同。有時方言間的差異性不大，操不同方言的人仍可通話；有時彼此的差異很大，不同方言者完全無法溝通。

「能不能通話」是區分「語言層級」或「方言層級」的一個經驗性判斷標準，但這個標準並不是本質性的區分準則。

漢語東南方言之間幾乎無法通話，但我們還是將這些「方言」認定為「漢語體系底下的方言」。相反的，瑞典、丹麥、挪威等三處的人民可以互相通話，但它們卻被定義為三種語言，而不是一個語言底下的三個方言。

區分語言或方言的標準，有時候是有國家立場或政治傾向的。漢語方言之間儘管彼此通話困難，但各種漢語方言之間並不存在國界區分，且內部有一套標準語和書面語來聯繫各方言區。這個標準語即「國語」，或稱為「普通話」。因此，目前各大漢語方言一般仍被認定為「方言關係」而非「語言關係」。

歐洲的語言雖有許多共通性，有些區域彼此通話也不困難，但卻被認定為不同的「語言關係」，主因就是它們之間沒有一套共同的標準語或書面語言，且同時存在國族政治考量。

小博士解說

低地德語（Low German）與高地德語（High German）的通話程度遠低於瑞典、丹麥、挪威等語言的通話程度，但卻被歸類為「德語」底下的兩種方言，原因也是它們之間有一套共通的標準語與書面系統。這種情況與漢語底下的方言認定標準十分類似。

語言體系的內涵

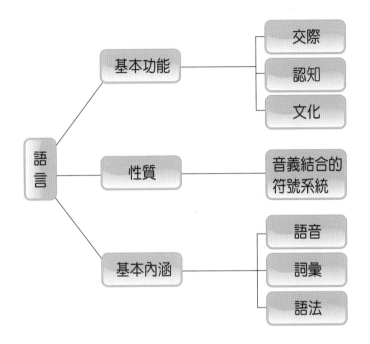

語言內部差異的成因

　　一種語言，被不同時空的人群使用後，自然而然地會形成「方言差異」。語言內部出現差異，是語言被不同人群使用後的必然結果。

　　方言起於不同地區或不同社群的細微語言使用差異，諸如發音行為、語用特色或某些語法結構等等。這種細微的語言差異若擴散開來，成為某個特定區域或社群的共通語言風格後，這種特徵會被另一群不具有這個風格的語言使用者辨識出來，甚至成為該區域的一種文化標誌或地方特質。

　　當語言內部的差異擴大到可被使用者輕易區分為兩類以上時，一般就認為這個語言已經產生了方言差異。

1-2 漢語和漢語方言

（一）漢語的定義

「漢語」指漢民族所使用的共同語。因漢民族幅員廣闊，為了行政上的需求，必須定出一個標準語。目前漢語以「北京方言」為標準語。

歷史上漢族標準語推廣的經驗說明，標準語必須是一個真實的語言才行，不能是以拼湊幾種方音綜合出一個語言標準，或是以語言方法建構出一套語音體系來作為語言標準。

（二）漢語方言的特徵

「漢語」一詞的範疇也包含了共同語的「地方變體」，也就是漢語方言。隨著漢族社會的發展，漢民族逐漸向四周擴散。有的集體向遠方遷徙，和異民族發生了接觸，並與當地的土著語言互相融合。這種歷史過程使漢語逐漸分化，產生了今日分布在不同地域上的各大漢語方言。

漢語方言之間的差異主要表現在語音、詞彙、語法等語言層面上，其中又以語音系統的差異最鮮明。

雖然現代漢語方言彼此有許多差異，但它們統一在同一套漢字體系之下，共有著一批類似的詞彙，以及大致統一的語法結構，和關係密切且彼此對應的音韻系統。

（三）漢語七大方言區

根據袁家驊（1960）《漢語方言概要》的研究，漢語可大致分為七大方言區：分別是「北方方言」、「吳方言」、「湘方言」、「贛方言」、「客家方言」、「粵方言」、「閩方言」。其中北方方言指的是官話方言區。

每一個漢語大方言底下，還可以再細分為幾個次方言，或稱之為方言片，方言片以下還可以再分出方言小片和方言點。

以「閩方言」的分類為例說明。作為區別於其他六大漢語方言的一種方言大類時，我們將這個大群組稱為閩方言。閩方言底下，又依照語言差異特徵，再次分為「閩南」、「閩東」、「閩北」、「閩中」以及「莆仙」等五個次方言區。

各個次方言區，還可以再依照腔調、口音細分。如閩南方言區，可細分為閩南北片（泉州口音）、閩南南片（漳州口音）、閩南西片（龍巖口音）、閩南東片（廈門、臺灣口音）。

小博士解說

其他的漢語方言分區辦法

「漢語方言的分區」是一個富有爭議的學術問題，應該承認漢語方言的分區存在著多種可能性。目前學界關於漢語方言的分區意見，主要仍是在袁家驊所建立的分區架構下，再做進一步的討論。

1987年，中國社科院和澳大利亞人文科學院合作出的《中國語言地圖集》，將漢語方言分為十大類。在原先的七大方言基礎上，再區分出「徽語」、「晉語」和「平話」，稱為「漢語十大方言區」。

晉語是指山西、河北、河南等有「入聲調」的方言；徽語則是皖南、徽州一帶的方言；平話則是廣西東部自成一格的特色方言區。

1. 漢語方言分布圖：

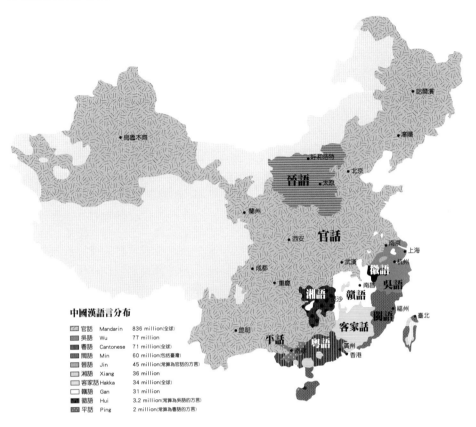

中國漢語言分布

官話	Mandarin	836 million(全球)
吳語	Wu	77 million
粵語	Cantonese	71 million(全球)
閩語	Min	60 million(包括臺灣)
晉語	Jin	45 million(常算為官話的方言)
湘語	Xiang	36 million
客家話	Hakka	34 million(全球)
贛語	Gan	31 million
徽語	Hui	3.2 million(常算為吳語的方言)
平話	Ping	2 million(常算為粵語的方言)

2. 漢語官話方言和東南諸方言的分布比例（李小凡、項夢冰2009：37）

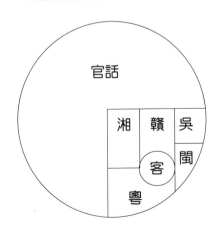

　　漢語七大方言的使用人口與分布範圍彼此並不均等，官話方言區面積最廣，約佔漢語總人口數的73%，佔了將近四分之三。其他六大方言集中在東南地區，統稱爲「漢語東南方言」，這六個方言區的總面積與總人口數，只佔漢語總數的四分之一。（李小凡、項夢冰2009：37）

1-3 漢語方言的分區一

1987年《中國語言地圖集》主張漢語方言應分為十區，這個方案引發學術界對漢語方言分區方法的熱烈討論。漢語方言的分區議題目前仍然持續進行，這一系列的討論，逐步地集中至方言分區的方法論上。

（一）方言分區指方言分類與劃界

漢語方言的分區工作，包含了「方言分類」與「方言劃界」兩項工作。方言分類與方言劃界密切相關，但是二者並不相同。

方言分類是語言學的工作。漢語的內部分類一般採用語音特點的差異性，按照語言分類的一般原則，將語言內部劃分出幾個類型特徵鮮明的典型方言。

在釐清語言內部有幾個典型方言後，下一步的工作是方言劃界，確定不同典型方言的範圍與彼此的分界線。方言界線的劃定，主要來自幾條重要「同言線」的表現結果。

同言線（isogloss）最先使用於語言地理學（Linguistic Geography）的研究。同言線也稱作「等語線」，是指某一個語言特徵的分布地理界線，例如某個元音的讀音、某個詞彙的意義、或是某種句法成分等等。方言界線（dialect boundary）的劃分，一般就是根據許多條大致重疊的同言線的結果而來。

漢語因為過去的歷史背景因素，方言的劃界工作需要同時考慮語言學和相關的人文地理條件，因為歷史上政經文化的發展，深刻地影響了各大漢語方言不同階段的演變與結果。

（二）方言分區是地理類型的概念

現代漢語方言的分區結果不是純粹語言分類的概念，而是從語言地理類型的角度出發得來。過去七大漢語方言區和十大漢語方言區的劃分結果說明，漢語方言的分區是歷史地理、人文地理甚於自然地理、行政地理。

各大漢語方言的區分工作，是以一個定點為中心，再逐漸擴大比較範圍，並非沒有定點地直接進行全面的漢語方言普查再歸納分類。這個定點一般是歷史上的政經文化重鎮，例如西安、太原、北京、南京、蘇州、溫州、南昌、長沙、福州、泉州、廣州等等。這些定點不只影響四周人民的經濟生活，同時也是該地的文教中心。

（三）水波為喻

中心點方言藉由經濟和文教手段，向四周傳出影響。這個過程類似向湖中投入石頭，該石頭引起的水波會擴散開來，影響鄰近的水域。離水波核心越近的水域受到的影響越大，離水波核心較遠的地方受到的影響就稍小。此外，投入湖中的石頭體積越大，引起的漣漪範圍越大，漣漪維持的時間也較長；投入湖中的石頭體積越小，引起的漣漪範圍越小，漣漪維持的時間也較短。

方言中心點與周邊區域的語言關係如同湖中水波向外擴散。隨著與中心點的距離長短，以及中心點地位、影響力的此消彼長，中心點的語言特徵會有不同程度的擴散結果。

同言線束

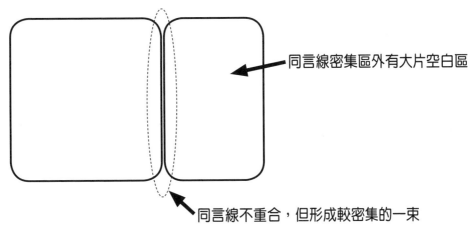

同言線密集區外有大片空白區

同言線不重合，但形成較密集的一束

多條大致重疊的同言線，會形成一個「同言線束」。同言線束常常是方言分區的根據。示意圖出自王洪君（2014：240）

知識補充站

同言線的選擇

大漢學家朱德熙指出：「最好只用一條同言線來規定方言之間的界線。有人覺得根據一條簡單的標準劃分方言太輕率。不知道標準多了，要是劃分出來的同言線完全重合，那麼任選一條就夠了，要是不重合，那麼根據不同的同言線劃分出來的方言區就不同，彼此打架。」（朱德熙1986）

根據不同的同言線，常常會劃分出不同的方言疆界，選擇哪一條同言線所顯示的方言區分才最具有代表性，是漢語方言分區的根本問題。

1-4 漢語方言的分區二

漢語方言的分區結果，類似朝湖中幾個不同區域分別投入大小不一的石頭，各處水波會從核心區向外擴散，整體來看，湖中呈現幾個大大小小不同的同心圓。這些同心圓類似各大漢語方言區，每個同心圓的圓心是方言中心點，水波擴散開來後的臨界點則是該方言影響所及的邊界。而整個湖面則是漢語方言的整體。

在幾個來源不同的水波交界處，會呈現出紋路不均勻的水波，這些水波類似位於不同大方言交界處的「搭界方言」，例如位於福建省閩南語與客家話交界處的連城方言群。整體來說，連城方言群兼具閩語與客家的語言特徵，但連城內部仍有不同。較靠近閩語的地區，閩語特點多一些，較靠近閩西客語的地區，客家特點就多一些。

（四）語言特點跨區存在

由於漢語方言受各自中心點方言影響的特色，現代漢語方言分區主要是討論相鄰方言的異同，但不計較跨區方言的異同。

事實上，漢語不同方言區含有不少共同的語言質素。這些共通的成分，有些是「存古性質」，是古漢語的痕跡遺留。有些則是「後起創新」，是方言經歷許多歷史演變後，出現相同的變化結果。

跨區存在的共通點說明現在看來無法通話的各大漢語方言，實則關係密切，現今彼此的差異是語言分化後，各地「因地制宜」後的調整結果。

漢語方言跨區存在的共通現象也說明，漢語方言之間事實上難以定出截然的分界線，「你泥中有我，我泥中有你」的語言現象非常普遍。但就大類傾向而言，漢語方言之大分在「南北有別」。南方則以長江為據，又有「近江」、「遠江」之別；北方則有「中原核心」、與「中原外圍」之別。（張光宇1996）

南方的長江流域和北方的長安、洛陽等歷史名城，在漢語史上扮演相當重要的方言中心地位。上述「近江」、「遠江」以及「中原核心」、與「中原外圍」的方言區別，事實上是漢語歷史文化背景的縮影。

（五）方言分群

討論語言的內部差異，除了討論方言「分區」（classification）外，還可以觀察方言「分群」（subgrouping）。分群與分區是不同的概念，前者著重語言在時間上的分化，後者則關注語言在空間上的分布。

「分群」是在語言歷史演變的脈絡下，討論具有同一祖先來源的親屬語言間的關係遠近。

「共同創新」（shared innovation）是親屬語言分群的依據。當語言從母體分化出來後，唯有出現共同的後起語言創新特徵，才能證明分化後的姊妹語言，曾經一起經歷了一段歷史時期。

經歷共同歷史時期的姊妹語言，比沒有經歷共同歷史時期的姊妹語言關係還要密切，歷史語言學（historical linguistics）的分群概念即是以這種方式來處理親屬語言之間各自的親疏遠近問題。

圖解閩南語概論

丁邦新（1982）〈漢語方言區分的條件〉

　　漢語方言的區分辦法中，往往提到丁邦新（1982）提出的辦法：「以漢語語音史的演變爲根據，用早期歷史性的條件區別大方言。」區分漢語大方言的根據，指的是古漢語「全濁聲母」以及「古入聲韻尾」的演變方式，根據各方言這兩類字的現代讀音來區別漢語方言。也就是說，根據古代音類的現代讀音類型，來區分漢語各大方言。

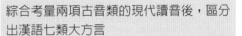

綜合考量兩項古音類的現代讀音後，區分出漢語七類大方言

普遍條件	官話	吳語	湘語	贛語	客家語	閩語	粵語
1.古全濁聲母*b-, *d-, *g-的歷史演變	(1)清化；平聲送氣；仄聲不送氣	(2)濁音；送氣	(3)濁音；不送氣或(4)清化；不送氣	(5)清化；平仄皆送氣		(6)清化；大致不送氣	(1)清化；平聲送氣；仄聲不送氣
2.古塞音韻尾*-p, *-t, *-k的歷史演變	(1)消失；或(2)合併爲-ʔ	(2)合併爲-ʔ	(1)消失	(2)合併爲-ʔ；或(4)保存-p,-t,-ʔ	(5)保存-p, -t, -k三種	(1)消失；(2)併爲-ʔ或-k；(5)保存-p, -t,-k三種或(6)變爲-p, -t, -k, -ʔ	(5)保存-p, -t, -k三種

區分漢語方言的兩項古代音類　　　　古音類的現代讀音

1-5 漢語方言的分化模式

方言分群的研究來自「譜系樹」理論。這個理論目前仍是歷史語言學中很重要的語言分化概念。

（一）譜系樹理論

譜系樹理論認為語言在某一段時期會分化出幾個子孫語言，分化後子孫語言彼此就不相影響。這個理論以「親族樹」的圖形來表現古語分化的過程，把語言的分化比擬為大樹的分枝，頂端是源頭，大枝之後復有小枝。

依照譜系樹理論顯示的語言演變模式，祖先語言的特點會保留在底下的子孫語言中，這種祖語的遺留稱為「共同存古」（shared retention）。子孫語言分化出來後，經歷了不同的變化，各自出現不同的語言特色。若其中一群子孫語言，擁有祖語所沒有的「後起」「相似成分」，那麼這一群方言的關係必定比其他的子孫語言還要密切。這一些後起相似成分稱為「共同創新」（shared innovation）。

譜系樹理論用「共同創新」來解釋親屬語言間非承繼自祖語的後起相似成分，並依此來把親屬語言分為數個小群。因為子孫語言分化後就不相往來，這種後起的相似成分能證明這群子孫語言曾經共同經歷了一段歷史時期。

譜系樹理論隱含了兩個重要的假設：(1)「規律性假設」：語言將經過規律的、可辨認的途徑來變化。(2)「親緣關係假設」：不同語言中音韻系統的相似性乃起於發生學上的關係，這些語言來自同一個祖語。

需要特別注意的是，共同創新僅是辨認語言親密關係的標準，並不是造成語言內部分化的原因。（江敏華 2003：3-5）

譜系樹理論只看重歷史上的縱向連接，把語言變化的過程過度簡化，無法反映語言真實發生的演變。語言的分化往往與人口移動與地理形勢有關，尤其是漢語的發展。唯有形成兩種不同的語言社群並經過漫長的時間後，二者的差異才會逐漸擴大到發展為兩個方言。這種「真實」的語言分化歷程，譜系樹圖式無法顯示。

（二）疾變平衡論

Dixon（1997）提出語言的發展分為兩種時期：「疾變期」與「平衡期」，稱為「疾變平衡模型」（punctuated equilibrium model）。

這個理論認為語言的發展長期處於相對平衡的狀態，各種變化或轉換以小規模的方式進行。大範圍的人口遷移以及其他幾種相關的行為會引發「疾變」，疾變打斷了長期的穩態平衡期，使語言發生了劇烈的動盪。只有處於疾變期的語言才可以通過譜系樹理論來理解。

在平衡期時，語言長期接觸與消磨，某種語言特徵會擴散（diffusion）開來，使這些接觸的語言變得越來越相似。經過很長一段時間後，這些語言的音系將達到一種穩定平衡的狀態，彼此共享許多音韻特點，語言的界線逐漸模糊，形成區域特徵（areal feature），因此當地的語言會融合出一個共同的原始類型（common prototype）。

1. 語言親族樹

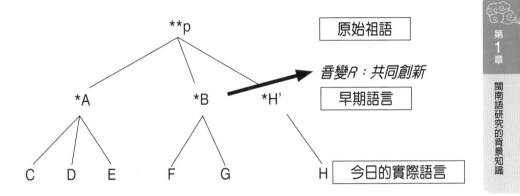

子孫語言F出現的變化只會出現在F語言中，另一個子孫語言G不可能會出現相同的變化。若有一條R音變同時出現在F、G兩語言中，則說明R音變發生於F、G兩語言分化前的*B時期，因此R音變被視爲存在於F、G兩語言分化前的一條共同創新。

2. 語言接觸

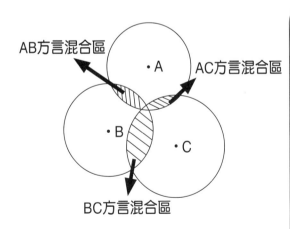

上述A、B、C是三大方言的核心區，在方言邊陲區依照方言的勢力影響所及，各自有不同程度的語言接觸現象。斜線區域就是搭界方言區。

● 知識補充站

贛方言

何大安（1988）：「贛方言，沒有特色的方言。」

漢語方言的形成兼具平衡與疾變兩期，其中贛方言更是典型例子。贛語不像其他幾個大方言，有一條排他性的語言特徵。贛語的語言特徵近似客語，客贛關係的討論也是漢語方言學中饒富興味的課題。贛語因語言接觸（language contact），融入不少來自其他方言的特點，尤其是客語。語言接觸也是疾變平衡模式的重要概念。

1-6 漢語方言的形成：上古

漢語隨著漢民族的發展情況演變，漢語方言則隨著該地區居民的歷史演進變化。以漢民族和相關區域的發展史為線索，參照文獻中漢語方言的零星記錄和出土文物資料，我們可以勾勒漢語方言形成和發展的歷史輪廓。

（一）上古時期的方言發展

先秦、兩漢是漢語發展史的上古期。這一時期，地緣性部族的兼併、聯合，取代了血緣性氏族的分化。西周的八百諸侯到了戰國時期，只剩下「戰國七雄」：秦、楚、齊、燕、趙、魏、韓。

春秋戰國時期以後，因不同區域人民的往來頻繁，各地的方言常相互滲透以及融合。政經局勢的發展促使強國的方言取得了地方優勢，因此形成了若干個方言區。

先秦文獻中已有關於不同部族、不同地區存在語言差異的描述。例如：

①中國夷蠻戎狄，皆有安居。和味、宜服、利用、備器、五方之民，言語不通，嗜欲不同。（《禮記・王制》）

②今也南蠻鴃舌之人，非先王之道，子倍子之師而學之，亦異於曾子矣。（《孟子・滕文公上》）

③秦伯師於河西，魏人在東。壽余曰：「請東人之能與夫二三有司言者，吾與之先。」（《左傳・文公十三年》）

與方言相對的是「雅言」的概念。雅言指具有共同語性質的官方用語。根據先秦文獻的記錄，上古漢語時期，士大夫間通行雅言。孔子「周遊列國」長達十四年，就是使用當時的雅言。

事實上，孔子在國內也不是只說魯國方言。《論語・述而》：「子所雅言，詩、書、執禮，皆雅言也。」即使在魯國國內，凡是教書、接待賓客等正式場合，孔子都使用雅言。

此外，秦滅六國，集權中央，推行「書同文」政策，這個政策建立了漢語的全國共通書面語系統。書面語的文字體系，一方面推動了漢族共同語的形成，一方面也給各地方言提供了彼此緊密聯繫的平臺。

（二）中國首部方言專書

《輶軒使者絕代語釋別國方言》，簡稱《方言》，為西漢語言學家揚雄所著，這本著作記錄了當時各地的語言異同與語言使用概況。是中國第一部記錄各地方言的著作。

本書共十五卷，收錄九千餘字。「輶軒使者」，即乘坐輕車的使者。秦朝以前，政府每年派遣使者到各地蒐集方言，並記錄整理。《方言》一書的書名即由此措施而來。

《方言》記錄的詞語地域廣泛，東起東齊、海岱，西至秦、隴、涼州；北起燕、趙，南至九嶷、桂林；東北至朝鮮、洌水，西北至秦晉之北鄙；東南至吳、越、東甌，西南至梁益、蜀漢，幾乎概括了漢朝時的整個國土。這本書也是漢語方言研究的重要參考資料。

上古時期南北方言的分界線：秦嶺淮河

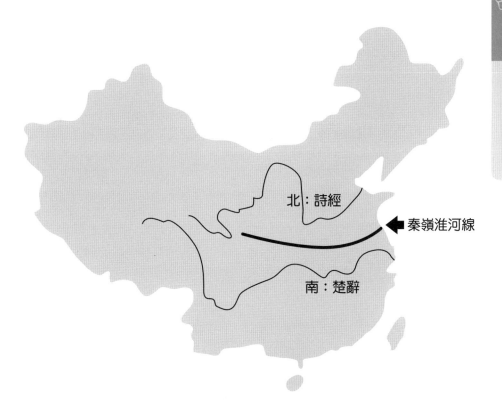

1. 上古漢語除了揚雄《方言》外，《詩經》、《楚辭》是另一類重要的語言材料。《詩經》是中國最早的詩歌總集。《詩經》各詩篇的作者，絕大部分已經無法考證，所涉及的地域，主要是今黃河流域。《楚辭》是戰國末葉至西漢初期流行於楚地的詩歌總集。楚辭是士大夫的作品，代表作家爲屈原、宋玉，其中屈原最著名的作品是：《離騷》、《九歌》、《天問》。

2. 《詩經》的語言是上古黃河流域的語言，《楚辭》則是楚地的語言，從文字來看就可以知道南北兩地語言差異明顯。這個結果說明，至少在上古漢語時期，漢語就已形成南、北兩大方言集區，有顯著的語言分隔。上古漢語南北的方言分界線是秦嶺淮河線。

3. 秦嶺淮河線是中國南北方的自然地理分界線，是具有多重分界意義的地理界線，這條線區分了黃河流域與長江流域，上古漢語以此線分界南北，並非偶然。

1-7 漢語方言的形成：中古

六朝唐宋是漢語發展史的中古時期，這一時期北方漢語進一步的融合與擴張，南方漢語則浮現今日漢語東南方言的格局。

（一）北方方言加速融合

秦以後，強而有力的中央集權政府抑制了北方各方言的自由發展，以京畿地區為中心的語言統一趨勢進一步加強，官方穩定的「共同語」概念更加明確，加速了北方漢語的融合。

魏晉南北朝時期，政權交替頻繁，外族入侵、戰亂不斷，當時的國都在關中長安（今陝西西安市）與中原洛陽（今河南洛陽市）幾度流轉，長安方言與洛陽方言的共同語地位也輪番勝出。

上古時期，西周雅言以東都成周（洛陽附近）方言為基礎，西漢則以當時的京畿長安方言為共同語基礎，而到了東漢、西晉，因建都洛陽，共同語又變回洛陽方言。

三國時代，分別以洛陽、長安兩京為中心的中原、關中地區發生大規模的人口流動，促使這兩區域的方言進一步混和。隋唐至兩宋時期，長安、洛陽仍然一直保持著政治文化重鎮的地位，該地的語音被稱為「正音」。如南宋紹安籍詩人陸游《老學庵筆記》稱：「中原唯洛陽得天地之中，語音最正。」

整體來說，中古時期因應政治及文教力量，北方漢語朝著大範圍融合發展，並逐漸形成大北方官話系統。這個系統以長安、洛陽方言為正宗，奠定了漢族共同語的基礎方言地位。

（二）東南方言格局成形

中古漢語時期的另一個重要特點是方言南北疆界南移。因為戰亂頻繁，北方人口大規模向南遷徙，此一時期南北漢語的界線由上古的秦嶺淮河線向南移至長江一帶。魏晉南北朝時代開始，北人大規模南遷，促使原先通行吳語的南京、杭州一帶，轉變為北方官話方言的腹地。

南遷的北人將北方方言帶至南方，如唐朝詩人張籍《永嘉行》所言：「北人避胡皆在南，南人至今能晉語。」這個詩句生動描繪了永嘉之亂後因人口移動引發的語言現象。

北人入南後，北方方言進一步與南方方言甚至是非漢民族的土著語言接觸。幾百年下來後，北人的語言已與南人的語言融合，現代吳、湘、客、贛、粵、閩等漢語東南方言的格局，在此時期正式成形。

南方的社會動盪少於北方，因此南方的經濟力量後來居上。而中央王朝對南方的統治管束力量也相對較弱，所以六朝時期，社會大分為南北兩大區域的情況非常明顯，也造成了南北漢語兩種截然不同的大發展趨勢。當時南北方言差異已十分明顯，學者已體認到各地有方言差別，因此有志之人認為有「正音」、「考辨」的需要。如《切韻·序》所言：「江東取韻，與河北復殊。因論南北是非，古今通塞，欲更捃選精切，除消疏緩。顏外史、蕭國子多所決定。」

陸法言《切韻》由顏之推等文壇巨擘，逐字考定各字音讀，彙整六朝各處韻書，集六朝音韻發展之大成。

中古時期北人南遷的路徑

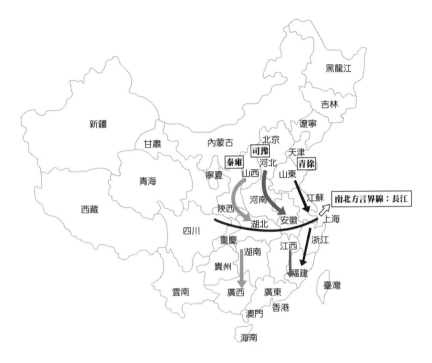

根據羅香林（1933）、張光宇（1996）的研究，中古時期永嘉之亂後南逃的北人可分爲三大股，分別是：

1. 秦雍流人，出發點是今日陝西、山西一帶。大致遷入洞庭湖流域，遠者甚至進入廣西東部。
2. 司豫流人，出發點爲今日山西、河南一帶。遷徙集中至安徽周遭，其後又沿著鄱陽湖及贛江至福建閩地。
3. 青徐流人，出發點是山東、江蘇北部。遷徙至江蘇南部，之後又沿著太湖流域進入浙江及福建北部。

🍎 知識補充站

《切韻》與切韻音系

　　《切韻》是綜合中古時期南北方言的一部韻書，影響後世的漢語研究深遠。《切韻》所反映的語音系統稱爲「切韻音系」。一般認爲，今日多數的漢語方言在切韻時代後才分化出來，但閩語例外，因閩語系統中有一層「早於切韻」的音韻表現。

1-8 漢語方言的形成：近代

（一）漢語七大方言定型

元明清是漢語發展的近代時期。宋朝以後，全國一級、二級行政區趨於穩定，區域文化也逐漸定型。此期南方的人口總數超越了北方，而中古時期由北向南大規模的移民運動也不再出現。這樣的社會背景，使漢語七大方言的格局逐漸穩定下來。

此一時期，因中國南北政治社會環境的差異，北方官話方言劇烈融合，並融入外族語言成分；南方方言則依照中古時期形成的方言格局，各區穩定地繼續發展，基本上並不太有明顯的結構性調整。

（二）官話方言劇烈動盪

這段時間，北方的官話方言隨著中央王朝統治民族和居民成分的劇烈變動，發生了以下變化：

1.語音系統簡化。一般認為，中古以前的官話方言，韻母系統非常繁雜，中古後期開始，近代音的顯著演變特色是「韻母大量歸併」。元明的韻書《中原音韻》，韻母只有19個韻類，比起中古的《切韻》系韻書，韻母減少相當多。

2.詞彙系統複音節化。根據先秦文獻，上古漢語一般是單音節詞為主，但到了近代，漢語的詞彙轉以雙音節詞為主流。

3.核心方言東移。過去北方官話的核心區是關中長安以及中原洛陽地區，元朝以後東轉至北京。元朝起，大都（北京）取代了長安、洛陽等舊都，成為新的政治文化中心。之後，北京的政治中心地位延續至今。

（三）東南方言穩定發展

東南地區在唐宋年間已大規模開發，至元代以後，東南諸省的人口密度也已超越中原。這樣的時代背景，以東南方為經濟根基的宋代政權相對穩定，因此宋朝各省的行政疆域得以長期延續。至元明清以後，東南各省的疆界也沒有太大更動。

由於近代中國東南方在人口地理、行政地理以及文化地理的穩健成長與扎根，漢語吳方言、湘方言、客方言、贛方言、粵方言以及閩方言才得以依照中古時期形成的方言格局各自發展。

小博士解說

跨方言的接觸現象

需要特別指出的是，漢語方言的發展不是自分化後就不相往來的，不同漢語方言的接觸其實相當頻繁。這種接觸有兩種原因：

1.標準語與文字統一的影響。近代時期，漢語各方言共同使用統一的文字體系和共通標準語。各方言區域雖獨自發展，卻同時又受到北方標準語以及書面系統的籠罩，因此各大漢語方言仍維持著緊密的聯繫。

2.鄰近方言的影響。鄰近方言區因為經濟、社會的發展，透過人口的流動，異方言相互接觸或交流無所不在。跨方言區的互動使漢語各大方言除了自身的演變外，也存在諸多「橫向」移借的語言現象。

影響漢語東南方言的底層民族

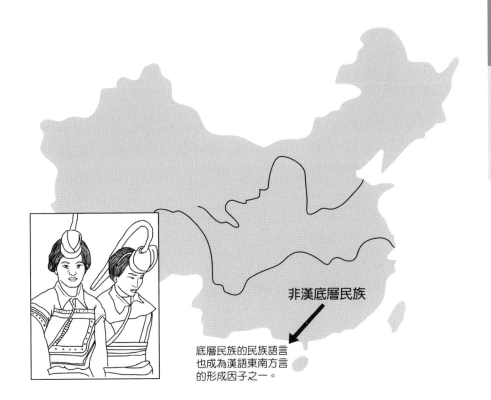

非漢底層民族

底層民族的民族語言
也成為漢語東南方言
的形成因子之一。

　　元明清時期，東南地區的方言依照舊有的格局穩定發展，但事實上，此時期的東南方仍存在不少非漢民族，他們說著不同於漢語體系的語言。這些非漢族群我們稱為「底層民族」。稱之為「底層」的原因是，中古時期大量南移的北方漢人「覆蓋」了這些族群原本的生活區域，因此後至的漢人為表層，原居此地的民族為底層。

　　與漢人混居後，這些非漢族群因受漢人政經優勢的影響，大多數會被漢人同化，轉變為漢人的一份子。不過這個轉化的過程歷時漫長，因而讓他們的民族語言或生活方式，慢慢地滲透至漢族文化中。舉例來說，今日閩南、客家飲食中十分常見食材「糯米」，就是來自於中國東南區的畬族文化，糯稻（Gramineae）的種植與食用首先出自畬族。

第2章

閩南語的形成

2-1 閩南語的性質

(一)閩南語是一種語言

閩南語是一種「語言」，是人類社會約定俗成後，形成的溝通符號體系。「閩」是福建的古稱，「閩南」指閩地的南部區域，通行於此的語言就被稱為「閩南語」。閩南語源自福建省泉州、漳州、廈門等地區，隨著宋元以後閩南移民向外擴張，目前閩南語還通行於廣東的潮汕平原、雷州半島，海南島、臺灣、新加坡、馬來西亞、印尼、菲律賓，和其他地區的海外華人之間。

閩南語或閩南話，又被稱為「福佬話」、「河洛話」、「鶴佬話」、「福建話」等等。若以語言學的角度來說，稱之為閩南語或閩南話較為精確。

(二)閩南語是一種漢語方言

根據語言親屬關係的譜系研究，閩南語屬於「漢語」底下的「閩方言」內的一個次方言。閩語因為形成於福建並以福建為主要的分布地區，因此就按照福建的傳統名稱「閩」，稱這種方言為「閩語」。根據語言結構的細部差異，閩語內又再細分為「閩南」、「閩東」、「閩北」、「閩中」以及「莆仙」等方言區。

說閩語是一種漢語方言，意思是閩語和官話、吳語、湘語、客語、贛語、粵語等其它的漢語方言，有共同的歷史淵源，這些漢語方言共同分化自古代漢語，它們屬於「同源語言」。我們可以在閩語和其他的漢語方言之間找到規律的語音對應。同源詞（cognate）間規律的語音對應，是確定語言親屬關係的重要根據。

(三)閩南語的文化個性

比起閩東、閩北、閩中以及莆仙等其他種閩語次方言，閩南方言有三個顯著的文化特徵，分別是：「流播」、「海洋」與「兼容」。（李如龍、姚榮松2008）

1. 流播特性。閩南語是所有的閩方言中，流播範圍最廣的一種。從宋元開始，閩南人走向海洋，移居南洋、東南亞，開啟中西方的文化交流。這個歷史使閩南語成為海外華人圈中最常被使用的一種漢語方言，與廣東粵語並駕齊驅。研究閩南語的海外分布與交流，對於研究華人的海外交通史、中外經濟、文化發展都很有意義。

2. 海洋文化。閩南語是所有閩方言中海洋文化發展最充分的方言。閩南人向海外流播後，由於善於造船與航海，因此長期往返海外與故土之間，這個模式加深了閩南文化中的海洋特質。海洋文化的特點是「奮鬥」、「冒險」、「貿易」、「企圖心」等等。相對於孕育於中原平川、黃土高原的中華文化來說，海洋文化具有鮮明的反傳統色彩。

3. 兼容並蓄。閩南語是所有閩方言中最具兼容特色的次方言。閩南的兼容特質是由兩方面的因素決定的。一是閩語形成史上本身就經歷多次不同來源的北方移民潮，這些北方移民與閩地原居民發生了文化與血緣的交融，這使得閩語、閩文化帶有異文化特質。另一個決定因素是閩南人向海外流播後帶來的海洋特性，「有容乃大」、「不擇細流」、「兼容性」本就是海洋文化的特徵之一。

廣義的閩南語範疇

　　閩南語本指通行於福建泉州、漳州以及廈門的漢語方言。但因福建廈漳泉地區的人民大量向海外或大陸內地流播，順勢將鄉音帶往他處，因此各地以泉州話、漳州話、廈門話為語言基底的「閩南腔方言」，也是屬於廣義的閩南語範疇。例如，臺灣閩南話，粵東潮汕平原的潮州話，粵西雷州半島的雷州閩語和南端的海南閩語，浙江的浙南閩語，以及福建西部的龍巖閩語等，都屬於「閩南腔方言」。海外地區，還有新加坡、馬來西亞等南洋閩南話。這些閩南腔方言，多半混入當地語言或方言的特徵，不過它們的語言本質都是「閩南語」。

2-2 閩南語的形成：先秦兩漢

（一）福建的經略

舊石器時代福建就有人類活動，那時候福建所通行的語言已經很難考究了。有關福建的最早記錄是戰國之後的閩越。閩北地區至今還有不少「越王臺」、「越王城」、「越王墓」的遺址，武夷山有不少屬於漢代的城址，這些文化遺跡顯示武夷山是上古時期閩越人口的主要活動中心。根據學者的研究，古百越語可能是一種壯侗語言，而這種語言在今日閩語中留下了語言遺跡。（李如龍2002）

秦滅六國一統中國後，秦朝政府曾在國境東南設立「閩中郡」。如《史記·東越列傳》記載：

> 閩越王無諸及東海王搖者，其先皆越王句踐之後也，姓騶氏。秦已併天下，皆廢為君長，以其地為閩中郡。

這是中國中央政權於福建設立地方行政單位的最早史書記錄。不過，閩中郡的確切位置史籍並未明載。依《史記·越王句踐世家》以及《史記·東越列傳》的描述，當時閩中郡的位置應大約為今福建北部以及浙江南部區域。

兩漢時期，秦朝成立的閩中郡很快就爆發了人民抗爭，當地又回到越人自治的局面。漢高祖五年，立閩越首領無諸為閩越王，在今福建建立「閩越國」。元封元年，閩越國興兵作亂被漢朝中央兵權平定。這之間的一百多年，福建閩地基本上仍以當地的百越語言為主要通行語。

至漢武帝時，因「東越狹多阻，閩越悍，數反覆」，百越人反覆作亂，中央政令控制不易，因此漢武帝將百越居民北遷至江淮之間，也就是今日的浙江、江蘇一帶，以便於中央控管。漢武帝的措施使福建的人口大量減少，閩地的社會經濟文化突然急起直落。但根據《史記·東越列傳》的記載，當時仍有部分百越人民遁入福建山區隱居，並未北遷至江淮之處，這些入山的百越人口，持續地將百越語言的影響力植入福建地區。

（二）漢語的影響

先秦兩漢時代，漢語、漢字和漢文化即已進入閩地，且在閩越的上層社會中通行。根據《漢書·西南夷兩粵朝鮮傳》的記載，閩越國的統治者通漢語、懂漢字，接受漢文化，情況與春秋時期的越國一樣。考古資料顯示，閩越國遺址包含了不少漢字素材，武夷山、浦城臨江錦城村、福州浮村、福州屏山等地，都可以發現閩越國內早已能熟練地使用中原漢字。

越國早在春秋時期就已流行中原文字。戰國以及秦漢以後，越國仍然延續文化傳統，上層社會日常生活使用百越語，但也能通漢語、漢字。漢文化在先秦兩漢時期就已經傳播至閩越，並對閩越的語言、社會施加影響。也就是說，漢語、漢字、漢文化除了通過北方移民帶入閩地外，也能經過政治、經濟因素，對閩越帶來影響。來自北方漢語的語言影響力，最後會發展成閩語中的一個「漢語層次」，疊加在閩越的本地語言之上。

中原漢語施加影響於閩地的百越語言上

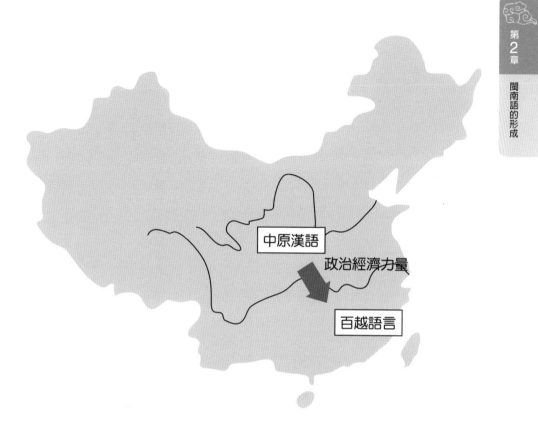

　　北方中原漢語的語言成分，透過政治、經濟或文教的力量，「隔空」輸入閩地，使漢語和漢字逐漸融入閩地的百越語言中。說「隔空」，是因為北方的中原漢語在地理上並不直接和閩地相連。中原漢語對閩地本土百越語言的影響，不是地理相連的語言擴散式，而是超越地理限制甚至是時空限制的一種語言力量。這種超越地理條件的語言影響，正是歷朝歷代官話影響閩南方言的主要方式，也是閩南方言疊入「文讀」語言層的歷史過程。

2-3 閩南語的形成：六朝

東漢末年黃巾之亂後，中國歷史進入長期的軍閥割據動亂時代。其間雖然西晉曾有短暫統一，但隨著中央集權的嚴重削弱，各種社會內部矛盾和外族侵略引發了「五胡亂華」，因此直接推進了中原北方漢人大批移入江南的移民潮。

這些北方移民隨著南方歷代政權對閩地的經略或各種政治措施，逐漸散布到福建內部各地，也奠定了日後閩方言的語言雛形。

（一）孫吳時期閩北成形

孫吳政權經略福建84年，主要的策略是徵召閩越居民補充軍源，以及流放吳地官員。不過，孫吳政權在閩地設置「建安郡」，加速了閩方言的成形，因為郡縣的設立往往限制了當地的人口流動，並促成地方文化意識的形成。行政上的力量使閩地人民盡量留在該郡縣範圍內活動，因此對閩方言以及閩文化的發展有直接且正向的作用。

孫吳政權所設立的建安郡主要分布在今日閩北、閩西北一帶，根據《建寧府匯考・沿革考》的記載，「吳景帝永安三年，以會稽南部為建安郡，領縣十。是年析建安之桐鄉置建平縣，改都尉曰太守，領建安（建甌）、建平（建陽）、吳興（浦城）、東平（松溪）、將樂、昭武（邵武）、綏安（泰寧）、南平、侯官、東安（南安）十縣，仍治建安。」

孫吳建安十縣都位於今日閩北地區，依照中國行政區劃定後不輕易更動的傳統，建安郡的設置底定了閩北區域的語言和文化發展。

（二）兩晉南朝時期閩東閩南成形

兩晉南朝時期，閩地內部又繼續出現新的分化。在孫吳的經略基礎上，這個時期除了舊有的建安郡外，中央政權又陸續於閩東設立「晉安郡」，閩南設立「南安郡」。

西晉王朝於太康年間，於閩地新立「晉安郡」，下轄八縣：原豐（閩縣）、新羅（龍巖）、宛平、同安、侯官、羅江（寧德）、晉安、溫麻（霞浦）。新設置的晉安郡縣大多位於福建沿海，這顯示當時福建沿海地段也已頗具規模。晉安郡的郡治原豐（閩縣），日後發展為閩東地區的文化中心，是閩東方言成形的基礎。

南朝梁政權，於天監年間從晉安郡中再分析出「南安郡」。南安郡位於今日閩南地區，管轄現在福建的莆田、泉州、漳州、廈門等地。南安郡設置後，與閩北的建安郡、閩東的晉安郡，分別形成三足鼎立的局面。南朝陳時，又把此三郡合併為閩州，此後福建開始成為一個相對獨立的行政單位，與吳語等江浙地帶相抗衡。

福建「閩北」、「閩東」、「閩南」三大文化中心建置完成後，閩北、閩東、閩南三大閩語次方言也依行政區劃的界線各自發展。不過，從三國孫吳建立建安郡以來，經歷兩晉南朝時期，閩地的人口增長一直不多，因此留給永嘉之亂後大量北方流民移入的空間。北方流民也替閩語帶入諸多的北方漢語成分，並進而引發異方言的相互接觸。

兩晉南朝時期移入閩地的兩股北方流人：青徐移民、司豫移民

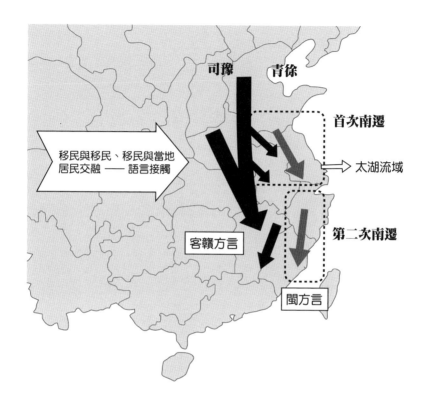

西晉末年永嘉之亂使大量的北方流民南遷江南定居，與閩地直接相關的是「青徐移民」和「司豫移民」。（羅香林1933、張光宇1996）

青徐移民和部分司豫移民，在太湖流域交會，之後又與太湖本地仕紳共同生活了很長一段時間。日後，由於政局發展與利益衝突，北人再次南下，進入浙江、福建。但需要說明的是，這次再度移民的「北人」，已經不是當初單純的青徐或司豫移民，而是二者在太湖流域與當地吳人交融一段時間後的新群體，這個新群體融合青徐、司豫和太湖地區的語言特徵，並不是一個單純的北方語言。由此也可知，吳方言對閩語的影響十分重要。

2-4 閩南語的形成：唐五代

唐朝、五代時期，因為閩地環境安定，福建得以延續六朝以來的發展成果，並持續穩定經營。閩南地區在此時期大量累積了經濟文化力量，因此成長快速。

唐代福建沿海和內陸山區陸續增設了不少新的行政單位，這顯示閩地從過去高度發展的都市，逐漸朝著沿海、內陸兩方擴展。

（一）泉州高度開發

閩南地區最早得到發展的是晉江流域，也就是泉州地區。晉江是泉州第一大河，全流域都在今日泉州市境內。相傳晉江之名就是因為東晉南來的北方移民思念故土而命名的。

根據《新唐書·地理志》，唐代天寶年間，閩地五郡中，閩南的清源（即今日泉州地區）雖僅轄四個縣，但人口數卻居閩地之冠，這裡的縣內平均戶數也高於當時的全國平均數。人口資料說明，泉州地區在唐代相當富裕。

由於泉州經濟、人口快速發展，初唐時期，政府已於泉州南端又另外劃分出漳州區域。日後並逐漸擴建漳州領地，行政區劃的變更顯示出閩南版圖持續地在擴張之中。

（二）陳元光創建漳州

就閩語的發展來說，唐嗣聖三年陳元光開創漳州是一件很值得注意的事。陳元光入閩一事，史書記載不一。部分學者認為，陳元光於唐高宗時率領數千北方移民入閩地開拓漳州。但從唐代閩地的史料記錄來看，當時漳州人口十分稀少，故也有學者主張，陳元光入閩一事有許多成分僅是民間傳說。

根據徐曉望（2004）的研究，陳元光家族唐初就已來到福建，定居於今日的仙游地區。唐高宗時，福建南方發生叛亂，因此陳氏父子從泉州招募士兵南下平亂，最終開創了漳州。當時漳州的行政中心在漳浦，也就是今日的雲霄境內。根據這個說法，漳州的開創是泉州人南下發展的結果。泉州自從六朝時代就是人口十分稠密的地方，不少史料都有泉州人向外拓展的記錄，「南下」正好是泉州人向外開拓的方向之一。

不過，唐五代時期，漳州地區主要仍是「蠻獠」的勢力範圍。此時漢人與原居民族互相拉鋸。唐開元二十九年，唐政府把本屬於泉州管轄的龍溪縣劃入漳州，其後並把漳州州治遷往龍溪縣。往後，漳州便在這個行政基礎上，慢慢地向內陸山區擴展，閩南方言也隨著漳州人的開拓，向漳州內陸山區散播。

（三）王審知治閩

唐末五代時局動盪，出身河南固始的王潮、王審知兄弟入閩建國，稱為「閩國」，並招進大量的北方移民。王審知之後稱臣於中原，受封為閩王。

此時入閩的北人數量龐大，帶動了福建人口、經濟、文化各方面的成長，並促使閩北、閩東、閩南文化區的再次確定，完成閩語三大次方言格局的劃定。

開漳聖王信仰

漳州人感念陳元光對漳州創建之功，信奉陳元光為「開漳聖王」。開漳聖王又稱為「威惠聖王」、「聖王公」、「威烈侯」、「陳聖王」等。臺灣著名的基隆廟口夜市，便是供奉開漳聖王。

中國福建、廣東的移民大量移至臺灣後，開漳聖王變成來臺漳州人的祖籍神。全臺以開漳聖王為主神的廟宇有60餘座，其中以宜蘭縣比例最高，顯示早期漳州人入墾臺灣的區域分布概況。

開漳聖王誕辰為農曆2月15日，但臺灣各地廟宇根據個別傳統，祭典日期有所不同。最有名的開漳聖王祭典，是宜蘭縣壯圍鄉永鎮廟於農曆2月15日舉行的開漳聖王祭。

（攝於臺中西屯啓興宮開漳聖王廟）

🔹 知識補充站

開閩聖王

福州人信仰「開閩聖王」，以感念唐末王審知治閩之功。福州人尊稱王審知為「開閩尊王」、「開閩聖王」或「忠惠尊王」，也尊稱王審知的長兄王潮為「威武尊王」、次兄王審邽為「泉安尊王」。三尊聖王合稱開閩三王。

王審知喜乘白馬，家中排行第三，故稱「白馬三郎」。死後人民立廟奉祀，號「白馬尊王」。福州建有「閩王祠」，也於市區立閩王塑像。馬祖地區為福州人的移居地，供奉閩王王審知的廟宇在馬祖也時常可見。

2-5 閩南語的形成：宋元明

宋元時期閩南各地的發展並不平衡。泉州開發較早，從三國孫吳時代就已經初具規模，因此宋朝時泉州就面臨人口過剩、耕地有限的問題。漳州地區一直要到唐代才開始建設，且境內多山，又時常需與當地原居者——「畬民」爭地，因此漳州的發展緩慢，要到明朝才出現人口壓力。

整體而言，兩宋期間閩地經濟、人口大幅度增長。為了紓解閩南的居住問題，不少閩南人開始向外移民，尋求新的生存空間。

（一）泉州話向外擴張

泉州從三國孫吳時代就開始發展，到了唐五代時已經累積了很大的經濟力量。唐朝後期，政府在泉州晉江地區開塘灌田、圍海造田。今日晉江境內有不少地名，都是唐宋年間修築水利工程的遺跡。這些開塘造田的工程是唐宋中央政府為了紓解泉州人口壓力的行政措施。

泉州人口持續增長的趨勢，使晚唐、五代政權，在泉州市區周邊先後增設新的縣治，如同安縣、德化縣、長泰縣、清溪縣（今安溪縣）等等。北宋初年，泉州方言已定型完成，開始向四周擴張。移民較遠的一支，南移至廣東省東部的潮汕平原、西部的雷州半島，以及附近的海南島地區。

部分泉州人在唐宋之際向北延伸至莆田、仙游一帶。宋初太平興國四年，莆田、仙游從泉州遷出成為太平軍，太平軍後來又改名為興化軍。由於莆仙地區長期都獨立為一個行政單位，且鄰近當時福建最大的行政中心——福州，因此莆仙地區逐漸發展為閩南泉州與閩東福州的混合區域。今日的莆仙話已經獨立為一個閩語次方言，與閩東、閩南、閩北等主要的閩語次方言並列。

（二）漳州話朝內陸山區散播

整個漳州的開拓，是由北向南、由沿海向內陸山區開發的過程。比起泉州的擴展，漳州的發展速度緩慢得多。原因是漳州的發展，一直帶著與畬族人民爭奪土地的色彩。

漳州內陸從唐代以後，就一直是畬族的重要根據地，閩南人漳州地區的擴張，需要先與畬族人爭奪生活資源，因此自然不如泉州地區發展迅速。此外，漳州境內多為山地，不適合發展農業耕種，但耕種卻是當時閩南族群最主要的生產方式，因此明朝以前，漳州人口更願意南遷至鄰近的潮汕平原，甚至沿著廣東省海岸線，遷徙至粵西雷州半島地帶。所以漳州本土的人口成長速度較泉州緩慢許多。明朝後期之後，漳州市區內才有較多的過剩人口，往內陸山區擴展。

漳州內陸地區本來通行的是與客語性質接近的畬族語言。隨著漳州人向內陸移居，畬族語言被閩南語覆蓋，逐漸轉為閩南語的通行地。但原先通行的畬族語言並沒有完全消失，只是退為底層語言，在該區的閩南語中可發現畬族語言特點的殘留。漳州內陸的閩南語也因為遺留了畬族的語言特徵，因此另外發展為漳州閩南語之下的一個新分支，一般被稱為「閩南西片方言」。

漳州府的擴建：東南沿海往西北山區發展

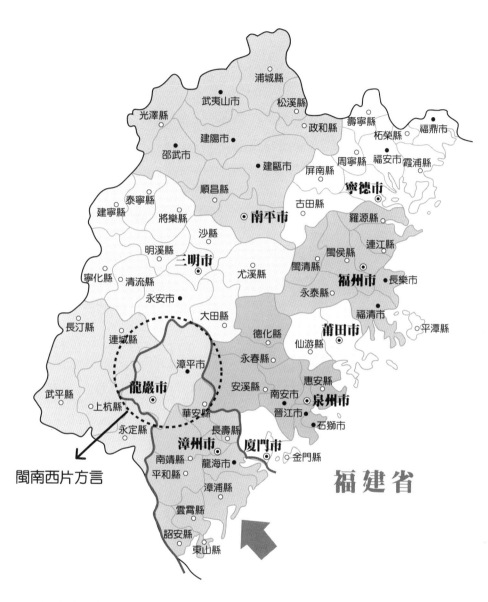

　　福建漳州府的擴展是從沿海的漳浦地區，逐漸往西北內陸山區推進。從唐代建州以後，歷經宋元明清的發展，漳州話隨著漳州人的開墾，由沿海散播至內陸的漳平、龍巖山區。漳平、龍巖是閩南語的內陸邊緣，這個區域也是畲民固守的最後堡壘，使得漳平、龍巖閩南語夾雜了相當多的底層語言素質，因與沿海漳州話難以通話，後來另立為「閩南西片」。清雍正時期以前，漳平、龍巖都歸漳州府管轄，雍正以後，才又改歸入福建西側的「汀州府」管轄。

2-6 閩南語的流播：潮汕

潮汕平原的閩語歷史比較複雜。潮汕平原位於廣東省東部，本區域早期與福建閩南地區屬於同一個行政單位，但潮汕同時也是不同波次、不同來源的閩南移民的遷入地，因此潮汕閩語既是福建閩南語自然擴散的結果，也是閩南人遠距離、跳躍式大批移民遷移的結果。

（一）潮汕平原的開發

粵東的潮汕平原，在上古時期是百越族活動的地區。漢武帝平閩越國之前，潮汕平原是閩越人的活動範圍。隋唐時期，本區域還有「俚」、「僚」等少數民族居住。一直到唐朝初期，潮汕平原基本上仍是非漢民族的勢力範圍。

不過，中原政府很早就在潮汕平原設立行政中心以便於管理。自漢武帝在粵東設立揭陽縣後，粵東潮汕地區就開始有漢人的足跡。東晉末年中原戰亂，當時已有北方移民遷往潮汕平原的記錄。

（二）泉州人的移墾

唐朝中期以後，潮州已經發展為戶數過萬的州郡，對比同時期福建各州的人口資料，當時潮州的開發水平實際上已僅次於泉州而已。

泉州人很可能早在唐朝中後期就遷播到粵東地區了。泉州的戶口數，從開元年間至天寶年間下降了兩萬多戶，即使加上同時期的漳州戶口數，依然少了兩萬戶。而潮州一帶在短短的十年中就增加了將近一萬戶。泉潮的戶口數更迭，很可能就是泉州人移往潮汕的結果。

其次，《潮陽縣志》記載，唐貞元初年，有莆田望族舉家遷至潮汕定居。莆田在唐朝時屬於泉州府範圍，是泉州人向北擴散的結果。莆田人遷潮之事說明，早在唐朝中後期閩南人就已沿著福建海岸線，進入潮汕平原發展了。

歷史上，潮州地帶多屬於嶺南廣州府管轄，但在唐代曾經一度歸入福建閩州府底下。這段歷史也顯示當時潮汕的文化、語言，比起廣東粵語區，其實更接近福建閩語區。

（三）漳州人的移墾

宋代以後，閩南人大量進入潮州定居。除了早先移入潮汕的泉州、莆仙人口外，漳州因緊鄰潮汕平原，漳州人向南擴張比向西北山區容易，因此宋元以後有大量的漳州人遷至潮汕平原，並逐漸取代了早期的泉州勢力，成為潮汕閩南人的主體。因此，史籍上描述潮州為：「雖境土有閩廣之異，而風俗無潮漳之分」。

至遲至南宋時，閩南人已成為潮汕平原的主要居住者，閩南語也成為潮州的主要語言。經過明清時期的發展，潮州方言已有別於福建閩南語，一般都被另外稱呼為「潮汕話」。不過，潮汕話明顯可見漳州方言的影子，可知這些漳州移入者對潮汕平原帶來的影響相當深遠。

潮州閩南文化精華 —— 潮劇

潮州的閩南文化中，以「潮劇」最著名。潮劇是以潮州話演唱的地方戲曲，又稱潮州戲、潮音戲、潮州白字戲。潮劇屬元明南戲的一支，為明代南戲五大聲腔之一。目前，潮劇隨潮州人傳播到世界各地，例如香港、澳門、臺灣、上海，以及海外的泰國、新加坡、馬來西亞、印尼、柬埔寨、越南等東南亞與歐美地區，是中國對外最有影響力的地方戲劇之一。

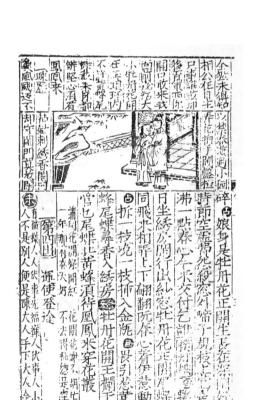

圖為明朝嘉靖本《荔鏡記》劇目頁面，出自中央研究院《語言典藏》資料庫。

《荔鏡記》

潮劇中，又以《荔鏡記》最著名。《荔鏡記》是目前所能見到最早同時運用泉、潮兩腔演唱的劇本，「泉潮合刊」是本劇的主要特徵。《荔鏡記》又稱為《陳三五娘》，劇本內文詞語以潮州話及泉州話混合寫成，可謂最早的一部閩南語白話文出版品。本劇2006年已列入「國家級非物質文化遺產」之中。

2-7 閩南語的流播：雷瓊

雷州半島位於廣東省西側，過去是少數民族的居住地。雷州半島南端，隔著瓊州海峽與海南島相望。海南島古稱「瓊州」，是中國國境南端，島上的居民除了漢族以外，還有許多黎族分布。海南島的優勢語言是閩南語，全區皆可以閩南語溝通。

（一）閩人遷入

南宋時，閩南文化就已經在粵東潮汕平原扎根，日後又有一波閩南移民繼續西進，從潮汕平原出發，向西移動至粵西的雷州半島，或再南遷至雷州半島南端的海南島。進入雷瓊地區的閩南移民，也有一部分是直接從福建地區，沿海岸線遷徙過來的。

從文獻記錄來看，今天粵西地帶早在宋代就已有相當數量的福建移民至此開墾，如北宋蘇轍詩作〈和子瞻次韻陶淵明勸農詩〉寫到：「予居海康，農亦甚惰，其耕者多閩人也。」，此詩是蘇轍任海康縣令（雷州）時所作，描繪出當時雷州閩南人的農耕情景。

北宋年間遠赴雷州開墾或經商的福建人，根據北宋時福建的發展情況，當時移入雷州的閩南人應該來自泉州，因此雷州閩南語早期屬於泉州腔系。

海南島因自然環境優越，很早就有土著民族繁衍生息。晚唐五代已有漢人移往海南島定居，但要直到北宋時，海南島才有閩南人進入。閩南人當時主要至海南島經商，輸運海南土產，例如檳榔作物，往返福建、海南。宋末元初後，才有較多的閩南人至海南島定居。清代以後，潮汕人也開始西遷至海南島，此時海南島的人口才有較明顯的增長。

（二）語言環境複雜

比起其他閩南流播地，雷瓊的語言環境複雜許多。雷瓊地區早期是不同種族混居之地，例如《電白縣志》描述該地：「壯瑤雜處，語多難辨。」不同來源的非漢族群，以及日後分次遷入的閩南、客家或軍戶等漢民族混居當地。複雜的語言環境以及人口流動，促使該地的閩南語出現許多獨特的演變。

此外，雷瓊地區離閩南核心區域較遠，與潮汕閩語之間又被粵語、客家語區隔，這使雷瓊閩南語出現更大的獨立發展空間。雷瓊閩語大量吸收當地的土著語言，以及閩南移民遷徙途中夾帶的粵語、客語、官話成分，雷瓊閩語發展至今已經是一種腔調特殊的閩南方言了。

雷瓊閩語之內，雷州與瓊州又有些微差異。比起雷州閩語，海南島閩語變化更劇烈。明代以後，雷州半島少數民族的語言範圍大幅縮小，經過清朝三百年的發展後，雷州半島已幾乎被閩南語覆蓋。但海南島則不然，海南黎族過去被分為「生黎」與「熟黎」，生黎居住在海南中部山區，不納稅、不徭役，政府無法掌控；熟黎居住在平原地段，與漢人混居。當閩南人進入海南島後，該地仍然維持了很長一段時間以黎語為優勢的社會狀況，因此閩南語在海南島的變化就比在雷州半島更大，海南閩語比雷州閩語帶有更明顯的黎語特點。

雷瓊閩語的形成與閩南人的遷徙途徑

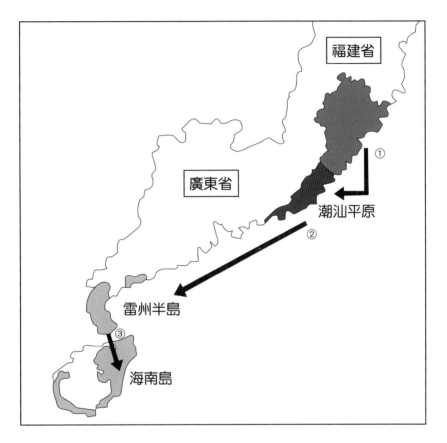

　　入雷瓊之地的福建人，主要是先在粵東潮州地區生活一段時間後，才再往西遷徙至雷州半島。另有一部分的閩南人，之後又再南遷到海南島。根據錢奠香（2001）的分析，雷州與海口有71條兩地特有但他處閩南皆無的特徵詞，絕大多數都是本字未明的方言詞彙。造成雷瓊閩語異於福建或潮汕閩語的原因是，在閩南人到達雷瓊之前，本區域早已有為數眾多的百越族居住，古雷州本是百越族的世居地，從新石器時代開始，雷州的百越族就有移往海南島的記錄。唐宋時，從雷州遷徙至海南島的民系，形成海南黎族的一支。（劉嵐、李雄飛2008）簡單來說，雷州與瓊州閩語的深層聯繫，可從(1)閩南移民的來源、(2)雷瓊底層民族的遷徙、(3)雷瓊閩語特有的方言詞等三方面來闡明。

2-8 閩南語的流播：臺灣

明代以後，福建人口壓力仍然持續，因此部分閩人向東遷往臺灣居住。臺灣的閩南人絕大多數來自泉州與漳州，入臺的泉州系閩南語與漳州系閩南語，在經過三四百年的發展後，已經有不同程度的混淆或產生臺灣特有的語言特性。

近年來，臺灣出現一種具有全臺「共通性」的「臺灣普通腔」閩南語，或稱為「臺灣優勢腔」。這種腔調是漳、泉方言混合的結果，口音接近廈門話，因為廈門話也是泉漳方言經過近百年的融合後，發展出來的折衷口音。臺灣普通腔與廈門話的語音接近，也顯示出閩南語泉漳方言混合後出現的演變方式具普遍性。

（一）閩臺淵源

福建閩南地區與臺灣地區很早以前就有密切的關聯。元朝政府於澎湖設立巡檢司，徵收臺灣賦稅，並積極地建立對臺的治理行政權。明代以後，福建閩南人開始大規模遷移至臺；清朝時期，閩南移民潮達到高峰。

臺灣因為地理位置緊鄰福建的閩南區域，依照當時的交通技術，若順風而行，從廈門至臺灣低於24航時。由於福建、臺灣位置接近，環境也相似，因此遷徙至臺成為紓解福建閩南人口的最佳選擇之一，移居臺灣在閩南地區也蔚為風尚。

（二）四波移民潮

今日臺灣說閩南語的人口佔了全臺總人口的85%。閩南方言取代了原先在臺大量分布的南島語言，大量的閩南移民漢化了原先居住於平原的「臺灣平埔族」，使他們成為閩南語使用者。臺灣南島語言目前只通行在居住於山區的高山族領域。

福建閩南人共有四波較大規模的入臺運動，分別是：
1. 明末隨顏思齊、鄭芝龍入臺
2. 荷蘭治臺時期招募閩南人入臺政策
3. 鄭成功率領閩人收復臺灣
4. 清初推動閩人入臺墾荒政策

閩南移民最早的根據地是臺南平原，日後繼續向南北兩路墾殖。清朝康熙中期至乾隆年間，將近一百年的時間裡，臺灣的西部平原已經都變為適合耕種的良田了。

此後，閩南人移墾的目標轉為西部的丘陵山地，和交通較不便利的東部蘭陽平原。咸豐年間，中部南投的埔里盆地也大多開發完畢。至此，閩南語已隨著閩南移民散播全臺，從原先的臺南平原，逐步地擴展到高雄、臺中、臺北地區，然後又從臺北擴散到東部蘭陽平原，幾乎布滿了臺灣全島的平原與低淺丘陵地。

小博士解說

臺灣普通腔

根據洪惟仁（2003）的研究，泉漳方言在臺灣經過300多年的融合與競爭後，形成一個朝著「漳州腔」靠攏的臺灣普通腔。這個結果並非由於漳州移民人口多於泉州，或是漳州移民社經地位高於泉州等因素導致，而是因為漳州話的語音結構比泉州話更具有「語言普遍性」。

閩南人在臺灣

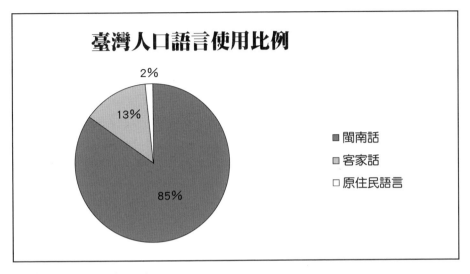

資料來源：洪惟仁（2013）

　　若不計「國語」，臺灣地區語言使用情況如上圖，閩南語在臺灣佔絕對優勢與多數，其次為客家話，原住民語言（南島語）已退至僅佔總人口數的2%。

　　臺灣近年雖已融合出臺灣普通腔閩南語。不過因移民祖籍地有泉、漳差異，各地的閩南腔調仍有偏重漳腔或泉腔的細微差異。例如宜蘭腔帶有較濃厚的漳州特色，鹿港腔則偏重於老泉州鄉音。

知識補充站

臺灣的四海客家語

　　臺灣的客家移民情況也有些類似閩南。臺灣客籍移民有兩大來源，分別是來自廣東梅縣周遭，或來自廣東海陸豐地區。梅縣移民講的客語一般稱為「四縣腔」，以今日苗栗或高雄六堆為主要分布地；海陸豐移民講的客語稱為「海陸腔」，主要分布在新竹、桃園一帶。有不少客家人入臺後，再度遷徙至臺灣東部花蓮地區，花蓮的客家二次移民因生活區域的限制，兩種客家腔調出現混同，形成特性接近閩南普通腔的「四海客家語」，融合了四縣與海陸兩種腔調。

2-9 閩南語的流播：南洋

閩南地區的人民，至少從唐宋時代，就開始因為各種原因遷徙至異國，明清兩代是閩南人移往外國的主要時期。閩南人多數到了南洋群島的菲律賓、印尼、馬來西亞、新加坡，以及中南半島的泰國、寮國、緬甸、越南等國。

近兩三百年來，也有從南洋群島或中南半島，再次轉往歐美地區的閩南海外華僑，將閩南語帶往亞洲以外的區域。

（一）海外移民記錄

史籍上，有不少關於明清時期閩南人移居海外的記錄。例如：

①呂宋居南海中，去漳州甚近，先是閩人以其地近且饒富，商販至者萬人，往往久居不返，至長子孫。（《明史・呂宋傳》）

②嘉靖末，廣東大盜張璉作亂，官軍已報克獲。萬曆五年，商人旨舊港者見璉列維蕃舶長，漳、泉人附之，獲中國市舶司官云。（《明史・外國傳》）

③嘉靖間，漳、泉及潮州人，多至滿剌加、勃尼、暹羅。（《瀛涯勝覽》）

早期至東南亞定居的閩南移民，主要是商販或逃離中國的流民。

明代以前，移民南洋或海外的閩南人數量較小，但明末開始，這股閩南移民潮變得非常可觀。移往海外的閩南人，除了亦商亦寇者之外，還有隨著鄭和下西洋的群眾。而跟隨鄭成功赴臺的閩南官兵，也有在清朝康熙年間收復臺灣後，再次移往南洋的二次移民者。

清朝中葉以後，有不少被歐美殖民者運往東南亞甚至歐美地區從事苦力工作的閩南人，這些閩南人若於異國倖存下來，也成為另一波移民潮。

根據臺灣僑務委員會於1970年代的統計資料，東南亞各國的華僑共有1600多萬人。其中，除了越南155萬是廣東粵語區移民者佔多數，以及泰國365萬是廣東潮汕區移民者佔多數外，東南亞其餘各國都以福建移民為主。而這些福建移民中，又以閩南移民為大宗。

在東南亞地區，閩南人所說的語言直接被稱為「福建話」。雖然福建的漢語方言另有閩東、閩北或客家等方言，但因為歷史移民因素，在東南亞地區，「閩南」已經等於「福建」的代稱了。

（二）南洋閩南語的特色

南洋各國的閩南移民多是明清時期，尤其是清代以後才移往僑居地，但移民之後仍跟福建祖籍地保持密切聯繫，因此雖然南洋閩南語大體上是廈、漳、泉方言不同程度的融合，並參雜了各國本土語言或西方英語的詞彙、語音成分，不過南洋區域的閩南語與福建廈漳泉等本土閩南語溝通並不困難。比起雷州半島或海南島的雷瓊閩語，南洋閩南語更接近福建廈漳泉的閩南方言。

新加坡閩南語的形成與特點

　　新加坡閩南語在當地被稱為「福建話」，融合自泉州、漳州方言，不過以泉州音為重。新加坡閩南語也帶有潮州話的特色，兼具福建閩南本土和廣東潮汕的色彩。另外，因為新加坡的歷史背景，當地的閩南語融合了粵語、馬來語以及英語成分。不過整體的語法和語音結構，仍然與福建的閩南語有著高度的相似性。

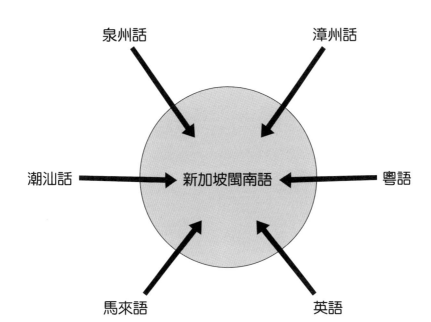

2-10 閩南語的流播：飛地

　　明清時期，還有部分閩南人朝向大陸其他省份遷徙。這種移民族群比較分散，成規模的不多。

　　這些明清時期才出現的省外閩南方言中，比較大的閩南移民區域是浙江南部溫州一帶。浙南地區的閩人來源，除了閩南區外，還有來自閩東北的移民，這些閩方言統稱為「浙南閩語」。其他地區的閩南移民非常零散，多數是分布在其他種方言區內的「閩南方言島」，被他種方言環繞。

（一）浙南閩語

　　溫州地區現今所通行的閩語主要分布在泰順、蒼南、平陽、溫州、洞頭等縣市。在這幾個縣市中，閩南方言主要分布在蒼南縣的中部、西部和南部。其他地方所通行的閩語被當地人稱為「蠻話」，語音接近閩東話，性質同屬於閩語系統。

　　溫州過去是吳語的通行區。溫州位於吳語區南端，開發較晚。溫州與閩東鄰接，因此福建很早就有人移往溫州地帶。根據統計，宋朝時期至少約有35氏族，從福建舉家遷往溫州開墾。

　　宋代福建人移民溫州的高峰發生在南宋孝宗時期。乾道二年發生強烈颱風登陸溫州，造成溫州海濱田畝民宅大量毀損，日後吸引了不少福建東北部居民前往開墾、定居。這批移民帶來了今日溫州的閩東語系方言，也就是所謂的「蠻話」。

　　閩南人移入浙南的時期稍晚，且與清初的遷界政策有關。根據光緒年間《泰順分疆錄》記載：

　　自康雍以後，多汀州人入山種靛，遂至聚族而居，今皆操汀音。乾隆以後，多平洋北港人入山耕種。有髮族者類皆國初由興、泉內徙之民，故又特操閩音。

　　入清以後，不少閩南人從莆田（興化）、泉州一帶遷入溫州，並把泉州口音帶往當地。閩南泉腔口音與當地原有的吳語，以及宋朝時期遷入的閩東方言和當地的少數民族語言互相交流後，形成今日的浙南閩南語。

　　溫州一帶語言複雜，除吳語外，亦分布少數民族語言，閩南語遷入溫州後經歷諸多語言演變，今日的浙南閩語與福建閩語僅能勉強通話。

（二）閩南方言島

　　在浙南定居的閩南人，日後又有些繼續北遷至江蘇或舟山群島。部分往西進入江西贛東北的一些縣市，例如上饒地區的玉山、廣豐、上饒、鉛山、弋陽。遷入贛語區的閩南語，自然受到贛語的影響，系統內雜染贛語成分。

　　閩南語向大陸內地散播最遠的一支，到了四川金堂縣，這批移民是康熙年間漳州南靖縣石門鎮的陳姓家族。明清兩代也有閩南人往粵西或廣西東南部遷徙的，形成零散的閩南方言島。這批閩南移民，主要也來自漳州地帶。

方言島

「方言島」是一個地理概念。在一定的區域範圍內，該區域的居民使用的方言與包圍該地區的方言完全不同，使該區域如同大海中的一個孤島，所以稱之為方言島。方言島內的居民使用獨立的語言或方言，往往是因為他們是從外地大規模遷入本區域，同時將本身使用的方言帶入的緣故。

方言島的居民，在本區域內與人交流時使用方言島的方言，與外界交流時則使用外界的方言。在與外界的居民長期貿易或通婚下，從遠方家鄉帶來的方言便逐漸消失。方言島的方言常常是該區域的老一輩人使用，如果這些方言沒有傳給下一代，方言島也就會逐漸消失。

 臺灣的閩南方言島──桃園大牛椆方言

大牛椆閩南語位於桃園縣的新屋鄉下埔村及永興村，這裡是長期被海陸客語包圍的閩南方言島。目前大牛椆閩南語已經吸收了很多客語的詞彙或語法成分，成為一種帶有濃厚客家色彩的閩南語。

第3章

研究閩南語的方法

3-1 田野調查法

語言研究的第一步是「語言田野調查」，任何一種語言的研究，都需要經過實際調查該語言的過程。閩南語的研究工作也是如此，實地田野調查才可以發現書面文獻上沒有記錄的語音資訊。

（一）語言田野調查法的由來

語言田野調查來自人類學和考古學的「直接觀察法」，直接觀察法是以第一手方式蒐集研究資料的方法。現場調查工作的術語是Field Work或Field Research，一般翻譯為「田野調查」。這種現場調查研究標的物的方式，目前已廣泛應用於語言學、社會學等人文社會學科之中。

語言的田野調查內容包括「語音」、「詞彙」、「語法」三大方面。語音系統是語言中最容易被觀察的對象，所以語言田野調查工作一般都從語音調查開始著手。

（二）以IPA記錄田調內容

語言調查的記錄工具是「國際音標」，International Phonetic Alphabet，簡稱IPA。這是一套記錄人類語言的符號體系。

國際音標由「國際語音學會」制訂，這套音標不是針對某一個特定的語言而訂制，是根據全人類發音器官的構造和發音的能力，設計適用於各種語言或方言的標音系統，來滿足語言學研究所用。

國際語音學會對國際音標的符號內容時有增訂，最近的一次修正是2005年。

（三）調查漢語的經典工具

漢語系語言的田野調查，有三個可運用的經典工具，分別是：(1)中國社會科學院語言學研究所（2003）〈漢語方言詞語調查條目表〉；(2)中國社會科學院語言學研究所（1988）《方言調查字表》；(3)Anne Yue Hashimoto（余靄芹）（1993），《Comparative Chinese Dialectal Grammar》。

漢語系語言的調查工作可從詞彙紀錄著手。中國社科院設計的〈漢語方言詞語調查條目表〉依據詞彙的語意性質分類，從天文、地理至各種代詞、副詞皆完整收入。調查者於工作之初，可先利用本詞表，大範圍蒐集該語言各種詞彙讀音，再從中歸納語言的語音系統。

《方言調查字表》提供漢語系語言歷史演變的觀察窗口。本書挑選了漢語常用的3800多字，依照宋代《廣韻》的語音系統排列成「同音字表」，全書總共有80張字表。這本書的編排目的是讓研究者可輕鬆比對每個漢字的古今語音，並分析中古音與現代讀音的格局異同。目前這本書仍是漢語系語言研究的常用工具書。

《Comparative Chinese Dialectal Grammar》對漢語各種基本句型、特殊句型做了完整的問句規劃，包含處置句、致使句、被動句、疑問句、否定句等。研究者可依語法主題，依序調查該語言的語法現象。

語法是語言符號排列的組織規則，運用本書調查語法，可以快速掌握漢語系語言中常被討論的語法議題。

圖解閩南語概論

漢語歷史研究的重要工具：《方言調查字表》

中古音系聲調類別 →

中古音系韻母名目

	假開二：麻		
	平	上	去
	麻	馬	禡
幫滂並明	巴芭*疤 「鈀(杷)鈀仔」 爬琶琵琶杷枇杷 蔴蔴蟆蝦蟆〔媽〕	把把握，把守，一把 馬碼(馬)碼子	霸欛柄*壩堤垻平川*爸 怕*帕(帊) 杷(杷)犁杷，杷地 罵
端透定			
泥(娘)來	拿(拏)		
精清從心邪			
知徹澄	茶搽(搽)		蛇 水母
照穿牀審 莊初崇生	查(柤)山查渣(柤) 又权枝权差差別，差不多 *苴[查]調查 沙紗	灑	詐榨榨油[炸]炸彈 岔(*敠)三岔路 乍 *廈偏廈，前廊後廈
照穿牀審禪 章昌船書			
日			
見溪群疑	家加痂嘉傢(家)傢具 牙芽衙伢(*玥)小孩子	假真假買姓 雅	假放假架駕嫁稼價 *搲捕，捉，拿住 砑砑平
曉匣	*蝦魚蝦*煆煆腰 霞瑕遐蝦蟆	下底下夏姓廈廈門	嚇嚇一跳 下下降夏春夏暇
影喻喻 喻云 喻以	鴉丫丫頭椏椏权	啞	亞

中古音系聲母名目

填上表格內漢字的現代讀音，即可比對現代方音與古代音系的聲母、韻母、聲調等音韻架構。從歷史觀點觀察古今異同。

3-2 進行田野調查：事前準備

前往田野做語言訪談之前，需要一些事前的準備功夫。最好先學習語言調查的基本能力，並嘗試蒐集欲調查方言的相關資料。大致來說，田野調查前的準備事項如：

（一）培養語音轉寫能力

聽到聲音後能馬上以恰當的IPA符號記錄該語音，這種能力需要經過不斷地練習與經驗累積才能養成。一開始可以先研習相關課程，平日先練習各種語音的發音，培養聽辨及轉寫能力，並嘗試修正可能的錯誤。

轉寫語音涉及一項重要的語言學概念，也就是「音位」（phoneme）。在實際的語言中，同一個「音位」在語流中會隨著說話時的狀況，出現不同的「音值」（phonetic）。調查者需要注意這些語音差異，並依照該語言的結構運作，辨認出這些不同的語音變體屬於哪一個音位之下。也就是說，這些語音變體，被視為一個音位底下的不同「分音」（variant）。

田調訪問時，語流中充斥著不同的語體、語調，因此很可能會聽到許多同音位的語音變體。發音人若持小心謹慎的說話態度，此時所發的語音大多是標準音色，但若是輕鬆隨意的說話態度，發音人此時所發的語音就充滿了許多語音變體。

前往田野之前，調查者可先充分練習音位的歸納和確認原則，並熟悉各種語音的轉寫符號，培養語言田野調查的操作熟悉度，減少田調時手忙腳亂或轉寫時的語音確認困難。

音值、音位、同位音、語音變體等概念，都是很重要的語言學基礎知識，本書將於第4章仔細說明。

（二）瞭解當地風土民情

前往田野之前，可先利用網路或圖書館，事先搜尋好與該地相關的文獻，初步先瞭解語言調查地的風土民情和文化概況。田野調查地點的文化知識，有助於尋找適當的發音人，以及蒐集有用的研究資源，對於調查時使用的問卷設計，也能帶來正面的效益。

（三）聯繫發音人

如果情況允許，可事先找好合適、有時間配合調查的發音人。可透過當地學者、政府或親友，幫忙介紹能夠流利使用該語言的母語使用者。不同的研究問題，合適的發音對象不一定相同。

如果實際情況無法允許事先確定發音對象的話，可以安排較長的田野調查工作時間。抵達該地的前幾天，先至當地居民聚集的休閒之處，例如社區公園或里民活動中心，向居民表明來意，請當地耆老或里長，幫忙尋找符合研究主題的發音對象。

（四）準備記錄工具

調查過程最好留下完整的語音記錄資料，因此需要準備錄音器材。妥善保存錄音檔案，便於日後重複聽辨，核對調查時的語音描寫是否翔實。應避免於訪談現場頻繁地確認語音，反覆請發音人重複相同的語音，會讓發音人過度疲憊或倦於配合。

國際音標表（2005）

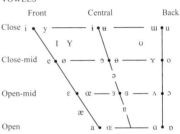

CONSONANTS (PULMONIC)

© 2005 IPA

	Bilabial	Labiodental	Dental	Alveolar	Post alveolar	Retroflex	Palatal	Velar	Uvular	Pharyngeal	Glottal
Plosive	p b			t d		ʈ ɖ	c ɟ	k ɡ	q ɢ		ʔ
Nasal	m	ɱ		n		ɳ	ɲ	ŋ	N		
Trill	ʙ			r					ʀ		
Tap or Flap		ⱱ		ɾ		ɽ					
Fricative	ɸ β	f v	θ ð	s z	ʃ ʒ	ʂ ʐ	ç ʝ	x ɣ	χ ʁ	ħ ʕ	h ɦ
Lateral fricative				ɬ ɮ							
Approximant		ʋ		ɹ		ɻ	j	ɰ			
Lateral approximant				l		ɭ	ʎ	ʟ			

Where symbols appear in pairs, the one to the right represents a voiced consonant. Shaded areas denote articulations judged impossible.

CONSONANTS (NON-PULMONIC)

Clicks		Voiced implosives		Ejectives	
ʘ	Bilabial	ɓ	Bilabial	ʼ	Examples:
ǀ	Dental	ɗ	Dental/alveolar	pʼ	Bilabial
ǃ	(Post)alveolar	ʄ	Palatal	tʼ	Dental/alveolar
ǂ	Palatoalveolar	ɠ	Velar	kʼ	Velar
ǁ	Alveolar lateral	ʛ	Uvular	sʼ	Alveolar fricative

OTHER SYMBOLS

ʍ Voiceless labial-velar fricative

w Voiced labial-velar approximant

ɥ Voiced labial-palatal approximant

ʜ Voiceless epiglottal fricative

ʢ Voiced epiglottal fricative

ʡ Epiglottal plosive

ɕ ʑ Alveolo-palatal fricatives

ɺ Voiced alveolar lateral flap

ɧ Simultaneous ʃ and x

Affricates and double articulations can be represented by two symbols joined by a tie bar if necessary. k͡p t͡s

VOWELS

Where symbols appear in pairs, the one to the right represents a rounded vowel.

SUPRASEGMENTALS

ˈ	Primary stress
ˌ	Secondary stress ˌfoʊnəˈtɪʃn
ː	Long eː
ˑ	Half-long eˑ
˘	Extra-short ĕ
ǀ	Minor (foot) group
ǁ	Major (intonation) group
.	Syllable break ɹi.ækt
‿	Linking (absence of a break)

DIACRITICS

Diacritics may be placed above a symbol with a descender, e.g. ŋ̊

̥	Voiceless	n̥ d̥	̤	Breathy voiced	b̤ a̤	̪	Dental	t̪ d̪
̬	Voiced	s̬ t̬	̰	Creaky voiced	b̰ a̰	̺	Apical	t̺ d̺
ʰ	Aspirated	tʰ dʰ	̼	Linguolabial	t̼ d̼	̻	Laminal	t̻ d̻
̹	More rounded	ɔ̹	ʷ	Labialized	tʷ dʷ	̃	Nasalized	ẽ
̜	Less rounded	ɔ̜	ʲ	Palatalized	tʲ dʲ	ⁿ	Nasal release	dⁿ
̟	Advanced	u̟	ˠ	Velarized	tˠ dˠ	ˡ	Lateral release	dˡ
̠	Retracted	e̠	ˤ	Pharyngealized	tˤ dˤ	̚	No audible release	d̚
̈	Centralized	ë	̴	Velarized or pharyngealized	ɫ			
̽	Mid-centralized	e̽	̝	Raised	e̝	(ɹ̝ = voiced alveolar fricative)		
̩	Syllabic	n̩	̞	Lowered	e̞	(β̞ = voiced bilabial approximant)		
̯	Non-syllabic	e̯	̘	Advanced Tongue Root	e̘			
˞	Rhoticity	ɚ a˞	̙	Retracted Tongue Root	e̙			

TONES AND WORD ACCENTS

LEVEL			CONTOUR		
e̋ or ˥	Extra high		ě or ˩˥	Rising	
é ˦	High		ê ˥˩	Falling	
ē ˧	Mid		e᷄ ˦˥	High rising	
è ˨	Low		e᷅ ˩˨	Low rising	
ȅ ˩	Extra low		e᷈ ˧˦˧	Rising-falling	
↓	Downstep		↗	Global rise	
↑	Upstep		↘	Global fall	

047

3-3 進行田野調查：注意事項

(一) 確認發音人背景

發音人的背景資料應詳細詢問，並仔細記錄。日後若有機會繼續相關地區的語言調查工作，可以再次請問這位發音人能否提供協助。

有時候發音人的背景資訊會與原先的認知有所出入，例如非本地人、非母語者或外出工作長達數十年等等。詳細詢問發音人的背景，可以及早發現這類問題，並重新安排適合研究主題的發音對象。

此外，也應詢問發音人的語言背景，例如能說幾種語言，以及學習的次序和平常的使用情況。發音人若具有其他語言能力，或許會對欲調查的標的語言有所影響，因此也應把發音人的語言背景一同記錄下來。

(二) 調查方式

調查工作進行時，應選擇安靜的場所，以便於錄音或記音，並請發音人抽出較長的時間配合。根據研究的主題，事先準備好欲調查的問卷，調查結果以IPA描寫。

調查時，請發音人針對問句內容，以自己的母語說出，每句說兩次。只說一次時，可能會有不自覺的口誤或其他因素干擾。說第二次時，發音人能重新檢視句子的合理性，減低誤說的機率。如果該問句還有其他類似的用法，發音人也可能會在第二次讀時提供。

若是調查完全不熟悉的語言或方言，調查者可先從「基本詞彙」著手，一步步擴充蒐集的詞彙範圍與數量。之後再根據所蒐集的詞彙讀音，分析該語言或方言的共時性音韻系統（Synchronic Phonology）。

一日內的調查時數，以不超過五至六小時為宜。一日內過長的訪問會讓發音人疲倦，調查者也不易集中精神聽辨語音。

(三) 當日核對語音記錄

調查日晚上的工作是核對該日的調查記錄。趁著記憶猶新時，立刻整理、核實當天的語音資料；若是團體調查工作，也應於當天晚上討論該日的工作結果。如果發現任何疑慮，隔天可立即請教發音人。

若隔了一段時間才核對語音記錄，可能會出現因記憶模糊而錯認資料的缺失。調查日當天立即確認資料，可避免再次前往該地的煩擾與舟車之苦。

(四) 不斷地累積經驗

語言的田野調查工作是一項專門技術，實際操作幾次後，便能漸漸地掌握一些訣竅，避免一些容易出錯的環節。

初學者可以先跟著有田調經驗的學者一同前往，調查時由前輩學者擔任主要訪問人，初學者於旁觀摩，並跟著記錄發音人的語音，且每日和前輩學者核對該日田調的記音資料。幾次下來，田調技術便能越來越純熟，就可以開始嘗試單獨進行田調工作。

田調技巧無法一蹴可幾，只能靠著經驗不斷累積，並逐漸提高記音的準確性。

田野調查所得是語言的「共時音系」

　　共時音韻系統（Synchronic Phonology）是平面的概念，又稱爲「平面音系」。語言是一個連續的立體概念，相較於語言整體，共時音系只是語言連續體中的某一個橫切面，這個橫切面是語言的某個平面。

　　語言調查工作僅能記錄語言在某一個時段的橫切面向，因此記錄下來的語音系統被稱爲「共時平面音系」。

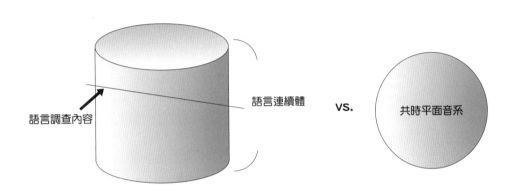

語言調查內容　　語言連續體　　vs.　　共時平面音系

　　★　共時系統上的所有語音，皆承繼自該語言的歷史長河中。若有特殊的歷史條件或外在因素發生，語言的面貌就會被改變，此即為歷史語言學的研究旨趣，關注語言的歷時發展(Diachronic Sound Change)。

3-4 閩南語田野調查工作坊

中央研究院語言學研究所於2010年七月舉辦為期十二天的「語言學卓越營：閩語研究」（2010 Workshops on Advanced Linguistics：Min Studies），該活動全面且深入地探討國內外語言學界對於閩語的研究成果，並觸及其他與閩語相關的幾個課題。本次卓越營安排了實作工作坊，其中一個即為「閩語田野調查工作坊」，由新竹教育大學劉秀雪教授設計指導。

底下歸納該工作坊對閩南語「語音」、「詞彙語法」調查工作所提出的田調技巧與相關的注意事項。

(一) 語音調查

閩南語的語音調查除了使用漢語系語言的調查工具書，如中國社會科學院語言所（1988）《方言調查字表》、（2003）〈漢語方言調查條目表〉以外，還可以使用臺灣著名的閩語研究學者洪惟仁教授編輯的《閩南語方言調查手冊》，讀者可至洪教授的個人網頁下載：http://www.uijin.idv.tw/。

上述調查字表主要是針對「瞭解方言音系」，或「認識閩南語次方言差別」等目的所做的設計，若研究者有特殊的調查目的，可以嘗試自行設計符合研究需求的調查問卷。例如欲研究臺北地區閩南方言近十年元音系統的語音發展，調查者可以根據幾類一般閩南語有區別的元音，找出「最小對比詞」（minimal pairs），穿插不同音類來設計問卷。

不過，事先規劃問卷也有調查盲點，易有預設立場，只關注原先已注意到的問題。使用書面的問卷形式調查，發音人一般會採用小心正式的語體，因此也不易觀察到該方言日常的口語語音。

反之，採取隨意面談或敘事、說故事的模式採集語料，研究者較容易發現過去從未注意到的語言特色，減少預設立場。但這種調查方式耗費時間，工作時長難以預料，且調查到可供分析的材料也相對有限。

更好的方式是，問卷訪談與自由敘事一起並行，相輔相成。一方面可以迅速蒐集目標語料，同時也能藉由自由敘事發現語言特色，新的發現也是下一步問卷規劃的重要參考指標。

(二) 詞彙語法調查

閩南語的詞彙調查除了使用調查條目表外，還可以使用Princeton University（1972）出版的《方言詞彙調查手冊：Handbook of Chinese dialect vocabulary》。語法的調查則以Anne Yue Hashimoto（余靄芹）（1993）《Comparative Chinese Dialectal Grammar》為主要參考工具。

詞彙語法的調查也能根據研究問題設計問卷。問卷的設計，應一併參考當地的方言文獻，注意特殊語言現象，以便調整問卷規劃。

語法調查時應特別注意是不是有不同的說法，不同句型間是不是有細微的語意差別？調查者可以提供可能合法或不合法的造句，讓發音人判定，或是描述相關的語境，讓發音人判定語意是否相同。

閩南語小稱詞「仔」調查表（劉秀雪2010）

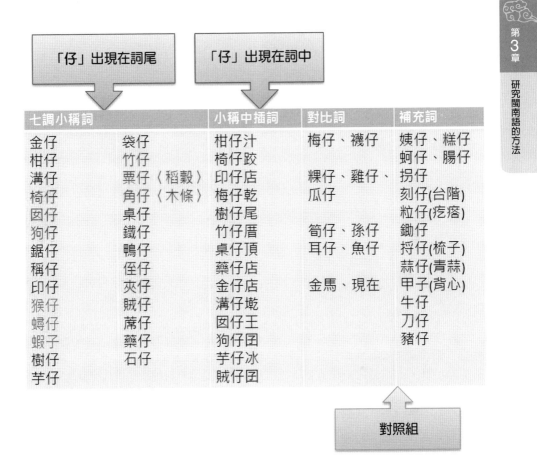

七調小稱詞		小稱中插詞	對比詞	補充詞
金仔	袋仔	柑仔汁	梅仔、襪仔	姨仔、糕仔
柑仔	竹仔	椅仔跤		蚵仔、腸仔
溝仔	粟仔〈稻穀〉	印仔店	粿仔、雞仔、	拐仔
椅仔	角仔〈木條〉	梅仔乾	瓜仔	刻仔(台階)
囡仔	桌仔	樹仔尾		粒仔(疙瘩)
狗仔	鐵仔	竹仔厝	筍仔、孫仔	鋤仔
鋸仔	鴨仔	桌仔頂	耳仔、魚仔	捋仔(梳子)
稱仔	侄仔	藥仔店		蒜仔(青蒜)
印仔	夾仔	金仔店	金馬、現在	甲子(背心)
猴仔	賊仔	溝仔垷		牛仔
蟳仔	蓆仔	囡仔王		刀仔
蝦子	藥仔	狗仔囝		豬仔
樹仔	石仔	芋仔冰		
芋仔		賊仔囝		

「仔」出現在詞尾　「仔」出現在詞中　對照組

　　閩南語的「小稱詞語法化」研究，近年有豐碩成果。小稱詞尾「仔」（「仔」為訓讀，閩南語本字是「囝」）是一種「詞彙後綴」（suffix），作用類似國語的「兒」。

　　閩南語小稱詞的構詞能力強，且隨著前後字的不同，小稱詞的讀音也會隨之變化。本調查表的設計目的即在於觀察小稱詞尾在不同環境以及不同詞彙位置時的讀音表現。

3-5 閩南語韻書

「韻書」簡單的說，就是匯集相同「韻母」的字群，以供作詩押韻參考的書籍。閩南語韻書就是特別根據閩南語方言編纂的押韻工具書。

（一）閩南重要韻書

閩南語有幾部重要的經典韻書。分別是：

1. 反映泉州音系的《彙音妙悟》
2. 反映漳州音系的《雅俗通十五音》
3. 反映廈門音系的《八音定訣》
4. 反映臺灣音系的《彙音寶鑑》
5. 反映潮州音系的《潮語十五音》

上述五部韻書中，《彙音妙悟》最早刊行。這部韻書刊行於清嘉慶五年（西元1800年），距今已兩百多年，是第一部以閩南語編寫的方言韻書，完整地記錄了十八世紀末期的泉州音系。

洪惟仁（1996）《彙音妙悟與古代泉州音》一書，建立了以閩南韻書材料研究閩南語的範本。底下以《彙音妙悟》為例，根據洪惟仁的研究成果，說明閩南韻書的編排方式、特色以及研究方法。

（二）編排方式

《彙音妙悟》的編排結合中古韻書與韻圖，作者在書中，〈自序並例言〉中已闡明，本書「以五十字母為經，以十五音為緯，以四聲（八音）為梳櫛。」

《彙音妙悟》沿襲了中古韻書以韻求字的傳統方法，所收錄的字依照押韻與否分門別類，每一韻類立一名目，稱為「字母」，例如〈東〉字

母、〈香〉字母。《彙音妙悟》總共有五十個字母，也就是把閩南語分成50個押韻單位。

除此之外，《彙音妙悟》也融入中古後期「韻圖」的概念，每一類字母內的字群，又分別依照「聲母」類別編排，每一聲類立一名目，稱為「字頭」。《彙音妙悟》共有十五個字頭。這種編排方式並非閩南韻書首創，乃承繼自明末戚繼光的《戚參軍八音字義便覽》。

「韻母」、「聲母」是分析漢語的重要語言學概念，本書將於第4章仔細說明。

（三）研究方法

閩南韻書反映了真實的語言系統，這個材料提供了古代閩南音系的語音間架。研究者可利用這項材料，對比現代閩南方音，或是比對不同時代或不同地點的韻書材料，分析閩南語的歷史演變，進而擬測古閩語音值。

小博士解說

1. 《彙音妙悟》十五音：

柳、邊、求、氣、地、普、他、爭、入、時、英、文、語、出、喜

2. 《彙音妙悟》五十字母：

春、朝、飛、花、香、歡、高、卿、杯、商、東、郊、開、居、珠、嘉、賓、莪、嗟、恩、西、軒、三、秋、箴、江、關、丹、金、鉤、川、乖、兼、管、生、基、貓、刀、科、梅、京、雞、毛、青、燒、風、箱、三、熊、嘮

閩南韻書《彙音妙悟》內頁（洪惟仁1996）

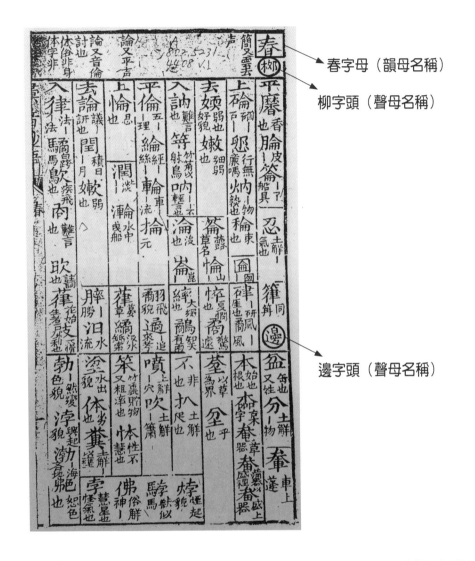

春字母（韻母名稱）

柳字頭（聲母名稱）

邊字頭（聲母名稱）

〈春〉字母字，即指放在此韻目之下的所有字群。〈柳〉字頭、〈邊〉字頭是聲母類別，閩南韻書結合過去中國傳統韻書和「韻圖」（Rhyme Table）的優點，把同一韻目之下的字群，再依照聲母讀音細分排列。

閩南韻書提供了古代的閩語音系架構，比較閩南韻書與現代方音，可以探討方音的歷史演變。舉例來說，根據《彙音妙悟》，古代泉州音有十五個聲母類別，但今日泉州話和多數的臺灣泉腔閩南語，「柳」、「入」兩類字的現代讀音相同，為[l-]。根據上述線索，我們可以推測泉州話從18世紀後開始柳類聲母與入類聲母的合流演變。

053

3-6 閩南語辭典一

「辭典」是幫助我們解決文字形、字音、字義問題的工具書。十七、十八世紀以來,有幾部以閩南語為對象編寫的閩南語辭典,這些閩南語辭典系統性地記錄這兩、三百年以來的閩南語,是研究閩南語的重要材料。以歷史的觀點來探討閩南語「語音」、「詞彙」、「語法」等不同語言面向的演變問題時,必定不可忽略這些閩南語辭典材料。

以下分別說明幾部常用於閩南語研究的重要早期辭書。

(一) 廈英大辭典

《廈英大辭典》是英國長老教會宣教師杜嘉德(Carstairs Douglas)所編,於1873年在倫敦Trubner & Co.刊行出版。1923年巴克禮(Rev. Thomas Barclay)牧師替這部辭典作了一些增補工作。

《廈英大辭典》原名為「*Chinese English dictionary of Vernacular or Spoken Language of Amoy, with the principal variations of the Chang chew and Chin chew dialect*」。此書是第一部以廈門腔白話音為主體的漢英辭典。

杜嘉德牧師廣泛蒐錄閩南「白話音」,白話音即與文言詞彙相對的日常口語音。以廈門腔為主,但遍及漳州、漳浦、晉江、永春、惠安、安溪、同安、長泰、南安等地的腔音。

此書的另一個特色是全書無漢字,只用羅馬拼音標注各種讀音。杜牧師於序文裡說,「一者因為很多字找不出適當漢字,二者要利用假期在英國排印就無法印出漢字,三者因他無法抽出

時間在外埠監印而作罷。」

1923年由巴克禮牧師增補的《廈英大辭典增補》(「*Supplement to Dictionary of the Vernacular of Spoken Language of Amoy*」)出版,巴克禮牧師的增補篇幅約有杜嘉德牧師原著的二分之一份量。原著無漢字對照,但增補後就有漢字;而其拼音方法盡可能與原著一致。增補版資料蒐集完備、說明清晰詳盡,出版後立即受到普遍歡迎。1970年臺北古亭書屋將杜嘉德原著與巴克禮增補合訂重新出版,加題中文書名《廈英大辭典》。

(本處介紹節錄自《臺灣教會公報》1903期、1904期)

(二) 英廈辭典

《英廈辭典》(「*English and Chinese Dictionary of the Amoy dialects*」)為倫敦宣道會麥嘉湖(John Macgowan)所編。1883年刊印,辭典部分共611頁。本書並列「漢字」及「羅馬拼音白話字」,漢羅並用是主要特色。

本辭書的內容主要參考杜嘉德《廈英大辭典》而來。杜嘉德牧師於《廈英大辭典》序中寫道:「有廈英而無英廈是一缺點,英廈辭典待另編成。」杜嘉德牧師的遺憾後由麥嘉湖牧師完成,這兩本著作合併使用可收事半功倍之效。

(本處介紹節錄自《臺灣教會公報》1905期)

教育部臺灣閩南語推薦用字

閩南語是大家日常生活中很熟悉的語言，但閩南語的「漢字書寫」，就是個複雜且敏感的問題，有時候還會牽涉到族群認同或政治因素，使得原本單純的「語言問題」，變成需要多方考量的「人文社會議題」。

教育部於2007年公告臺灣閩南語書寫的「推薦用字」，希望能夠綜合語言與社會之用，替閩南語書寫訂出一套可用的文字系統。如下圖所示：

編號	建議用字	音讀	又音	對應華語	用例	異用字
001	阿	a		阿	阿母、阿爸	
002	仔	á		仔、子	囡仔、心肝仔囝	
003	壓霸	ah-pà		霸道	眞壓霸	惡霸
004	愛	ài		喜歡、想要、愛	愛耍、愛睏	
005	沃	ak		澆、淋	沃花、沃雨	渥
006	翁	ang		丈夫	翁某、翁婿	
007	尪仔	ang-á		玩偶、人像	布袋戲尪仔、尪仔標	翁仔
008	按呢	án-ne		這樣、如此	按呢做、按呢生	
009	拗	áu		折、扭曲	拗斷、硬拗	
010	後日	au-jit	āu-lit、āu-git	日後、以後、他日	後日還你	

這裡的拼音就是「臺灣羅馬字」，出自教育部「臺灣閩南語羅馬拼音方案」，簡稱臺羅系統。臺羅拼音起源於早期西方傳教士所編的辭典，過去又稱為「白話字」。

🐟 知識補充站

《教育部臺灣閩南語常用詞辭典》

教育部在閩南語書寫系統的問題上，已經有諸多成果發表。除了2007年公告閩南語的推薦用字外，近年也陸續發表了閩南語常用詞的辭典。辭典的用字分三大類型：a.本字；b.訓讀字；c.俗字。在選擇上，若有本字可用又不偏僻，則傾向使用本字，但仍依各字狀況考量選用訓讀字或俗字。

3-7 閩南語辭典二

（三）廈門音新字典

《廈門音新字典》（「*A Dictionary of the Amoy Vernacular spoken throughout the Chin-chiu, Chiang-chiu and Formosa*」），由英國長老教會甘為霖牧師（Rev. WilliamCampbell）主編，於1913年問世以後，頗受國人歡迎，國人又以「甘字典」稱之。本書的閩南語讀音取自漳州、泉州以及臺灣三地共通的口音，但因為編輯助手是操臺南音的林錦生及陳大鑼，因此本書的讀音稍偏重臺南腔。

本書所收字數約有15000左右，除選自《康熙字典》、漳州韻書《雅俗通十五音》以外，也參考了幾部由西方牧師所編寫的辭典。此外，本書漢羅並用，所使用的漢字主要參考漳州韻書《雅俗通十五音》的用字或訓讀字。有些音本字未明，就用訓讀字，如果實在找不出適合的漢字標示時，就在該音之後加上[一]符號，表示無漢字可標。每字有簡單的注解及使用例句。一字如有數音，該字就見於數處。此外，《廈門音新字典》同《白話字聖經》等教會出版品的辦法，用ch及ts來標明泉州腔或漳州腔二種口音。

早先的《廈英大辭典》主要設定的閱讀對象是西方人士，但《廈門音新字典》設定的閱讀者是閩南人。國人可利用本辭書對照日常使用的廈門音來認識漢字，因此深受華人歡迎。

《廈門音新字典》的羅馬拼音表記法被廣泛應用。1980年廈門大學中國語文學研究所漢語方言研究室編輯《普通話閩南方言詞典》，採用所謂「閩南方言拼音方案．廈門音新字典的羅馬字母（甘為霖）．國際音標對照簡表」，由此可知甘為霖牧師的影響力不容忽視。

（本處介紹節錄自《臺灣教會公報》1906期）

（四）日臺大辭典

《日臺大辭典》由小川尚義主編，1907年由臺灣總督府發行。本辭典分為上下兩冊，為當時方便日本人學習閩南語以治理臺灣之用。

辭典正文所收「閩南語譯語」，雖在蒐集資料的初期翻譯了幾部早期西方傳教士的閩南語字典，如麥嘉湖《英廈辭典》（1883）、杜嘉德《廈英大辭典》（1873），但在對譯的過程中，每個詞彙都一一詢問臺灣助手，因此本書的閩南語譯語可視為當時臺灣閩南語的實錄。

（五）臺日大辭典

《臺日大辭典》也由小川尚義主編，上冊於1931年出版，下冊於1932年出版，由臺灣總督府發行。本辭典以廈門音為標準，但兼錄漳州、泉州各地方音以及臺灣話。此外，本辭書也收入來自日語的新創閩南詞彙。本書辭典部分共1916頁，是十分龐大且詳盡的閩南語辭典。

洪惟仁教授對日據時代的閩南語辭典有一系列的相關研究。小川的辭書對臺灣閩南語的語言地圖繪製亦十分重要，比對小川繪製的閩南地圖，即可發現日據時代以來，臺灣閩南語通行區範圍的消長和變遷。

圖解閩南語概論

閩南語辭書的「本字」與「訓讀字」

　　《廈門音新字典》在編寫時，就設定讀者為慣用閩南語的漢人，因此本書在西洋傳教士辭典作品的基礎上，再增添了「漢字標示」。這些漢字，主要是「本字」或「訓讀字」。

　　所謂「本字」，指的是該詞彙經過歷史語言學的分析後，符合漢語語音史「形」、「音」、「義」演變規則的漢字字形。但由於方言語詞的漢字寫法沒有強制規範，人們在把口語方言文字化時，往往根據詞彙的「意義」，直接套用相對應的國語字形，這種寫法稱為「訓讀」。

閩南詞彙	語意	詞例	本字	訓讀字
ba̍k	眼	眼睛	目	眼
O͘	黑	黑色	烏	黑
lâng	人	客人	儂	人
tiáⁿ	鍋	鍋子	鼎	鍋

廈門音新字典的
羅馬拼音標音法

知識補充站

本字的推廣

　　探討方言詞彙的對應本字是歷史語言學家的研究之一，目前閩南語本字的研究已有豐碩成果。但由於一般民眾的生活不常接觸閩南語本字，且許多本字字形為今日甚少使用的古代漢語，因此閩南語本字的推廣仍有很大的侷限。

　　各大漢語方言中，本字民間普及最成功的一種方言是廣東的粵語區。粵語本字早已取代國語文或英文，是今日粵語區報章雜誌所使用的主流文字。

3-8 閩南語文獻：《荔鏡記》

除了閩南語韻書、辭書外，閩南語戲劇劇本、歌仔冊、民間歌謠、俗曲、諺語等反映閩南語口語的傳統文獻，亦是相當有價值的閩南語研究材料。

閩南語文獻中，以西元1566年（明嘉靖丙寅45年）出版的《荔鏡記》（全名《重刊五色潮泉插科增入詩詞曲荔鏡記戲文》）為最早。《荔鏡記》是以閩南語編寫的南戲劇本，搬演陳三五娘的故事，是相當重要的閩南白話文學作品。

以下以《荔鏡記》為題材，說明閩南語傳統文獻的研究方法、價值與成果。

（一）版本

《荔鏡記》又稱《陳三五娘》，是明朝時期以閩南語撰寫的傳奇作品。《荔鏡記》內文詞語「潮泉合刊」，同時使用潮州話及泉州話，但以泉州話為主。

《荔鏡記》是屬於不知作者的民間文學，所以在用字方面，有很多俗字、借義字、借音字、錯字、簡體字。在今天看來，可能讓人有「鄙俗」印象，但這些文字資訊實際上透露出相當多的語言歷史訊息。

吳守禮教授過去多方羅搜各種《荔鏡記》版本，先後完成《荔鏡記戲文》校勘篇、韻字篇，及《荔鏡記》之後不同時期的三種《荔枝記》版本——明萬曆本、清順治本、光緒本的研究。

與《荔鏡記》相關的戲劇作品還有以泉州話寫成的《同窗琴書記》，和以潮州話寫成的《金花女》、《蘇六娘》等等。

（二）研究成果

《荔鏡記》是記錄當時閩南口語的劇本資料，該書的文字直接反映了明代閩南語的詞彙及句法特徵。清華大學連金發教授至今已有許多關於《荔鏡記》詞彙、句法的研究成果。歷代《荔鏡記》的幾種版本，是研究閩南語從明朝至今的句法發展問題的重要材料。

閩南語一向以具有豐富的「語言層次」（linguistic strata）著稱，在反映明代閩南語的《荔鏡記》中也可見其端倪。《荔鏡記》的對白中，至少有漢語文言層和閩南固有的白讀層。文言詞主要出現於曲文中，固有白讀詞則出現於說白中。

其中，閩南固有的白讀層又因本劇「泉潮合刊」的特質，雜揉了潮州方言和泉州方言的語言成分。分析《荔鏡記》的說白句子，可以看到閩南兩大次方言的內部對應，進而討論姊妹方言的分化問題。

小博士解說

閩南語歷史句法的研究

漢語從上古時代的「綜合語」（synthetic）演變為「分析語」（analytic）。根據連金發（2006）的討論，《荔鏡記》的材料顯示出閩南語經歷了「綜合語」到「分析語」的類型演變。

閩南語文學作品

　　明清時期中國通俗小說盛行，閩南語文學是在通俗小說的傳統下開展的。從《荔鏡記》戲文算起，閩南語文字化、文學化的歷史至少有430年以上了。

　　除了《荔鏡記》以外，「閩南歌仔冊文字」也是相當重要的閩南民間口語文學作品。

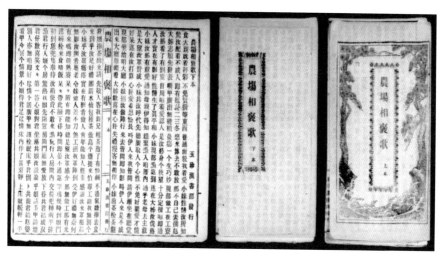

（臺灣日治時期的歌仔冊《農場相褒歌》）

　　「歌仔冊」最早出現於清乾隆時期，一直延續到今日，是一種表現濃厚地方語言色彩的庶民文學。歌仔冊作品大多是七字一句的韻文形式，不過押韻並不十分講究，韻字不太整齊。歌仔冊以漢語方塊字寫作，但用字以庶民可輕易理解為原則，用字有「擬音」、「擬意」與「造字」等三種方式，並不考究嚴肅的語言學問題。

　　由於歌仔冊唱本售價低廉，用語用字通俗易懂，因此歌仔冊影響層面迅速覆蓋中低階層的廣大群眾。「歌仔冊」起源於民間，因此歌仔冊的用字最能代表閩南語的通俗文字體系。

🔌 知識補充站

閩南語的書面化運動

　　1970年代臺灣本土意識逐漸抬頭，鄉土文學躍登歷史舞臺。1987年解嚴後，閩南語文學作品的文類、寫作技巧更見提升，主題也趨於多元。1990年以前，閩南語書面用字屬嘗試期，有人創造新字，也有語文專家考求本字，再加上原有的傳統用字，閩南書面化用字極不統一。1990年後，閩南語書面用字漸趨統一，一方面有所傳承，也有所創新，但總不離「通俗性」、「語源可靠性」、「音義系統性」三大原則。（楊允言1993）

3-9 閩南語數位典藏計畫

(一) 計畫源起

中央研究院於2002年起建制「語言典藏計畫」，內容包含閩南語、客語、國語以及原住民語言（南島語）。「語言典藏」計畫的建構目的在於保存臺灣語言的多樣性，以供語言學研究或國家語言政策發展參考。

目前中央研究院語言典藏計畫已分成五個子計畫，分別是：
1. 閩客語典藏
2. 臺灣國語口音之社會分布典藏
3. 古漢語文獻標記語料庫
4. 先秦甲骨金文簡牘語料庫
5. 臺灣南島語典藏

(二) 閩南語典藏內容

中央研究院的閩南語典藏計畫，從「歷史語言」與「語言分布變遷」兩個角度，建置閩南語文獻標記語料庫與語言分布變遷的地理資訊系統。

閩南語文獻標記語料庫從最早的閩南語文獻嘉靖本《荔鏡記》（1566年）著手，輸入、標記、校注嘉靖、萬曆、順治、光緒四種版本的《荔鏡記》，以及與之類似的戲曲文獻《同窗琴書記》、《金花女》、《蘇六娘》。該語料庫也收錄了清末至現代的諸多閩南語歌仔冊文獻。

在閩南語辭典方面，閩語典藏分別收錄了：杜嘉德（1873）《廈英大辭典》，麥嘉湖（1883）《英廈辭典》，甘為霖（1913）《廈門音新字典》，以及小川尚義（1931、1932）《臺日大辭典》等重要的閩南語早期辭書。早期以閩南語羅馬字（白話字）書寫的醫學和閩南語報章雜誌《臺灣教會公報》，也一併收錄在本典藏之中。

(三) 線上資料庫

閩語典藏第二期計畫目前正在持續進行。本期工作的主要內容是拓展閩語典藏的內容，補足聲音、文本典藏的不足，以及系統化典藏資料，擴充詞彙庫，和建置線上辭典。

閩語典藏計畫另與「語言分布微觀」計畫結合。利用地理資訊技術，以閩客雜居的雲林縣崙背鄉、二崙鄉，新竹縣新埔鎮，苗栗縣後龍鎮、南庄鄉為對象，調查居民用語，研究閩、客雙方言區的微觀面貌，提供閩客接觸研究的背景資料。

此外，閩南語的各種文字文獻，如「漢字文獻」、「羅馬字文獻」、「漢羅文獻」等，二期計畫也增建了標記、查詢的界面，以利研究者使用。

中央研究院閩語典藏計畫的詳細狀況、最新進度與典藏內容，請參見：http://minhakka.ling.sinica.edu.tw/bkg/index.php

小博士解說

閩語典藏計畫結合文獻語言與生活語言，標誌語言，建置語料庫、詞彙庫，以及建立語言分布的地理資訊系統。地理系統的建置由中央研究院鄭錦全院士領軍，從新竹縣新豐鄉出發。新豐鄉是閩客雜居之處，以新豐鄉為範圍，進行家戶拜訪，建置詳細的語言微觀地圖，供語言學研究與政府社會政策、教學政策使用。

新豐鄉的語言調查

　　中央研究院團隊，以新豐鄉為範圍，進行家戶拜訪，調查居民用語，確定新豐鄉為「閩客雜居」之處。該研究以語言學的方法，建置詳細的語言微觀地圖，研究閩客語的交互影響，以供語言學研究與政府社會政策、教學政策使用。

　　語言分布的研究之首為「家戶語言調查」。以訪談的方式，藉由問卷記錄訪談者平日對談所使用的語言，並且製作圖卡及字卡，請受訪者依照圖卡及字卡發音並錄音記錄。

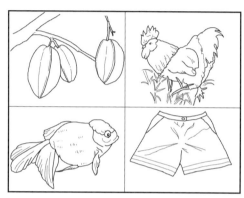

訪談圖卡

寫字	關門
查某	迌迌
血	桃園

朋友	講話
胃	肥
時	四

訪談字卡

　　調查訪問時，以「一戶家庭」為語言分布調查的單位，以家庭最常使用的語言作為該家庭的語言，並以此結果劃分閩客語言微觀分布地圖。

　　該計畫的數位化作業，大致依照下列六項步驟進行，依序分別為：(1)訪談及錄音；(2)街路定位及數位化地圖；(3)問卷輸入；(4)錄音備份；(5)圖層製作；(6)匯入資料庫。

第4章

閩南語的語言學知識

4-1 語音的產生方式

閩南語是一種語言，經由特定的規則組織幾種「語音」（phonetics）而成。本章將概述和閩南語相關的基本語音學知識。

（一）人類的發音原理

我們從小時候學習注音符號時，就已經開始接觸語言學知識。注音符號是以語音學方法，替國語進行語音系統分析後的結果。那麼，人類語言中的各種語音是如何產生的呢？不同的語言有沒有差異？這些問題涉及到人類的發音器官以及口腔構造。

人類的發音原理很簡單。就大部分的情況來說，當氣流從肺部經由氣管呼出時，只要在喉頭到雙唇，或喉頭到鼻孔之間的一段範圍內受到調節，就可以營造出各種不同的聲音。喉頭到雙唇，或喉頭到鼻孔的這段距離，稱為「聲道」（vocal tract）。人類發出的各種聲音，實際上就是氣流在聲道中受到不同調節方式的結果。

聲道內氣流調節的過程相當複雜，從氣流的進出到聲道附近各部位肌肉的運動，都有關連。其中最重要的調節機制是「帶音」（voicing）和成阻（closure），帶音來自聲帶的顫動，成阻則是發音器官肌肉的運動。

（二）聲帶的作用

聲帶顫動所發出的語音稱為「帶音」。人類喉頭上端是「聲門」，聲門由兩條並列的聲帶以及一些軟骨組織結合而成。這兩條並列的聲帶可以放鬆或拉緊，以此調節聲門開啓或合閉。聲門開啓，從肺部出發的氣流就能通過；聲門合閉，氣流就被阻斷。

若聲帶呈緊繃狀態，使兩條聲帶輕微接觸但不完全封閉，空氣就可以從聲帶之間的縫細擠壓而過並帶動聲帶顫動。以這種方式所發的語音就是「帶音」，又稱為「濁音」（voiced）。

發音時若聲帶呈放鬆狀態，氣流通過聲門時就不會帶動聲帶顫動。這一種音是「不帶音」，又稱為「清音」（voiceless）。

（三）成阻部位

「成阻」就是發音時，在喉頭（聲帶）以上的某一位置形成阻塞。人類藉由不同的成阻方式，讓口腔成為不同形狀、不同大小的共鳴腔，以此來營造不同的音色。

就通常的情況來說，人類聲道的成阻部位主要是下列幾個：

①上唇（upper lip）
②下唇（lower lip）
③齒（teeth）
④齒齦（alveolar ridge）
⑤硬顎（hard palate）
⑥軟顎（soft palate）
⑦小舌（uvula）
⑧喉腔（pharynx）
⑨舌尖（tongue tip）
⑩舌葉（tongue blade）
⑪舌面前（front of tongue）
⑫舌面央（middle of tongue）
⑬舌面後（舌根）（back of tongue）

人類的發音器官

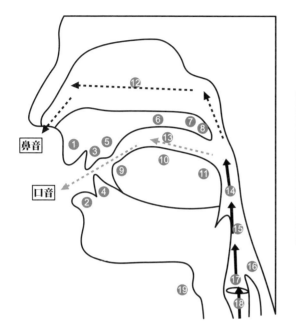

❶ 上唇	❷ 下唇	❸ 上齒
❹ 下齒	❺ 上齒齦	❻ 硬顎
❼ 軟顎	❽ 小舌	❾ 舌尖
❿ 舌面	⓫ 舌根	⓬ 鼻腔
⓭ 口腔	⓮ 咽頭	⓯ 喉蓋
⓰ 食道	⓱ 氣管	⓲ 聲帶

鼻音

口音

　　口腔是人類最主要的共鳴器，根據口腔上下四周的肌肉運動，可製造出不同形狀的共鳴腔以發出不同的音色。口腔內的發音器官中，雙唇、舌頭、軟顎和小舌能自由活動，其他部位則是固定、不能活動的。

　　鼻腔也是共鳴器，是個固定不能改變形狀的空腔。鼻腔和口腔由軟顎、小舌間隔開來。鼻腔的作用是在氣流通過時令聲音產生共鳴，但是若要發出各種不同的鼻音，還要同時有唇、舌、齒齦、硬顎、聲帶等部分參與活動。

　　肺部發出的氣流會從喉頭出來，經過咽頭⓮，再進人的口腔⓭或鼻腔⓬。若小舌❽上升阻斷鼻腔通道，氣流會從口腔洩出，這時的聲音稱爲「口音」。若小舌不上升，氣流則會從鼻腔洩出，這種語音稱爲「鼻音」。

4-2 輔音的發音

輔音（consonant）是發音時氣流在發音器官中的某一部位遇到明顯阻礙的語音類型，成阻的阻塞程度也會造成語音音色的差異。閩南語常見的輔音是「塞音」、「擦音」、「塞擦音」。

（一）塞音

「塞音」（stop）指口腔通道成阻部位完全阻塞，聲道中的發音部位緊密接觸，使氣流通道完全阻斷再放開的發音方法。這種發音方式，通常軟顎、小舌也會提高，以封閉鼻腔通道。

自肺部發出的氣流被阻斷在口腔之中，氣壓會逐漸增大，一旦阻塞部位解除後，口腔中被壓縮的空氣就突然衝破口中，產生破裂或爆發的效果。

國語的「ㄅ」（以IPA符號標示則寫為[p]）發音時，需先使上下唇完全接觸以阻塞口腔通道，肺部發出的氣流通過聲門後，暫時停留在口腔通道之內，之後雙唇放開，氣流衝破口腔就會產生爆發效果。這個音稱為「雙唇塞音」，雙唇是阻塞部位，塞音是發音方法。

以此類推，國語的「ㄉ」（以IPA符號標示則為[t]）發音時需先使舌尖抵觸齒齦，之後再放開口腔通道，讓氣流衝出並產生爆發效果。這個語音稱為「舌尖塞音」，舌尖是阻塞部位，塞音是發音方法。

若發塞音時，聲帶拉緊，使氣流通過聲門時帶動聲帶顫動，這種塞音就是帶音的塞音，稱為「濁塞音」。國語音系沒有濁塞音，但閩南語卻有[b]、[g]兩個濁塞音。

如果發濁塞音時，軟顎、小舌並不提升，那麼氣流就會進入鼻腔，此時產生的語音稱為「鼻音」（nasal）。舉例來說，國語的「ㄇ」（以IPA符號標示則為[m]）發音時，上下唇完全接觸阻塞口腔通道，不過軟顎、小舌不上升，除阻後氣流不通過口腔，改從鼻腔洩出，這時候就會形成音色接近[b]但帶有鼻音特色的[m]。

（二）擦音

如果成阻的部位不完全阻斷空氣，氣流仍然可以從口腔縫細中擠壓而過，此時發出的語音會帶有摩擦感，這種語音稱為「擦音」（fricative）。

例如國語的「ㄈ」（以IPA符號標示則是[f]）發音時，下唇貼近上齒，肺腔發出的氣流從狹小的唇齒縫細中摩擦而出，這個音就是「唇齒擦音」。

閩南語沒有[f]，閩南語常用的擦音是[s]，這是由舌尖輕抵齒齦，讓氣流從此處摩擦而出的語音，稱為「舌尖前擦音」。

（三）塞擦音

成阻狀態還能先「塞」後「擦」，先「完全阻塞」再「不完全阻塞」。發音通道剛成阻時，完全阻塞讓空氣無法通過，隨後又稍微放開細微的聲道，讓空氣從縫細中摩擦通過，這種語音是「塞擦音」（affricate）。

國語的「ㄗ」（以IPA標示則為[ts]）發音時，舌尖緊抵齒背阻塞口腔通道，之後稍微放開讓氣流摩擦而出，這個音稱為舌尖前塞擦音。

閩南語輔音表

發音方法依發音時的「成阻程度」決定

發音方法 / 發音部位	塞音、塞擦音			擦音	邊音
	不送氣	送氣	濁音		
唇音	p	pʰ	b		
舌尖音	t	tʰ			l
舌尖音	ts	tsʰ	dz	s	
舌根音	k	kʰ	g		
喉音	ʔ			h	

發音部位依「成阻部位」決定

★成阻的阻塞程度：塞音＞塞擦音＞擦音＞邊音

名詞解釋：
1. 送氣（aspiration）：送氣與否是另一種語音的調節方式，指發音器官成阻後，要除阻時，釋出比一般更強烈的氣流的發音方式。
2. 邊音（lateral consonant）：發音時，氣流多從口腔中央通過。但發邊音時，口腔中央的氣流通路被阻塞，氣流改從舌頭的兩旁通過。

思考：
　　喉擦音[h]這個音的定位有些爭議。一般大家都把[h]稱爲「喉擦音」（glottal fricative），當作一種輔音看待。但此音發音時，氣流在聲道中並沒有任何阻礙，只要聲帶放鬆，聲門打開，讓氣流通過，這時發出的音就是[h]。[h]的成阻跟一般的擦音不同，但這個音在漢語中的「行爲」卻與輔音相同，因此一般仍稱之爲「喉擦音」。

4-3 元音的發音

「元音」（vowel）和輔音相對。元音發音時，氣流通過共鳴腔時只有極小的阻力，不引起任何摩擦。一般情況下，元音發音時都會帶動聲帶顫動，音色清晰宏亮。

（一）元音

發音時，若發音部位不接觸，而以移動發音器官的方式來調節共鳴腔的型態和空間，這時所發的語音就是「元音」。移動的發音器官是舌頭。

舉例來說，當我們把舌頭前端提高到接近硬顎位置，不過不直接接觸到硬顎時，此時若氣流通過聲門並帶動聲帶顫動，所發出的聲音便是[i]。將舌頭後方，也就是舌根部位，盡量抬高到接近軟顎，但不接觸到軟顎的位置時，這時氣流通過帶動聲帶顫動後所發出的聲音就是[u]。

元音可分成「舌面元音」和「舌尖元音」兩類。大多數的元音都是舌面元音，如[i]、[e]、[a]、[u]、[o]等等。「舌尖元音」則是漢語常見但在其他語言中少見的一種元音，這種元音就是發國語「ㄓ」、「ㄔ」、「ㄕ」、「ㄖ」和「ㄗ」、「ㄘ」、「ㄙ」時所搭配的元音。舌尖元音發音時，舌尖部位需要抬高靠近口腔上部，與舌面元音的發音姿態不同。

閩南語沒有舌尖元音，「臺灣國語」的特殊腔調就是因為閩南語系統中缺乏舌尖元音，導致閩南人說國語時發音困難。

（二）半元音

發音時，氣流在口腔中的受阻程度低於輔音，但卻比標準的元音還要強烈，阻力介於元音和輔音之間的語音，是「半元音」。半元音又稱為「滑音」或「半輔音」。

常見的半元音是[j]和[w]。[j]、[w]發音時，舌位比[i]、[u]更高，更靠近上顎，氣流通道略窄於[i]、[u]，成阻程度也比[i]、[u]稍強，但弱於擦音。擦音發音時，發音部位輕輕接觸但不阻塞氣流通道，此時若預留更大的空間讓氣流通過，摩擦程度就會降低，這種音色就是半元音。

福建西部的閩南語，高元音[i]、[u]之前常常伴隨出現半元音[j]和[w]，一般都描寫為[ji-]或[wu-]。高元音前略帶摩擦成分是客家話的語言特色，福建西部閩客雜居，因而習染客語色彩。廈漳泉閩南話就很少出現半元音[j]和[w]。

（三）鼻化元音

閩南語中有一種很重要的元音類型，那就是「鼻化元音」（nasalized vowel）。一般發元音的時候，軟顎、小舌會上升，阻擋氣流進入鼻腔。但鼻化音發音時，軟顎、小舌不上升，最後氣流同時從口腔和鼻腔洩出，因此這類元音帶有鼻音色彩。

為了有別於一般的「口部元音」（oral vowel），鼻化元音的記錄方式是在元音之上再加上「～」的符號。舉例來說，一般的低元音是[a]，鼻化的低元音則是[ã]。這兩個音都出現在閩南語中，元音音色明顯不同，如「阿」[a] ≠「餡」[ã]。

閩南語的元音圖

元音的非接觸成阻空間,靠舌頭移動形成。舌頭可以上下、前後自由移動,因此舌位的位置,和唇形的圓展互相搭配後,就決定了元音的音色。元音的名稱也根據發音時舌頭的相對位置命名,例如[i]稱為「前高元音」,[u]則稱為「後高元音」。

右圖為閩南語的元音圖。元音圖形狀類似倒過來的梯形,這是因為元音圖模擬口腔實際形狀繪製,口腔的實際空間上寬下窄。

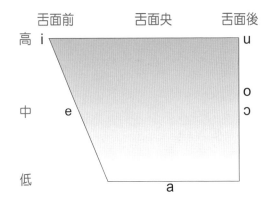

★閩南語還有一種特殊的鼻輔音[m̩]、[ŋ̍],這種音稱為「成音節鼻音」。它的作用與元音相同,常被視為一種特殊的「鼻化元音」。就發音位置與音韻行為來說,[m̩]的性質接近[ĩ],[ŋ̍]則接近[ũ]。

● 知識補充站

複元音

　　兩種元音還能同時出現,例如國語注音符號的「ㄞ」([ai])、「ㄟ」([ei])、「ㄠ」(au)、「ㄡ」(ou),這種元音稱為「複元音」(diphthong)。發單元音時,舌位是固定不動的,例如發[i]元音,舌位就固定在口腔前高位置。如果在一個單元音的時間長度內,舌位出現移動,此時所發的元音就是複元音。一般以舌位移動前的位置以及移動後的位置來標示這種元音,例如國語的「ㄞ」([ai]),就是在單元音的發音時長內,舌位從[a]移向[i]的一種元音。

　　另外,還有一種「三合元音」(triphthong),這種元音是指在一個單元音的時間長度之內,舌頭迅速地移動了三個位置所發出的元音。例如國語的「ㄧㄠ」([iau])就是在單元音的發音時長內,舌位從[i]移向[a]又移向[u]的一種元音。

4-4 聲調的發音

漢語是有「聲調」（tone）的語言，閩南語也不例外。聲調是一種「上加成素」，疊加在輔音或元音等成分之上，也稱為「超音段」（suprasegmental）。

(一) 超音段

無論是輔音[p]、[t]、[k]，或是元音[i]、[u]、[a]，當我們用這些符號來描述語音時，我們就是把這些語音當成可以分割成幾個片段的「音段」（segment）。[p]、[t]、[k]、[i]、[u]、[a]代表了不同的語音片段。

「超音段」這種語音成分超越音段之上，且無法獨立存在，因此被稱為「超」音段。這一類的語音訊號需要與一串音段結合才能顯示出來。國語中的「四聲」（tone），以及英文的「重音」（stress），都是超音段特徵。

(二) 物理屬性

超音段的區別不是聲帶或成阻的差異，而是靠氣流的其他種屬性判斷。聲音是物體震動引起空氣分子波動造成的，耳鼓接受了這些波動，再經由聽覺神經的傳導和轉化，我們才能聽到這些訊息。物體在震動的時候，會對附近空氣的氣壓產生影響，推動空氣分子，產生波動，就好像丟一塊石頭入水池，會引起水面波紋一樣。

聲波的性質就與水波相似。聲波的頻率與振幅，會影響聲音有不同的「聲調」和「重音」。

聲調是「音高」（pitch）的變化，而音高，就是頻率的表現。當聲帶顫動的越快，頻率就越高，聽覺上聲音也就越尖銳。反之，聲帶顫動越慢，頻率越低，聲音聽起來就比較低沉。

另一方面，語言中的輕重音變化，反映了聲波「振幅」的大小。把石頭丟進水中時，丟得越用力，波紋就會越深，越用力聲波振幅越大。輕重音就是發音時聲帶顫動用力程度的差別，發重音時，聲帶顫動用力，發輕音時，聲帶顫動程度較輕。

(三) 五度制標示法

聲調是漢語重要的區別特徵，目前漢語和漢語方言的聲調標示，主要使用趙元任提出的「五度制標示法」（five-point system）來標明聲調的調值高低。

五度制標示法的重點是仔細記錄或描繪該聲調的「起點處」、「終點處」及「拐點處」的音高數值。記錄的方法，有「曲線法」以及「數字法」兩種。

「曲線法」是用一條豎線作為標尺，從低到高，將聲調的高低分為四段，各端點從低到高，依序表示相對音值的低、次低、中、次高、高。聲調的升降變化，以豎線左邊的曲線條標示。

「數字法」則是把相對音高高度用數字表示，這個數字就是聲調的「調值」，標示在國際音標的右上方。如閩南語的「天」[thi^{55}]、「紅」[aŋ^{24}]、「我」[gua^{53}]、「店」[tiam^{31}]、「樹」[tshiu^{33}]、「骨」[kut^{32}]、「滑」[kut^{33}]。

閩南語的聲調有長調、短調兩類，調值下方若另外標示出底線者，就是調長較短的短調，如上舉例字的「骨」、「滑」。

閩南語的聲調表

調類	陰平調	陽平調	陰上調	陰去調	陽去調	陰入調	陽入調
調值	55	24	53	31	33	<u>32</u>	<u>33</u>
調號	1	2	3	5	6	7	8

長調　　　　　　　　　　　　　　短調

國語有四個聲調，也就是一般所說的「第一聲」、「第二聲」、「第三聲」、「第四聲」。閩南語有七個或八個聲調，臺灣通常是七個聲調。

閩南語聲調調類的名稱，是根據古代漢語「平」、「上」、「去」、「入」四大聲調類別，再搭配古閩南語的聲母清濁（聲母發音時聲帶是否顫動）來命名。聲帶顫動與否會影響整個音節的音高變化，「平」、「上」、「去」、「入」四個調類，各自搭配清音聲母或濁音聲母時，音高彼此會有差距，久而久之，平、上、去、入四個聲調就分化為八個聲調。一般搭配清音聲母的聲類稱為「陰調」，搭配濁音聲母的調類稱為「陽調」，因此四聲分別得出「陰平、陽平」，「陰上、陽上」，「陰去、陽去」，「陰入、陽入」等八調。

現代多數的閩南方言，陽上調與陽去調合併為一調，因此目前閩南語的上聲調，實際上只有陰上調，有時候又將此調稱為「上聲調」。

知識補充站

入聲調

　　入聲調是短促調，這是因為入聲調的字，音節末段有-p、-t、-k等塞音韻尾，這些韻尾使整個音節的調長變短。國語沒有這種短促聲調，因為國語中沒有-p、-t、-k韻尾。

　　閩南語有兩個入聲調，現代閩南語共有-p、-t、-k、-ʔ四個塞音韻尾，不過閩南語這幾個輔音韻尾發音時，只是做出該語音的發音姿態，實際上並沒有發出該輔音。閩南語的-p、-t、-k、-ʔ，性質和發音跟英文有明顯差異。

4-5 音「類」

語言是一個結構系統，底下有許多的語言符號。語言符號的基本單位是「音位」（phoneme），這是一個抽象的「音類」的概念。

（一）音位

「音位」是語音的最小單位。音位是一個抽象的「類」的概念，這個「類」是一個集合，裡頭包含了幾種十分近似卻又有細微差異的「語音」（phonetic）。一般我們會選出一個最有代表性的語音，作為這個語音集合的名稱或代號。

音位的概念，可以交通符號紅綠燈標誌來比喻。十字路口的紅綠燈調節人車行進，綠燈亮時人車前進，紅燈亮時人車停止。若仔細觀察，不見得所有的路口紅綠燈顏色或亮度都完全一致，有的路口燈號顏色深一些，有的路口燈號亮度亮一點。不管什麼原因造成紅綠燈燈泡亮度深淺差異，我們都不會因為紅綠燈的亮度差弄錯行進規則。原因就是紅綠燈已經深化為「類」的概念。

在我們的認知中，紅綠燈號誌分為「紅燈類」或「綠燈類」，而不是單單的紅燈或綠燈。「紅燈類」停止，「綠燈類」前進。我們的認知同意這個紅色燈或綠色燈的「類」，是有彈性的，容許現實上出現某種歧異程度的。語音的「音位」關係，就是類似紅燈類、綠燈類這樣的「類」的關係，每一個「類」之下，容許一定程度的語音歧異，但是聽話者會消融語音實體的歧異，直接連結至該語音的代表音類符號。

（二）音值

每一個音位之下，容許一定程度的歧異彈性，因為人們在說話時，並不是每次的發音都完全一致。小心談話的時候，說話者的發音是標準的，但若是輕鬆的私人交談時，說話者發音時的舌位或氣流量都可能隨意跳動，隨著說話的情境而變動。發音的細微差異，造就了近似但本質不同的各種「音值」。

語音中的不同音值，與各個路口不同深淺的紅綠燈相似，雖或深或淺、或亮或暗，但它們在人們的心裡認知中已經被統籌為「紅燈類」或「綠燈類」。音位就是這種「類」的概念，存在細微差異的紅綠燈泡就是同一音位底下的語音實質。同一個音位底下的不同音值，是這個音位的「語音變體」（variant）。

（三）語音的描寫方式

語言學的研究，以「[]」為標示語音音值的符號，而以「//」為標示語音音位的符號。符號[]之內的語音表示音值，符號//之內的語音表示音位。

舉閩南語的例子說明。閩南語以元音起首的字，如「暗」，這個字的讀音音位化後是：/am^{31}/。在元音-a之前的位置，有些人說話時會帶出一點喉塞音ʔ-，但對聽話者來說，不論是說[ʔam^{31}]，或說[am^{31}]，兩者的意思都是/am^{31}/。因此我們說[ʔam^{31}]和[am^{31}]是語音變體的關係，這兩個變體被音位化描寫為/am^{31}/。/am^{31}/是這個集合代號，而[ʔam^{31}]、[am^{31}]則是這個集合之下容許的不同語音實體。

語音的集合

　　國語中也有與上述閩南語例字「暗」相似的現象。注音符號「ㄢ」的讀音是[an]，「ㄤ」的讀音是[ɑŋ]，「ㄢ」的元音是前低元音[a]，「ㄤ」的元音是後低元音[ɑ]，不過在國語裡，[a]和[ɑ]都被「音位化」爲/a/。

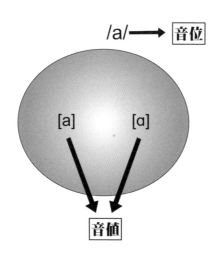

知識補充站

同位音（allophone）

　　一個音位底下所容許的不同語音變體，就是這個音位的「同位分音」。這些分音是這個音位的「同位音」（allophone）。上述國語的例子，語音[a]、[ɑ]就是音位/a/底下的兩種分音，[a]、[ɑ]是同位音的關係。

　　同位音沒有「辨義作用」，也就是沒有語意區別，無論選用哪一個同位分音，語意都一樣。因此，在國語中，標準的「ㄢ」讀音是[an]，如果有人要讀成[ɑn]，把元音發成後低元音，只會讓人感到語音怪異，不過不會造成語意混淆。同理，國語中標準的「ㄤ」讀音是[ɑŋ]，如果有人要讀成[aŋ]，把元音發成前低元音也只是腔調特殊，但不會引起聽話者的誤解。

4-6 分音

前面我們提到了「同位音」（allophone）的概念。同位音是一個音位底下不同的語音變體，這些語音變體是這個音位的「同位分音」。

（一）分音的類別

分音還可以再細分為「有定分音」（conditioned variant）和「無定分音」（free variant）兩種。

如果分音只限定出現在特定的語音環境下，也就是這個分音的出現是有一定條件的，這種分音稱為「有定分音」。

前面我們提到的國語的/a/有[a]和[ɑ]兩個分音，出現在[n]前的是分音[a]，出現在[ŋ]前的是分音[ɑ]。[a]、[ɑ]各自限定出現在某種條件之下，這種分音就是有定分音。語言學的方式，這個情況描寫為：

$$/a/：[a] \ /\_\_[n]$$
$$[ɑ] \ /\_\_[ŋ]$$

相反的，如果一個音位有兩個以上的分音，但是並沒有特定的規則主宰哪個分音出現，這種分音稱為「無定分音」。前頭提到閩南語以元音起首的字，有時會在元音前出現喉塞音[ʔ]，這個[ʔ]是「零聲母音位」/0/的分音，因為[ʔ]的出現與否沒有特定條件主宰，因此[ʔ]是音位/0/的無定分音。

同樣以例字「暗」的閩南語讀音做說明。「暗」，有的人說[am³¹]，有的人說[ʔam³¹]，有的人兩個讀音隨機說出。在這個字的讀音中，元音-a前面的位置被音位化為「空集合」，以漢語的音韻學術語來描述，這個空集合是「零聲母」。[ʔ]、[0]是隸屬於音位/0/之下的兩個分音，但會出現哪一個分音「無法預測」，分音出現的環境不固定，沒有特定規則，音位底下的分音若無法預測就是「無定分音」。語言學中通常以下列形式表現這個情況：

$$/0/：[0] \sim [ʔ]$$

（二）辨義作用

上述國語跟閩南語的例子，都指出一個和分音相關的重要問題，那就是「辨義」（distinctiveness）作用。「辨義」就是辨別意義。同位音沒有辨義作用，因此無論選用哪一個同位變體，所表達的語意都一致。

在國語中，如果把「ㄢ」[an]故意讀成[ɑn]，或是把「ㄤ」[aŋ]故意讀成[aŋ]，雖然會讓聽話者聽起來不順耳、感到怪異，但不會造成聽話者誤解語意。

不過，不同的語音，有沒有辨義作用，是不是同位音關係，隨語言而異。國語中[a]、[ɑ]是同位音關係，說[a]或說[ɑ]沒有語意差別，但在吳語裡，[a]、[ɑ]不是同位音的關係，說[a]或說[ɑ]的意思不一樣。舉例來說，蘇州話「張」[tsã⁴⁴] ≠「裝」[tsã⁴⁴]，元音讀[a]或[ɑ]，在蘇州話裡會改變語意，也就是[a]、[ɑ]不是同位音，是/a/、/ɑ/兩個音位。

上述蘇州話的「張」、「裝」，是一對「最小對比詞」（minimal pair）。這兩個字除了欲比較的元音有差別外，其他的語音成分都是一樣的。

同位音——互補分布（Complementary Distribution）

國語中，[a]、[ɑ]是/a/底下「互補分布」的同位音。[a]、[ɑ]互補分布，所以國語這兩個語音不會同時出現。這個情況類似以下的人物關係：

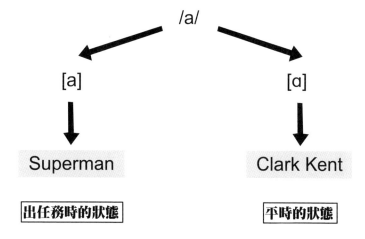

Superman和Clark Kent「互補分布」，所以我們不會同時見到Superman和Clark Kent。Superman就是Clark Kent，他們是同一個「人」（音位）的兩個「分身」（分音）。

音位——對立分布（Contrastive Distribution）

吳語中[a]、[ɑ]是「對立分布」的音位關係，在吳語中這兩個語音可以同時出現。這個概念則類似以下的人物關係：

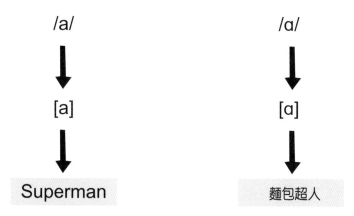

「Superman」與「麵包超人」雖然有些相似，但「Superman」不是「麵包超人」，他們不是同一「人」（音位）的兩個「分身」（分音）。

4-7 辨認音位的方法

當我們前往田野記錄語言時，一開始需要精確地記錄所聽到的語音，但接下來的工作則是從鉅細靡遺的語音資訊中歸納出這個語言的語音結構。這個工作稱爲「音位化」。

（一）音位辨認的要領

要瞭解一個語言有哪些音位、一個音位之下又有哪些分音，就必須要先瞭解這個語言中有哪些語音單位，之後再進一步探求語音的結合規則。

音位是彼此有別的不同音類，既然是互相區別的類，那麼釐析音位的要領就是看看這些音位之間，意義是否相同，有沒有「辨義作用」。

觀察一對語音辨義與否，最常用的方法是核對相關語音的「最小對比詞」（minimal pair）。從這些最小對比詞中，逐一比對這些不同音的詞意是否有差別。

（二）[l]、[n]

音位辨認最有名的漢語例子是輔音[l]與[n]的關係。這兩個輔音，前者是氣流從口腔洩出的邊音，後者是氣流從鼻腔洩出的鼻音。漢語系語言中，有的方言這兩個音屬於同一個音位，有的方言則是不同的音位。

我們可以一對最小對比詞[lan²⁴]、[nan²⁴]來判別[l]、[n]關係。[lan²⁴]、[nan²⁴]兩個音只有前頭的輔音成分不同，前者是[l]、後者是[n]，其他語音成分都相同。[lan²⁴]、[nan²⁴]在國語中語意有別，具辨義作用。而因爲[lan²⁴]、[nan²⁴]兩音只有前頭輔音不同，所以辨義成分來自輔音[l]和[n]。因此[l]和[n]在國語裡是兩個不同的音位關係：/l/、/n/。

在閩南語裡，[lan²⁴]、[nan²⁴]被理解爲「同音字」，因此在閩南語中，[l]、[n]沒有辨義作用，讀[l]跟讀[n]意思一樣，閩南語[l]、[n]就不是音位關係，它們只是不同的兩個分音。閩南語常見的音位操作方式是把[l]、[n]音位化爲/l/。

多數閩南人的讀音是[l]，但在臺灣偶爾可以聽到有些人的發音是[n]，這可能是受到國語的影響。

（三）[p]、[pʰ]

另外一個常被提到的例子是輔音[p]、[pʰ]的關係，這兩個輔音的差別是送氣與否。

同樣以最小對比詞實例來分析。不論是國語或閩南語，最小對比詞[pan⁵⁵]、[pʰan⁵⁵]都代表了不同的語意，說[pan⁵⁵]和說[pʰan⁵⁵]意思不同。因此在國語和閩南語裡，[p]、[pʰ]是兩個不同的音位：/p/、/pʰ/。

英文[p]、[pʰ]的關係就跟國語、閩南語不一樣。英文[p]、[pʰ]互補分布：在[s]之後的/p/讀[p]；其他位置的/p/讀[pʰ]。用語言學的方式描述如下：

/p/：[p]　/ [s] ___
　　　[pʰ] / elsewhere

若故意把[s]後的/p/讀成[pʰ]，或把其他位置的/p/讀成[p]，聽者只會感覺口音特異，並不會誤解語意。因此英文[p]、[pʰ]是分音關係，屬於音位/p/底下的兩個分音，沒有辨義作用。

音位辨認的步驟

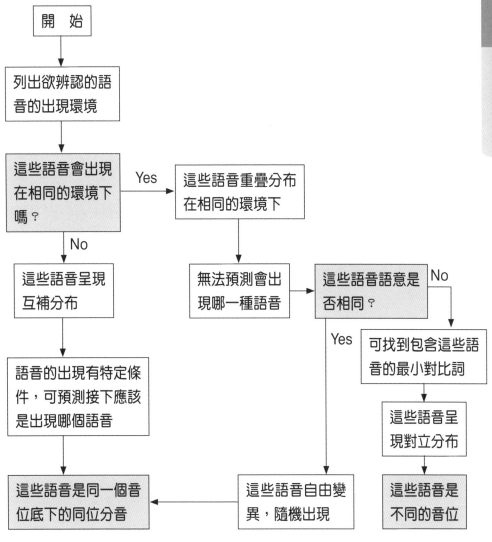

開　始

列出欲辨認的語音的出現環境

這些語音會出現在相同的環境下嗎？ —Yes→ 這些語音重疊分布在相同的環境下

No↓

這些語音呈現互補分布

無法預測會出現哪一種語音 → 這些語音語意是否相同？ —No→ 可找到包含這些語音的最小對比詞

Yes

語音的出現有特定條件，可預測接下應該是出現哪個語音

這些語音呈現對立分布

這些語音是同一個音位底下的同位分音 ← 這些語音自由變異，隨機出現

這些語音是不同的音位

知識補充站

區別特徵的重要性因語言而異

　　「送氣」是漢語中相當重要的區別特徵，因此在閩南語或國語裡，/p/和/pʰ/都是音位關係。但是，「送氣」在英文裡並不特別重要，雖然英語母語者可能輕易地感覺到[p]、[pʰ]在發音上音色不同，不過他們不會特別留意，因為對英文使用者來說，說[p]或[pʰ]意思是一樣的，只是講話習慣的差別而已。

4-8 音位化的處理原則一

將一個語言的語音符號音位化後，我們可以得出這個語言的「音位系統」。語言的音位系統，除了辨義作用外，還需要同時考慮其他幾個原則。

趙元任在他的名作〈音位標音法的多能性〉、《語言研究・音位論》中，清楚地指出五個需要共同考慮的規範事項，這五個原則仍是目前語言學工作的重要標準。

（一）互補原則

第一個音位處理的原則是「互補原則」（principle of complementation）。如果兩個以上的語音，出現環境不衝突、不重疊，呈現互補分配時，可以考慮把這些語音視爲「分音」，處理成一個音位。

舉例來說，有一對語音A和A’，A只出現在X環境下，而A’卻出現在非X環境之下。語音A與語音A’的分布互補、不重疊，因此我們可以把這兩個語音音位化爲一個音位：/A/。英文[p]和送氣的[pʰ]被視爲一個音位/p/，國語前低元音[a]和後低元音[ɑ]被視爲一個音位/a/，都是依據這個互補原則所做的處理。

閩南語的音位系統，濁輔音和同發音部位鼻輔音的處理方式就是考量互補原則而來。閩南語音節起首的濁輔音和同發音部位的鼻輔音互補分布，後頭若接鼻化元音時，前頭的輔音讀鼻音；反之，若後頭不爲鼻化元音，前頭的輔音讀濁音。一般都將這對同發音部位的濁輔音、鼻輔音，處理成一個音位，以濁輔音的形式爲該音位的代表。閩南語這樣的語音有三對，以語言學的方式描述是：

1. 雙唇 /b/：[m] /__ṽ
   [b] /elsewhere
2. 舌尖 /l/：[n] /__ṽ
   [l] /elsewhere
3. 舌根 /g/：[ŋ] /__ṽ
   [g] /elsewhere

（二）齊一原則

第二個音位處理的原則是「齊一原則」（principle of neatness）。一個語音可以出現在什麼場合，不可以出現在什麼場合，往往不只是那個語音如此表現而已。凡是與這個語音有共同特徵的相關語音，都可能有類似的結合傾向。

國語中，注音符號「ㄗ」（[ts]）不能跟符號「ㄧ」（[i]）、「ㄩ」（[y]）搭配，與「ㄗ」同類的「ㄘ」（[tsʰ]）、「ㄙ」（[s]）同樣也不能跟「ㄧ」、「ㄩ」搭配。相同類型的語音常有相同的表現方式，這種現象就是類型上的「齊一性」，這個語言特性有助於分析處理音位。

閩南語同部位濁輔音、鼻輔音互補分配的例子，也適用於齊一原則。若我們決定將雙唇部位的語音[b]、[m]視爲音位/b/之下的兩個分音，依據齊一原則，具有相似語音條件的舌尖部位語音[l]、[n]，和舌根部位語音[g]、[ŋ]，也需要等同處理。不能將[b]、[m]視爲一個音位/b/，卻將[l]、[n]視爲/l/、/n/兩個音位，[g]、[ŋ]視爲/g/、/ŋ/兩個音位。

互補原則

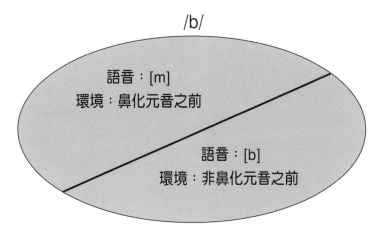
/b/

語音：[m]
環境：鼻化元音之前

語音：[b]
環境：非鼻化元音之前

　　閩南語[m]只出現在鼻化元音之前，非鼻化元音之前一律是[b]，[m]、[b]的出現可依據環境預測，因此[m]、[b]這是一對有定分音，隸屬於/b/音位之下。

齊一原則

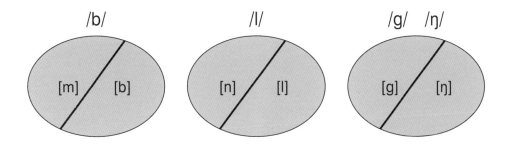
/b/　　　　　　/l/　　　　　/g/　/ŋ/

[m]　[b]　　　[n]　[l]　　　[g]　[ŋ]

　　音位是經過「人為」分析處理後的結果。因為語言內部結構有類推性，所以相似的現象需要有一定的處理原則。若依據不同的方式處理相似或平行的語言現象，得出的音位系統就會顯得很不協調。

4-9 音位化的處理原則二

（三）經濟原則

第三個音位處理的原則是「經濟原則」（principle of economy）。音位系統不要太過繁瑣複雜，越簡單明瞭、音位越少越好，因為以簡馭繁是語音訊號使用的基本原理。

閩南語的輔音[ts]、[tsʰ]、[s]是舌尖前音，但若之後接前高元音[i]時，[ts]、[tsʰ]、[s]會受到[i]元音的影響，音色稍微「顎化」（Palatalization）。也就是[ts]、[tsʰ]、[s]的發音位置會稍微向後靠，這是口腔為了調和舌尖前輔音和高元音[i]發音部位差距的自然作用。這個作用使[ts]、[tsʰ]、[s]的音值變得有點接近[tɕ]、[tɕʰ]、[ɕ]，這種現象稱為「同化」（assimilation）音變。

不過，閩南語一般沒有另外獨立出音位/tɕ/、/tɕʰ/、/ɕ/，因為語音[tɕ]、[tɕʰ]、[ɕ]只出現在前高元音[i]之前，依據經濟原則，可把這三個語音視為舌尖前音[ts]、[tsʰ]、[s]在特定環境下的語音變體，屬於音位/ts/、/tsʰ/、/s/的同位分音。這種現象用語言學的方式可描述如下：

1. /ts/：[tɕ] /__ i
   　　　[ts] /elsewhere
2. /tsʰ/：[tɕʰ] /__ i
   　　　 [tsʰ] /elsewhere
3. /s/：[ɕ] /__ i
   　　　[s] /elsewhere

（四）語音相似性

第四個音位處理的原則是「語音相似性」（principle of similarity）。一個音位之下，可以包容的分音應該要有許多共同特徵，且共同之處要比不同處還要多，否則將這些音劃歸為一個音位就有點牽強。

舉英文的例子說明。英語的[h]從來不出現在末端位置，而[ŋ]從來不出現在起頭位置，就出現的環境來說，[h]、[ŋ]互補分布，但是英語一般仍然獨立出/h/、/ŋ/兩個音位，就是因為[h]、[ŋ]的差異很大，相似性很低，[h]是喉擦音，[ŋ]是舌根鼻音。考量音近原則，雖然英語中[h]、[ŋ]互補分布，但成立為/h/、/ŋ/兩個音位，仍然是比較妥當的作法。

反之，英語中[p]、[pʰ]也互補分布，[p]出現在[s]之後，[pʰ]不出現在[s]之後。因為[p]、[pʰ]語音非常相似，這兩者只有送氣與否的差別，因此在英文中，[p]、[pʰ]就可以成立為一個音位/p/。

（五）當地人的語感

音位的處理也需要尊重「當地人的語感」（principle of native feeling），尊重當地人對自身語言的認識。

同樣以英文將[p]、[pʰ]視為/p/之下的同位分音的例子說明。對中文使用者來說，[p]、[pʰ]的差異性非常大，因此注音符號把[p]、[pʰ]分別標示為「ㄅ」、「ㄆ」兩個符號，對中文母語者來說，絕對不可能混淆這兩個音。

但是英語母語者認為[p]、[pʰ]是一樣的語音，英文拼音[p]、[pʰ]同樣都寫作「p」就說明了英文母語者的語感。對他們來說，送氣與否並沒有什麼不同。尊重英文母語者的語感，英文的[p]、[pʰ]需處理為一個音位。

經濟原則、互補原則需搭配語音相似原則

音位歸併的經濟原則講求音位越少越好，但前提是這些語音具有相似性。這個概念如下圖：

(A)互補分布的相似語音

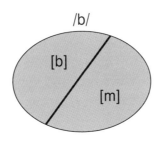

我們舉過很多次閩南語[b]、[m]歸併為/b/的例子，[b]和[m]有相同的發音部位、相同的成阻和除阻方式，兩音的差別只在於最後氣流從不同地方洩出，[b]是從口腔洩出，[m]是從鼻腔洩出。語音[b]和[m]高度相似，且[b]和[m]互補分布，因此可以把這兩個音歸併為一個音位。

相反的，如果兩個語音的分布環境互補，但是語音差距非常大，若硬要處理成一個音位，就有些不倫不類。這個概念則如下圖：

(B)互補分布的不相似語音

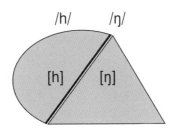

英文的[h]和[ŋ]互補分布，但這兩個音差異很大，前者是喉擦音，後者是舌根鼻音。不論是發音部位、成阻除阻方式或氣流洩出的腔道，[h]和[ŋ]都不一樣。所以若把這兩個音處理成一個音位，就如同硬把三角形拿來跟半橢圓形拼湊在一起，這個結果並不自然。

◆ 知識補充站

簡化音變

同化是語音受到鄰近的語音影響，改變發音部位或發音方法的一種語言變化。同化現象會減少鄰近語音具有區別性的語音特徵，這是一種「簡化」作用。

4-10 音位操作的彈性空間

　　若仔細思量上述五個音位處理原則，其實這五個原則互相抵觸。講究語音相似性，常常無法百分百顧及經濟原則、互補原則。語言的音位歸併是有彈性的，歸併原則的考量偏重不同，就會得到不同的歸併結果。

　　語言學中的音位概念，本身就是一束特徵值的「速記符號」（朱曉農2010）。既然是速記符號，必然需要捨棄語音某部分的特徵。語言學之父趙元任很久以前就已經指出，把語音歸納為音位系統的方法不止一種，得出的不同答案不是簡單的對或錯的問題，而是適用於各種目的的好壞問題（趙元任1968）。

　　提出一個音位系統，就意謂著研究者以這些音位顯示的語音特徵視為該語言音系的首要導因性特徵，而把其他的語音共現特徵定為次要的伴隨性現象（朱曉農2010）。考量不同的音位歸併原則，就會得出不同的音位歸併結果。因此在描寫一個語言的音位時，可針對不同的處理原則反覆操作和練習，思考各種可能的操作方式以及所偏重的歸併原則。

（一）國語[tɕ]、[tɕʰ]、[ɕ]的歸併

　　國語裡有一個經典的例子說明音位操作具彈性空間。國語裡注音符號「ㄐ」、「ㄑ」、「ㄒ」只能搭配「一」和「ㄩ」，也就是輔音[tɕ]、[tɕʰ]、[ɕ]只能出現在元音[i]、[y]之前。但是，國語裡有三套絕對不能搭配「一」和「ㄩ」的輔音，分別是：(1)「ㄗ」（[ts]）、「ㄘ」（[tsʰ]）、「ㄙ」（[s]）；(2)「ㄓ」（[tʂ]）、「ㄔ」（[tʂʰ]）、「ㄕ」（[ʂ]）；(3)「ㄍ」（[k]）、「ㄎ」（[kʰ]）、「ㄏ」（[x]）。

　　若從互補分布的角度來討論，這三套輔音中的任何一套都與[tɕ]、[tɕʰ]、[ɕ]互補分布。依照經濟原則，應該把[tɕ]、[tɕʰ]、[ɕ]跟上述三套輔音中的其中一套合併，可是到底[tɕ]、[tɕʰ]、[ɕ]要跟哪一套輔音合併比較妥當呢？

　　目前注音符號設計的辦法是把[tɕ]、[tɕʰ]、[ɕ]單獨獨立出來，不與[ts]系列、[tʂ]系列或[k]系列合併。因為若考量語音相似的原則，[tɕ]、[tɕʰ]、[ɕ]跟上述三套輔音都不相似，跟任何一套合併都顯得不自然，所以目前的作法仍然是把[tɕ]、[tɕʰ]、[ɕ]單獨劃分出來。

（二）閩南語鼻輔音的歸併

　　閩南語也有類似的現象。閩南語同發音部位的濁輔音、鼻輔音互補分布。一般多把同部位濁輔音、鼻輔音視為分音，處理為音位/b/、/l/、/g/。

　　不過，若仔細推敲音近原則，濁音和鼻音是否近似仍有討論空間。濁音和鼻音的氣流洩出通道不同，兩者音色是否相似見仁見智。如果將濁、鼻視為兩大類型，閩南語的音位應該歸成/b/、/l/、/g/、/m/、/n/、/ŋ/六個。

　　在音位歸併的實作上，有時候有些音位只出現在相當偏限的環境中，明顯與經濟原則、互補原則抵觸。這種歸併結果往往是考量音近原則，研究者希望該語言音位化後，語音的真實性依然能透過音位描寫一目了然。

國語舌面音、舌尖音、捲舌音、舌根音的分布圖

	一（[i]）	ㄩ（[y]）	ㄨ（[u]）	ㄜ（[ɤ]）	
舌面音 ㄐ（[tɕ]）	基及幾	居局舉	--	--	出現環境 相當侷限
舌尖音 ㄗ（[ts]）	--	--	租族組	則仄	
捲舌音 ㄓ（[tʂ]）	--	--	珠竹主	遮折者	
舌根音 ㄍ（[k]）	--	--	估股故	歌格葛	

　　國語舌面音ㄐ（[tɕ]）、ㄑ（[tɕʰ]）、ㄒ（[ɕ]）只出現在特定環境下，若考量經濟原則，不該將這套語音立為獨立音位。

　　[tɕ]系分別與舌尖音「ㄗ」（[ts]）、「ㄘ」（[tsʰ]）、「ㄙ」（[s]），捲舌音「ㄓ」（[tʂ]）、「ㄔ」（[tʂʰ]）、「ㄕ」（[ʂ]），舌根音「ㄍ」（[k]）、「ㄎ」（[kʰ]）、「ㄏ」（[x]）互補分布。這個現象類似下圖：

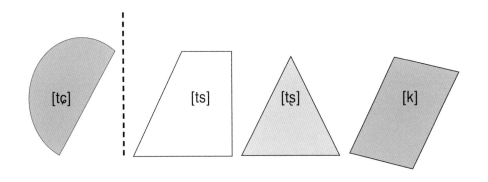

　　根據經濟原則、互補原則，應該將[tɕ]系語音和[ts]系或[tʂ]系或[k]系等任何一套語音合併為一套。但因為語音一點都不相似，考量音位歸併的語音近似原則，目前還是把上述四套語音各自獨立為/tɕ/系、/ts/系、/tʂ/系、/k/系四套音位。

4-11 結構

「音節」（syllable）是語言學中很重要的一個單位，每種語言的音節組成都有特定的結構。在國語裡面，每一個方塊「字」（character）所代表的語音結合形式，就是一個「音節」。一個方塊字一個音節是漢語的特性，閩南語也是如此。底下將重點概述閩南語分析中常提到的音節結構概念。

（一）漢語的音節結構

不同的語言學派，有不同的音節分析方式，但漢語的音節結構，一般大家都同意可以分析為：（C）（M）V（E_1）（E_2）

「C」代表輔音（consonant），「M」代表介音（medial），「V」代表主要元音（nuclear vowel），「E_1」代表元音之後的元音性韻尾（ending），「E_2」代表元音之後的輔音性韻尾。有的成分上冠上了「（）」符號，是表示這個成分可以不出現，也就是說，漢語的音節結構只有主要元音V是必要的，其他的成分是可以不出現的。

幾乎所有的漢語或漢語方言，音節結構都是以（C）（M）V（E_1）（E_2）為基礎。閩南語也不例外，閩南語可容許以下幾種音節結構的組合方式，每種結構各舉兩個例字說明：

①V：「醫」[i^{55}]、「芋」[ɔ^{33}]
②VE_1：「愛」[ai^{31}]、「襖」[au^{53}]
③VE_2：「紅」[aŋ^{24}]、「暗」[am^{31}]
④MV：「碗」[uã^{53}]、「爺」[ia^{24}]
⑤MVE_1：「邀」[iau^{55}]、「歪」[uai^{55}]
⑥MVE_2：「央」[iaŋ^{55}]、「用」[ioŋ^{33}]
⑦CV：「茶」[te^{24}]、「天」[tʰĩ^{55}]

⑧CVE_1：「走」[tsau^{53}]、「菜」[tsʰai^{31}]
⑨CVE_2：「行」[haŋ^{24}]、「貪」[tʰam^{55}]
⑩CMV：「寄」[kia^{31}]、「掛」[kua^{31}]
⑪CMVE_1：「乖」[kuai^{55}]、「料」[liau^{33}]
⑫CMVE_2：「嚴」[giam^{24}]、「宮」[kioŋ^{55}]

有一個需要注意的是，閩南語韻尾E_1和E_2不會同時出現，也就是沒有 *ain 或 *ani 這樣的結構。不過閩南語的姊妹方言「閩東話」，就有 ain 這樣的結構，E_1和E_2可同時出現，只是元音性韻尾一定出現在輔音性韻尾的前方。

（二）聲母和韻母

漢語音韻學一般都把漢語的音節分成「聲母」（initial）和「韻母」（final）兩大部分。「聲母」的組成是音節起首處的輔音C，韻母則是由介音M、主要元音V、韻尾E_1或E_2一同組成。

將音節依照聲母、韻母二分的理由是為了「押韻」需要。作詩行文押韻的判斷標準是根據韻母的V（E）成分，只要韻母的V（E）相同，不論前頭的介音M相同或不同，這些音節讀起來都有明顯的韻律感。

國語注音符號把VE合併為一個單位，例如「ㄞ」（[ai]）、「ㄢ」（[an]）、「ㄠ」（[au]）、「ㄡ」（[ou]），就是依照古代的押韻標準設計的。VE之前的M，注音符號另外獨立，寫為「ㄧ」（[i]）、「ㄨ」（[u]）、「ㄩ」（[y]），這個設計說明了M與VE屬性是不同的。

漢語的音節結構

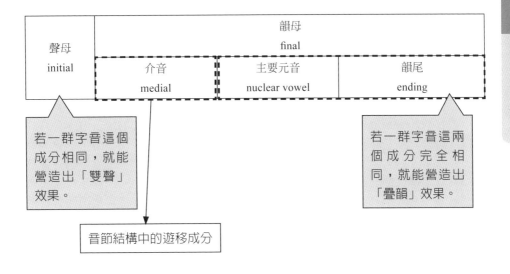

聲母 initial	韻母 final		
	介音 medial	主要元音 nuclear vowel	韻尾 ending

若一群字音這個成分相同，就能營造出「雙聲」效果。

若一群字音這兩個成分完全相同，就能營造出「疊韻」效果。

音節結構中的遊移成分

「介音」在漢語的結構中，地位特殊。傳統上把介音視爲「韻母」的一環，但是判斷韻母是否押韻，介音又可有可無，沒有決定性作用。近年有不少學者認爲，介音應該劃分爲「聲母」體系中的一部分，但若要製造出雙聲詞，介音表現爲何又不會有任何影響？由此可見，在漢語的結構中，介音是音節中的遊移成分，似聲母但非聲母，似韻母又不完全是韻母。

知識補充站

響度

漢語音節結構的核心是主要元音V（nuclear vowel）。主要元音是整個音節中「響度」（sound loudness）最宏亮的成分。響度是聲音的強弱，響度越強，聲音越強，響度越弱，聲音越弱。音節中各個成分的響度大小不一，通常整個音節的響度變化是由弱轉強，到達響度頂峰後，再逐漸轉弱。

4-12 音韻系統

確立一個一個的音位後,進一步的工作是討論音位之間的組合方式,這種研究是「音韻學」(Phonology)的範疇。

(一)音韻學

語言學語音層面的研究,一般大分為「語音學」(phonetics)與「音韻學」(phonology)兩類。

語音學研究語音的種類、數目、發音原理,以及語音的聲學特徵(物理性徵)、生理和聽覺的特徵等等。語音學的研究需要聲學儀器的幫助,透過儀器分析語音的聲譜。語音實驗的操作細節和精確度都會影響結果,因此建立合適的語音實驗室相當重要。

在語言實際運作的過程中,每一個母語使用者除了知道該語言有多少個語音、每個語音如何發音之外,母語者還有一些其他的抽象系統知識,即「這些語音在此語言中的組合規律」。人類的發音方法大致相同,無論哪一種語言,同一個語音的發音過程是相近的。不過,同樣一個聲音在不同語言內的使用方式存在很大的差異,也就是說,同一個語音在不同語言中常常扮演著不同的角色。

舉例來說,不送氣的語音[p]在國語和在英語的容許環境不同,國語的[p]能直接出現在音節起首處,英語的[p]卻只能出現在音節起首處的[s]之後,如spring、speed。同樣一個語音[p],在國語中的表現跟在英語中的表現不同。

研究語音在語言中的運作方式、組合規則就是音韻學研究的主旨。音韻學關注語音在語言中的系統知識,研究語音的組合型態和需遵守的法則。

(二)共時與歷時

「共時」(synchronic)相對於「歷時」(diachronic)。前面我們說過,語言是一個長期發展、跨越時代的連續體。語言的共時面是這個連續體中的一個「平面」,也就是語言連續體內的一個橫切面。以語音符號與音韻規則來描繪語言特定橫切面的音系體系,就是語言的「共時音韻系統」(Synchronic Phonology),一般又稱為平面音系。

現代音系學大多著重於探討語言共時面的音韻問題,探討語音表層形式和深層音韻規則之間的關連。不同的音韻學派,因以不同的切入點研究語言,因此有時會發展出迥異的結論。近年來西方的音系學理論各領風騷,互相更迭。

語言的歷時面是「立體」的概念,關注語言連續體中的縱向發展,討論不同平面間的語音關係和當中的音韻變化,這種語音發展關係稱為「歷時音變」。歷時音變研究語言的歷時音韻,透過不同時代的語言斷面,推測兩個橫斷面之間的音韻變化以及變化步驟,並思考引發變化的原因。因此,語言歷史層面的研究是建立在共時研究的基礎上。

一般又將歷時音變的研究問題另外歸類為「歷史語言學」(historical linguistics),以區別於平面音韻學的研究範疇。

共時音系

共時音系描繪語言的橫切面。舉閩南語共時的「聲母」（initial）系統來說，這個概念如下圖所示：

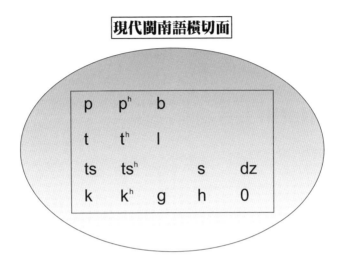

現代閩南語橫切面

p	pʰ	b		
t	tʰ	l		
ts	tsʰ		s	dz
k	kʰ	g	h	0

 歷時音變

歷時音變是語言連續體中，不同語言橫切面之間的語音變化。同樣以閩南聲母系統為例說明。從古代閩南語到現代閩南語，聲母系統發生過*b＞p, pʰ，古閩南語的濁音*b，逐漸分化為現代閩南語的清不送氣音[p]和清送氣音[pʰ]。這條音變在漢語歷史音韻學中，稱為「濁音清化律」。這個概念如下圖所示：

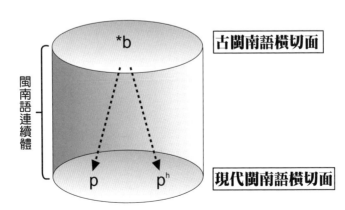

古閩南語橫切面

*b

閩南語連續體

p   pʰ

現代閩南語橫切面

第二篇

閩南語的語言特點

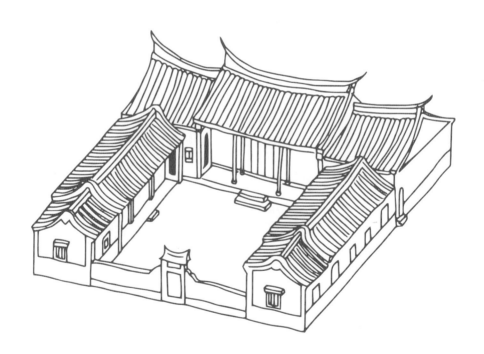

第5章

閩南語的共時音系

5-1 閩南語的聲母

前一章我們介紹了閩南語的基礎語言學觀念，以及閩南語在語言學研究中的描述方法，這一章我們會運用這些知識，仔細說明閩南語的共時音韻系統。底下以大家熟悉的臺灣普通腔，說明閩南語的共時音系。

（一）閩南語的聲母系統

一個音節之中的開頭成分是「聲母」（initial）。傳統閩南韻書共有15組字頭，以泉州音韻書《彙音妙悟》為例，《彙音妙悟》的十五組字頭名目為：「柳、邊、求、氣、地、普、他、爭、入、時、英、文、語、出、喜」。一般將這十五組字頭稱為閩南十五音。

這十五組字頭，就是十五個聲母音位。以國際音標IPA來標音的話，每個字頭的讀音如下：

p邊	pʰ頗	b/m文		
t地	tʰ他	l/n柳		
ts爭	tsʰ出		dz入	s時
k求	kʰ氣	g/ŋ語		
0英				h喜

上述聲母字頭的次序，依照發音的方法與部位排列。「英」字頭較特殊，該字頭是零聲母，也就是聲母的位置不出現輔音。

需要特別說明的是b/m〈文〉、l/n〈柳〉、g/ŋ〈語〉三組字頭的讀音。這三組字頭各有兩種讀音：

1. 〈文〉字頭的讀音有[b]、[m]兩類
2. 〈柳〉字頭的讀音有[l]、[n]兩類

3. 〈語〉字頭的讀音有[g]、[ŋ]兩類

〈文〉、〈柳〉、〈語〉三組字頭，兩種讀音「互補分布」：[m]、[n]、[ŋ]是鼻音聲母，只出現在「鼻化韻」（nasal vowel）或成音節鼻音前，而[b]、[l]、[g]是濁塞音聲母，不出現在鼻化韻及成音節鼻音之前。

鼻音聲母與濁塞音聲母在閩南語系統中沒有辨義作用，因此[b]、[m]；[l]、[n]；[g]、[ŋ]這三對語音，閩南韻書各自合併為三組字頭，也就是上述六種讀音，只成立出三個音位。鼻音與濁塞音，視為同一個音位底下的同位音。目前閩南語的共時音系描寫，一般多沿用這種方式，且/b/、/l/、/g/為這三個音位的代表語音。

（二）近年的聲類歸併

近百年來，閩南語聲母〈柳〉、〈入〉、〈語〉出現了一些新的類型歸併。泉腔方言多數有「柳入合一」的現象，漳腔方言則有「入語合併」的演變方式。

泉腔方言，〈入〉字頭的讀音由[dz]變為[l]，讀同〈柳〉類，共剩14個聲母音位。這種變化在大陸泉州、廈門以及臺灣泉腔方言區廣泛出現。依據早期傳教士編寫的閩南文獻，這項演變約在一百多年以前就已經出現了。

漳腔閩南語，〈入〉類字若後頭接著後高元音[u]時，也很容易變成[l]；若接前高元音[i]時，則容易變成[g]，讀同〈語〉類字。不過，目前仍有許多漳腔方言區沒有出現音變，〈入〉類字仍讀[dz]，表現出老漳州話的語音特色。

〈入〉字頭讀音的演變

1. 泉系閩南語：dz → l

語音環境	演變結果	例字
後頭接著元音-u	l- 讀同〈柳〉字頭	「潤」*dzun^{33} → lun^{33} 「熱」*dzua?$^{\underline{33}}$ → lua?$^{\underline{33}}$
後頭接著元音-i	l- 讀同〈柳〉字頭	「二」*dzi^{33} → li^{33} 「柔」*dziu^{24} → liu^{24}

2. 漳系閩南語：dz → l /__u
dz → g /__i

語音環境	演變結果	例字
後頭接著元音-u	l- 讀同〈柳〉字頭	「潤」*dzun^{33} → lun^{33} 「熱」*dzua?$^{\underline{33}}$ → lua?$^{\underline{33}}$
後頭接著元音-i	g- 讀同〈語〉字頭	「二」*dzi^{33} → gi^{33} 「柔」*dziu^{24} → giu^{24}

3. 老漳州閩南語：dz → dz

語音環境	演變結果	例字
後頭接著元音-u	dz- 仍自成一類	「潤」*dzun^{33} → dzun^{33} 「熱」*dzua?$^{\underline{33}}$ → dzua?$^{\underline{33}}$
後頭接著元音-i	dz- 仍自成一類	「二」*dzi^{33} → dzi^{33} 「柔」*dziu^{24} → dziu^{24}

5-2 聲母分析一

以下依閩南韻書慣用的編排方式，依照「唇」、「舌」、「牙」、「齒」、「喉」的聲母次序，分析閩南語的聲母系統。以臺灣普通腔的讀音，來說明各聲母的發音以及該聲母的例字。

(一) 唇音

唇音指發音部位為雙唇的語音，閩南語共有/p/、/pʰ/、/b/三個音位。

1. /p/ → [p]

本音位為雙唇不送氣清塞音。這個聲母發音時，先儲氣於胸中，然後緊閉雙唇，之後下巴和下唇用力下拉、打開雙唇，使雙唇發出爆裂聲音。例字如「八」[pat³²]、「寶」[po⁵³]、「半」[puã³¹]、「本」[pun⁵³]。

2. /pʰ/ → [pʰ]

本音位為雙唇送氣清塞音。這個聲母發音時，先儲氣於胸中，然後緊閉雙唇，之後下巴和下唇用力下拉、打開雙唇，且伴隨強烈氣流，使雙唇發出爆裂聲音。例字如「配」[pʰue³¹]、「票」[pʰio³¹]、「鼻」[pʰĩ³³]、「芳」[pʰaŋ⁵⁵]。

3. /b/ → [b] / [m]

本音位底下有[b]、[m]兩個同位音。前者是雙唇濁塞音，後者是雙唇鼻音，兩音互補分布。

[b]發音時，先儲氣於胸中，然後緊閉雙唇，之後下巴和下唇用力下拉、打開雙唇，使雙唇發出爆裂聲音，並且帶動聲帶震動。[m]的發音方式與[b]非常相似，唯一的差別是發[b]

時氣流從口腔中洩出，而發[m]時氣流從鼻腔中洩出。由此可見，[b]、[m]之間的轉換，是非常容易的。

鼻化韻和成音節鼻音韻母發音時，氣流都會經過鼻腔。因此若聲母後頭搭配的韻母是鼻化韻或成音節鼻音時，為了發音上的便利，此時本音位選用的讀音是鼻音[m]。若後頭的韻母不是鼻化韻或成音節鼻音，此時就選用口音[b]。例字如「買」[be⁵³]、「面」[bin³³]、「麵」[mĩ³³]、「毛」[mŋ²⁴]。

(二) 舌音

舌音指發音部位為舌尖的語音，閩南語共有/t/、/tʰ/、/l/三個音位。

1. /t/ → [t]

本音位為舌尖不送氣清塞音。這個聲母發音時，先儲氣於胸中，然後舌尖緊緊抵住上齒背根部，略和齒齦接觸，之後舌尖用力下拉，發出爆發聲音。例字如「直」[tit³³]、「茶」[te²⁴]、「點」[tiam⁵³]、「地」[te³³]。

2. /tʰ/ → [tʰ]

本音位為舌尖送氣清塞音。這個聲母發音時，先儲氣於胸中，然後舌尖緊緊抵住上齒背根部，略和齒齦接觸，之後舌尖用力下拉，伴隨強烈氣流發出爆裂聲音。例字如「討」[tʰo⁵³]、「糖」[tʰŋ²⁴]、「頭」[tʰau²⁴]、「天」[tʰĩ⁵⁵]。

3. /l/ → [l] / [n]

本音位底下有[l]、[n]兩個同位音。前者是舌尖邊音，後者是舌尖鼻音，兩音互補分布。

1. [p]的發音姿態

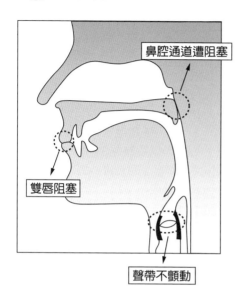

鼻腔通道遭阻塞

雙唇阻塞

聲帶不顫動

2. [t]的發音姿態

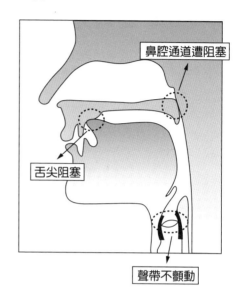

鼻腔通道遭阻塞

舌尖阻塞

聲帶不顫動

3. [b]的發音姿態

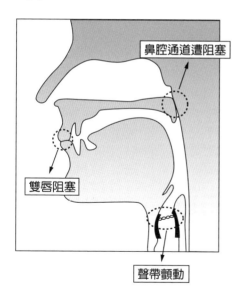

鼻腔通道遭阻塞

雙唇阻塞

聲帶顫動

4. [m]的發音姿態

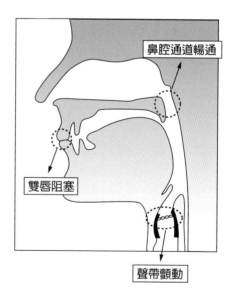

鼻腔通道暢通

雙唇阻塞

聲帶顫動

5-3 聲母分析二

[l]發音時，先儲氣於胸中，然後舌尖緊緊抵住上齒背根部，略和齒齦接觸，之後舌尖維持不動，彈動舌葉兩邊較薄的邊緣，讓氣流從舌尖兩邊洩出。[n]的發音方式與[l]類似，但氣流從鼻腔洩出。

若聲母後頭搭配的韻母是鼻化韻或成音節鼻音時，聲母的讀音是[n]；若聲母後頭不是鼻化韻或成音節鼻音時，則讀[l]。例字如「六」[lak³³]、「讓」[niũ³³]、「路」[lɔ³³]、「陸」[liok³³]。

（三）牙音

牙音指發音部位為舌根的語音，閩南語共有/k/、/kʰ/、/g/三個音位。

1. /k/ → [k]

本音位為舌根不送氣清塞音。這個聲母發音時，先儲氣於胸中，然後舌根提高，緊緊頂住口腔軟顎部位，之後舌根用力下拉、打開口腔通道，發出爆發聲音。例字如「減」[kiam⁵³]、「鬼」[kui⁵³]、「家」[ke⁵⁵]、「金」[kim⁵⁵]。

2. /kʰ/ → [kʰ]

本音位為舌根送氣清塞音。這個聲母發音時，先儲氣於胸中，然後舌根提高，緊緊頂住口腔軟顎部位，之後舌根用力下拉、打開口腔通道，同時伴隨強烈氣流從胸腹中衝出。例字如「苦」[kʰɔ⁵³]、「空」[kʰoŋ⁵⁵]、「口」[kʰau⁵³]、「腔」[kʰiũ⁵⁵]。

3. /g/ → [g] / [ŋ]

本音位底下有[g]、[ŋ]兩個同位

音。前者是舌根濁塞音，後者是舌根鼻音，兩音互補分布。

[g]發音時，先儲氣於胸中，然後舌根提高，緊抵軟顎，之後舌根下拉、打開口腔通道，聲帶也隨之震動，製造出爆裂聲音。[ŋ]的發音方式與[g]類似，但氣流改從鼻腔洩出。

若聲母後頭搭配的韻母是鼻化韻或成音節鼻音，聲母就讀[ŋ]；若聲母後頭不是鼻化韻或成音節鼻音，聲母則讀[g]。例字如「五」[gɔ³³]、「迎」[ŋiã²⁴]、「牛」[gu²⁴]、「玉」[giok³³]。

（四）齒音

齒音指發音為舌尖部位，但發音方法為塞擦音或擦音的語音。閩南語共有/s/、/ts/、/tsʰ/、/dz/四個音位。

1. /s/ → [s]

本音位為舌尖前清擦音。這個聲母發音時，先儲氣於胸中，然後舌尖靠近上齒背根部，接近齒齦前端，稍微維持一條細縫，之後讓氣流摩擦通過口腔通道。例字如「四」[si³¹]、「神」[sin²⁴]、「筍」[sun⁵³]、「送」[saŋ³¹]。

閩南語這個音發音時，若後頭跟著前高元音[i]，聲母音值會略微接近[ɕ]，帶有「顎化」（Palatalization）色彩，此時的發音部位靠近舌面。

不過，比起大陸北方人的舌面音，閩南的音色並不是標準的舌面音。閩南語的語音顯然是以舌尖發音，只是當後頭跟著前高元音[i]時，聲母的發音部位會稍微偏後，這是很常見的語音「同化」現象（assimilation）。

1. [k]的發音姿態

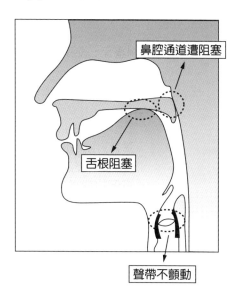

鼻腔通道遭阻塞

舌根阻塞

聲帶不顫動

2. [g] 的發音姿態

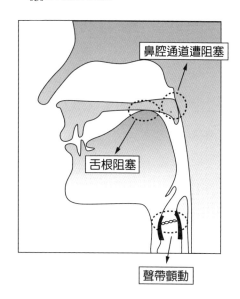

鼻腔通道遭阻塞

舌根阻塞

聲帶顫動

3. [ŋ]的發音姿態

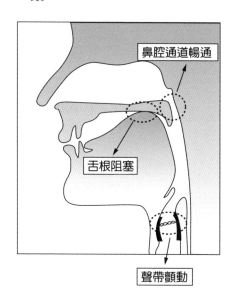

鼻腔通道暢通

舌根阻塞

聲帶顫動

4. [s]的發音姿態

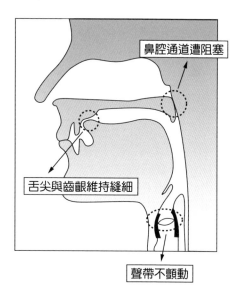

鼻腔通道遭阻塞

舌尖與齒齦維持縫細

聲帶不顫動

5-4 聲母分析三

2. /ts/ → [ts]

本音位為舌尖前不送氣清塞擦音。這個聲母發音時，先塞後擦。發音時舌尖緊抵上齒背根部，略和齒齦前端接觸，當舌尖下拉後，稍微維持一道縫細一段時間後，再把舌尖往下拉開，形成先爆發後摩擦的聲音。例字如「食」[tsiaʔ³³]、「全」[tsuan²⁴]、「州」[tsiu⁵⁵]、「妝」[tsŋ̍⁵⁵]。

閩南語此音發音時，若後頭為[i]，受到元音的影響，聲母的發音部位同樣會偏後，音值略帶顎化色彩，有些接近[tɕ]。

3. /tsʰ/ → [tsʰ]

本音位為舌尖前送氣清塞擦音。這個聲母發音時，先塞後擦。發音時舌尖緊抵上齒背根部，略和齒齦前端接觸，當舌尖下拉後，稍微停留並維持一道縫細，再把舌尖往下拉開，形成先爆發後摩擦的聲音，伴隨從胸腹中送出的強烈氣流。例字如「菜」[tsʰai³¹]、「錢」[tsĩ²⁴]、「手」[tsʰiu⁵³]、「蔥」[tsʰaŋ⁵⁵]。

閩南語此音發音時，若後頭為[i]，聲母的發音部位同樣會偏後，音值略帶顎化色彩，有些接近[tɕʰ]。

4. /dz/ → [dz] ~ [z]

本音位為舌尖前濁塞擦音。這個聲母發音時，先塞後擦。發音時舌尖緊抵上齒背根部，略和齒齦前端接觸，當喉頭聲帶震動送出氣流時，同時舌尖下拉，但稍微停留維持一道縫細之後，再把舌尖往下完全拉開。例字如「人」[dzin²⁴]、「潤」[dzun³³]、「弱」[dziok³³]、「忍」[dzim⁵³]。

有些地方的口音，這個音位的音值是[z]，是舌尖前濁擦音，發音時省略了先製造塞音音感的步驟，直接發擦音。濁擦音[z]發音時，先儲氣於胸中，然後舌尖靠近上齒背根部，接近齒齦前端，稍微維持一條細縫，震動聲帶，並讓氣流摩擦通過口腔通道。

（五）喉音

喉音指發音部位為喉部的語音，閩南語有/h/、/0/兩個音位。

1. /h/ → [h]

本音位為喉擦音。這個聲母發音時，先儲氣於胸中，然後讓氣流從聲門通過。例字如「虎」[hɔ⁵³]、「學」[hak³³]、「粉」[hun⁵³]、「行」[haŋ²⁴]。

2. /0/ → [0] ~ [ʔ]

本音位一般作零聲母，但閩南語發音時，音節起首處有時會伴隨帶出喉部清塞音[ʔ]。例字如「安」[an⁵⁵]、「油」[iu²⁴]、「穩」[un⁵³]、「紅」[aŋ²⁴]。

小博士解說

閩南語影響國語發音

喉擦音[h]的發音方式很接近國語的「ㄏ」（[x]）。[x]是舌根清擦音，發音部位比閩南語的[h]還要靠前些。臺灣地區因通行閩南語，臺灣人往往把閩南系統的[h]投射到國語之上，以閩南的[h]替代國語的[x]。因此，臺灣人所說的國語的「ㄏ」，實際上是[h]而不是標準的[x]，發音和大陸地區不同。

1. [ts]的發音姿態：先完全阻塞，隨後放開一道狹小縫細

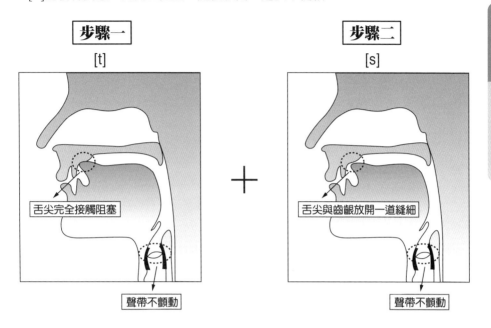

2. [dz]的發音姿態：先完全阻塞，隨後放開一道狹小縫細

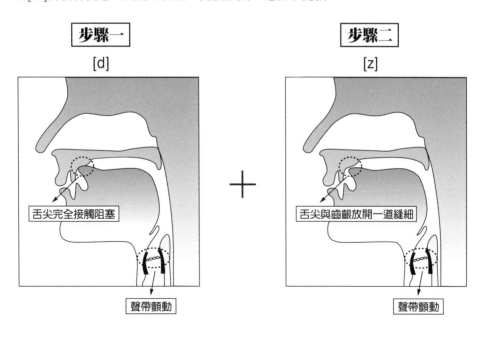

5-5　閩南語的韻母

音節之中，位於聲母之後的語音成分是「韻母」（rhyme）。韻母由「介音」（M）、「主要元音」（V）、「韻尾」（E）構成。其中只有主要元音是構成韻母的必要條件。

（一）韻母系統概況

閩南語的韻母總數約在75個上下，是韻母數量相當多的一種語言。閩南語的韻母大致是由[a]、[e]、[i]、[ɔ]、[o]、[u]等六個元音，以及[-m]、[-n]、[-ŋ]、[-p]、[-t]、[-k]、[-ʔ]等七個輔音韻尾，和[m̩]、[ŋ̍]兩個成音節鼻音組成。元音[i]、[u]還可出現在韻母的介音位置和元音性韻尾的位置。此外，還有大量成系統的鼻化韻母。

閩南語可大致分為泉系閩南語和漳系閩南語兩類，這兩種口音的差異主要表現在韻母系統上。讀音的差異來自於閩南語的歷史發展過程，漳州系統和泉州系統地處福建南北兩端，地理的分隔使兩地各自出現了類似卻又不完全相同的歷史音變，再加上其他的社會語言因素影響，閩南內部逐漸形成了泉州和漳州兩大體系。

泉州和漳州這兩大系統的讀音差異在聲母、韻母和聲調上都可以發現，但以韻母系統的差異最明顯。

（二）閩南韻母表

此處以臺灣普通腔為例，說明閩南語的共時韻母系統。這裡所做的韻母表，目的在於讓讀者能清楚明白閩南語的韻母面貌，因此我們排除了有爭議或收字不多的少許音節，只有擬聲詞的音節也省略不收。

閩南語的韻母數為72個。下表將韻尾發音部位相近的韻母編成一組，總共約44組。如下所示：

1.a/aʔ	2.ia/iaʔ	3.ua/uaʔ
4.ai	5.uai	6.au
7.iau	8.am/ap	9.iam/iap
10.an/at	11.ien/iet	12.uan/uat
13.aŋ/ak	14.iaŋ/iak	15.ã/ãʔ
16.iã/iãʔ	17.uã	18.aĩ
19.uaĩ	20.aũ	21.iaũ
22.e/eʔ	23.ue/ueʔ	24.ẽ/ẽʔ
25.uẽ	26.i/iʔ	27.iu
28.im/ip	29.in/it	30.iŋ/ik
31.ĩ/ĩʔ	32.ɔ	33.ɔ̃/ɔ̃ʔ
34.o/oʔ	35.io/ioʔ	36.oŋ/ok
34.ioŋ/iok	38.u/uʔ	39.ui/uiʔ
40.un/ut	41.iũ	42.uĩ
43.m̩	44.ŋ̍	

小博士解說

閩南語的韻類名目

洪惟仁（2003）以重疊泉州韻書《彙音妙悟》和漳州韻書《雅俗通十五音》的字母名稱的方式，指稱該組韻母。舉例來說，韻母/iũ/，泉州韻書稱為〈箱〉字母韻，漳州韻書稱為〈薑〉字母韻，因此就將讀這個韻母的字稱為〈箱薑〉類字。這個辦法讓泉漳方言的韻母對應一目了然，目前許多學者都援引這個辦法。

圖解閩南語概論

閩南語主要元音和介音、韻尾的配合

主要元音

		i	e	a	u	o		m̩	ŋ̍
介音	-i-	−	−	+	*	+		−	−
	-u-	*	+	+	−	−		−	−
元音性韻尾	-i	−	−	+	*	−		−	−
	-u	*	+	+	−	−		−	−
	-m/-p	+	−	+	−	−		−	−
	-n/-t	+	+	+	+	−		−	−
輔音性韻尾	-ŋ/-k	+	−	+	−	+		−	−
	-ʔ	+	+	+	+	+		−	−

★閩南語有韻母-iu、-ui，但這兩個韻母的音節結構分析有些爭議，何者為介音何者為韻尾尚未定論，此處暫時以「*」標示。

> 成音節鼻音m̩、ŋ̍的「功能」類似主要元音，可以擔任音節響度核心，因此放入主要元音類一同觀察。不過，閩南語的成音節鼻音不能搭配介音或韻尾，只能單獨成韻母。

099

5-6 韻母分析一

以下依照韻母的音節結構排序，以臺灣普通腔的讀音，說明閩南語各韻母的發音以及該韻母的例字。

（一）韻母結構：V

這個結構的語音成分只有主要元音（V）。閩南語共有/a/、/e/、/i/、/ɔ/、/o/、/u/和/ã/、/ẽ/、/ĩ/、/ɔ̃/等十個韻母。

/ã/、/ẽ/、/ĩ/、/ɔ̃/是鼻化韻母。發元音時，若軟顎不上升，讓肺部發出的氣流同時進入口腔和鼻腔，最後氣流同時從口腔通道和鼻腔通道洩出，這時的元音就會帶有鼻音特徵，音色和氣流單從口腔通過的語音明顯不同。這種韻母稱為鼻化韻，是閩南音系的一大特點。

1. /a/ → [a]

[a]是舌面前低展唇元音。例字如「霸」[pa³¹]、「查」[tsa⁵⁵]、「吵」[tsʰa⁵³]、「膠」[ka⁵⁵]、「骹」（腳）[kʰa⁵⁵]。

2. /e/ → [e]

[e]是舌面前中高展唇元音。例字如「馬」[be⁵³]、「茶」[te²⁴]、「家」[ke⁵⁵]、「蝦」[he²⁴]、「下」[e³³]。

3. /i/ → [i]

[i]是舌面前高展唇元音。例字如「米」[bi⁵³]、「知」[ti⁵⁵]、「四」[si³¹]、「戲」[hi³¹]、「醫」[i⁵⁵]。

4. /ɔ/ → [ɔ]

[ɔ]是舌面後中低圓唇元音。例字如「布」[pɔ³¹]、「肚」[tɔ⁵³]、「租」[tsɔ⁵⁵]、「姑」[kɔ⁵⁵]、「烏」（黑）[ɔ⁵⁵]。

5. /o/ → [o] ~ [ə]

[o]是舌面後中高圓唇元音。例字如「抱」[pʰo³³]、「刀」[to⁵⁵]、「棗」[tso⁵³]、「告」[ko³¹]、「好」[ho⁵³]。

這一個韻母，目前在臺南一帶的強勢讀音是[ə]。因為閩南語的元音系統本有o：ɔ對比，-o、-ɔ元音很相似，差別只在於-ɔ元音的開口度比-o元音稍大。為了擴大語音對比，使聽話者更容易聽辨語音，臺南發展出o>ə的語音變化。從圓唇元音改為展唇元音，以ə：ɔ來區辨這兩個不同的音位。這種語音逐漸向臺灣其他地區擴散中。（陳淑娟 2010）

6. /u/ → [u]

[u]是舌面後高圓唇元音。例字如「婦」[pu³³]、「舞」[bu⁵³]、「子」[tsu⁵³]、「事」[su³³]、「句」[ku³¹]。

7. /ã/ → [ã]

[ã]是鼻化舌面前低展唇元音。例字如「罵」[mã³³]、「膽」[tã⁵³]、「三」[sã⁵⁵]、「藍」[nã²⁴]、「敢」[kã⁵³]。

8. /ẽ/ → [ẽ]

[ẽ]是鼻化舌面前中高展唇元音。例字如「病」[pẽ³³]、「青」[tsʰẽ⁵⁵]、「醒」[tsʰẽ⁵³]、「井」[tsẽ⁵³]、「更」[kẽ⁵⁵]。

9. /ĩ/ → [ĩ]

[ĩ]是鼻化舌面前高展唇元音。例字如「扁」[pĩ⁵³]、「天」[tʰĩ⁵⁵]、「錢」[tsʰĩ²⁴]、「扇」[sĩ³¹]、「見」[kĩ³¹]。

前元音「展唇」、後元音「圓唇」

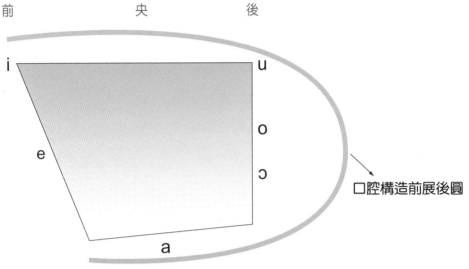

口腔構造前展後圓

閩南語的元音系統，前元音多爲展唇元音，後元音多爲圓唇元音，這是因爲人的口腔前展後圓，因此前元音展唇比圓唇自然，後元音圓唇比展唇自然。

知識補充站

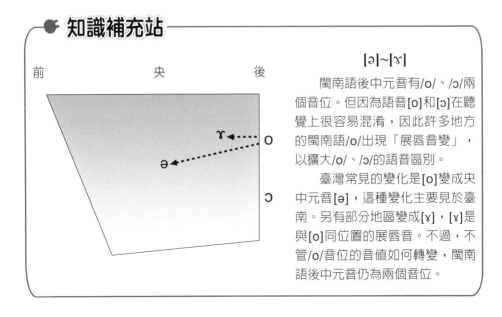

[ə]~[ɤ]

閩南語後中元音有/o/、/ɔ/兩個音位。但因爲語音[o]和[ɔ]在聽覺上很容易混淆，因此許多地方的閩南語/o/出現「展唇音變」，以擴大/o/、/ɔ/的語音區別。

臺灣常見的變化是[o]變成央中元音[ə]，這種變化主要見於臺南。另有部分地區變成[ɤ]，[ɤ]是與[o]同位置的展唇音。不過，不管/o/音位的音值如何轉變，閩南語後中元音仍爲兩個音位。

101

5-7 韻母分析二

10. /ɔ̃/ → [ɔ̃]

[ɔ̃]是鼻化舌面後中低圓唇元音。例字如「模」[mɔ̃²⁴]、「怒」[nɔ̃³³]、「午」[ŋɔ̃⁵³]、「誤」[ŋɔ̃³³]。

（二）韻母結構：M+V

這個結構由介音（M）和主要元音（V）組成。閩南語的介音有-i-和-u-兩種。[i]、[u]擔任音節中的介音時，發音方法、舌面位置和做主要元音時都相同，只是[i]、[u]做介音時的發音時長稍短。

閩南語共有/ia/、/ua/、/ue/、/io/和/iã/、/uã/、/uẽ/七個M + V結構的韻母。

1. /ia/ → [ia]

例字如「車」[tsʰia⁵⁵]、「寫」[sia⁵³]、「謝」[sia³³]、「寄」[kia³¹]、「蟻」[hia³³]。

2. /ua/ → [ua]

例字如「破」[pʰua³¹]、「拖」[tʰua⁵⁵]、「紙」[tsua⁵³]、「徙」（移動）[sua⁵³]、「掛」[kua³¹]。

3. /ue/ → [ue]

例字如「賠」[pue²⁴]、「皮」[pʰue²⁴]、「火」[hue⁵³]、「過」[kue³¹]、「歲」[hue³¹]。

這個韻母的屬字，有一個來源是〈科檜〉類字。〈科檜〉類字在閩南不同腔調中讀音不同，但呈現有規律的對應。臺灣普通腔的語音形式是[ue]，跟漳州腔相同。廈門腔的讀音則是[e]，這種讀法在臺灣也很常聽見。閩南次方言〈科檜〉類的詳細比較，請見後面章節的說明。

4. /io/ → [io] ~ [iə]

例字如「票」[pʰio³¹]、「表」[pio⁵³]、「蕉」[tsio⁵⁵]、「笑」[tsʰio³¹]、「腰」[io⁵⁵]。

臺南閩南語有[o]變[ə]的現象，這個韻母也平行音變：[io]>[iə]。

5. /iã/ → [iã]

例字如「命」[miã³³]、「鼎」（鍋子）[tiã⁵³]、「城」[siã²⁴]、「囝」（子）[kiã⁵³]、「影」[iã⁵³]。

6. /uã/ → [uã]

例字如「半」[puã³¹]、「彈」[tuã²⁴]、「線」[suã³¹]、「官」[kuã⁵⁵]、「碗」[uã⁵³]。

7. /uẽ/ → [uẽ]

例字如「每」[muẽ⁵³]、「妹」[muẽ³³]、「媒」[muẽ²⁴]、「糜」[muẽ²⁴]。這一個韻母只有鼻音聲母字，且以唇鼻音m-為主。

這一個韻母在閩南語各腔調中有幾種不太一樣的讀音，屬字的範圍也略有參差，是差異較明顯的一組韻母。臺灣普通腔一般是讀[uẽ]，有時候也可以聽見[uaĩ]、[e]、[ə]等不同的形式。

這種差異是因為臺灣聚集了多種閩南的腔調，這一組韻母顯示了移民來源的鄉音差異。

圖解閩南語概論

M＋V結構──上升複元音（rising diphthong）

　　發單元音時，舌位是固定不動的。如果在一個單元音的時間長度內，舌位有了移動，所發出的語音就是「複元音」（diphthong）。

　　閩南語的複元音還可分為「上升複元音」（rising diphthong）和「下降複元音」（falling diphthong）兩類。上升與下降的區別在於元音「響度」（sonority）的升降。如果舌位的移動使韻母的響度「由低至高」，此種複元音就是上升複元音。反之，如果舌位的移動使韻母的響度「由高至低」，此種複元音就是下降複元音。

　　本節所提到的韻母結構「介音M＋主要元音V」，就是屬於上升複元音，響度由低至高變化。如下所示：

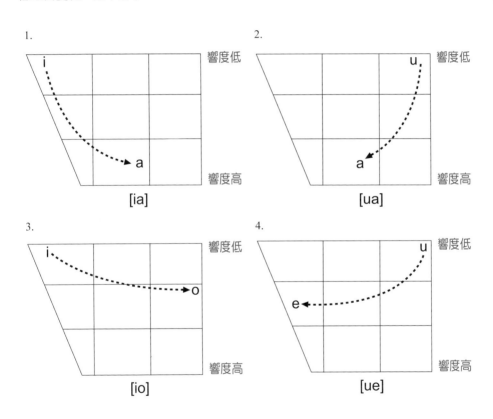

5-8 韻母分析三

（三）韻母結構：V+E₁

這個結構由主要元音（V）和元音性韻尾（E₁）組成。閩南語元音性韻尾有-i和-u兩種。[i]、[u]擔任韻尾時，發音方法、舌面位置和做主要元音時相同，不過發音時長較短，與[i]、[u]做介音時類似。

但是，[i]、[u]若位於韻尾位置，說話時可能會出現發音鬆懶的情況，舌位略低於標準位置，語音也會有些含糊，但一般還是將之音位化為高元音。閩南語共有/ai/、/au/、/aĩ/、/aũ/四個此種結構的韻母。

1. /ai/ → [ai]

例字如「排」[pai²⁴]、「敗」[pai³³]、「菜」[tsʰai³¹]、「賽」[sai³¹]、「解」[kai⁵³]。

2. /au/ → [au]

例字如「偷」[tʰau⁵⁵]、「樓」[lau²⁴]、「走」[tsau⁵³]、「狗」[kau⁵³]、「後」[au³³]。

3. /aĩ/ → [aĩ]

例字如「埋」[maĩ²⁴]、「買」[maĩ⁵³]、「賣」[maĩ³³]、「荔」[naĩ³³]。這一個韻母只有鼻音聲母字。

4. /aũ/ → [aũ]

例字如「貌」[maũ³³]、「腦」[naũ⁵³]、「鬧」[naũ³³]、「藕」[ŋaũ³³]。這一個韻母也只有鼻音聲母字。

（四）韻母結構：V+E₂

這個結構由主要元音（V）和輔音性韻尾（E₂）組成。閩南語的輔音性韻尾有-m/-p、-n/-t、-ŋ/-k、-ʔ七個。-m/-p、-n/-t、-ŋ/-k是三對發音部位相同，但發音方法不同的輔音韻尾，前者是鼻音，後者是塞音，依序是雙唇部位、舌尖部位、舌根部位。

輔音[p]、[t]、[k]、[ʔ]為塞音，發音特點是口腔氣流先完全阻塞，隨後解除阻塞。塞音若出現在韻尾位置時，因發音時先完全阻塞的特性，使得前方隨元音帶出的氣流嘎然而止，語音被迫切斷，因此有塞音韻尾的音節時長短於沒有塞音韻尾的音節。此種音節的聲調被記錄為短調，以調值下方加上底線的方式標示。

閩南語的輔音韻尾種類多，因此V+E₂結構的韻母共有25個。依據主要元音來分類，分別是/am/、/ap/、/an/、/at/、/aŋ/、/ak/、/aʔ/、/ãʔ/：、/eʔ/、/ẽʔ/：、/im/、/ip/、/in/、/it/、/iŋ/、/ik/、/iʔ/、/ĩʔ/：、/ɔʔ/：、/oŋ/、/ok/、/oʔ/、/un/、/ut/、/uʔ/。

1. /am/ → [am]

例字如「淡」[tam³³]、「站」[tsam³³]、「參」[tsʰam⁵⁵]、「感」[kam⁵³]、「暗」[am³¹]。

2. /ap/ → [ap]

例字如「答」[tap³²]、「雜」[tsap³³]、「合」[hap³²]、「壓」[ap³²]、「盒」[ap³³]。

3. /an/ → [an]

例字如「班」[pan⁵⁵]、「慢」[ban³³]、「陳」[tan²⁴]、「餐」[tsʰan⁵⁵]、「安」[an⁵⁵]。

圖解閩南語概論

V＋E₁結構——下降複元音（falling diphthong）

　　閩南語的複元音可分為「上升複元音」（rising diphthong）和「下降複元音」（falling diphthong）兩類。上升與下降的區別在於韻母「響度」（sonority）的升降。

　　如果舌位的移動使響度「由高至低」，此種複元音就是下降複元音。本節所提到的韻母結構「主要元音V＋元音性韻尾E₁」，就是屬於下降複元音，響度由高至低。如下所示：

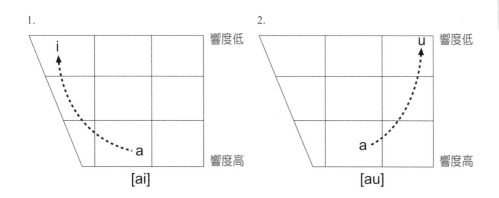

1.　[ai]
2.　[au]

知識補充站

國語複元音的符號設計

　　國語中有四個下降複元音，分別是「ㄞ」（[ai]）、「ㄟ」（[ei]）、「ㄠ」（[au]）、「ㄡ」（[ou]）。凡是下降複元音，國語注音都制訂了專門的符號，但是上升複元音，如「ㄧㄚ」（[ia]）、「ㄧㄝ」（[ie]）、「ㄨㄚ」（[ua]）、「ㄨㄛ」（[uo]），國語都採用兩個符號來拼寫。這是因為，當初設計注音符號的專家，把下降複元音當成一個不可分割的語音單位，而把上升複元音視為兩個語音的結合體。

　　上升複元音可以視為兩個語音的結合，是因為作詩押韻時，「ㄧㄚ」（[ia]）、「ㄨㄚ」（[ua]）可以跟「ㄚ」（[a]）押韻，而「ㄨㄛ」（[uo]）可以跟「ㄛ」（[o]）押韻。因此，我們把「ㄧㄚ」（[ia]）、「ㄨㄚ」（[ua]）和「ㄚ」（[a]）歸成一類，把「ㄨㄛ」（[uo]）跟「ㄛ」（[o]）歸成一類。

5-9 韻母分析四

4. /at/ → [at]

例字如「別」[pat³²]、「密」[bat³³]、「力」[lat³³]、「賊」[tsʰat³³]、「結」[kat³²]。

5. /aŋ/ → [aŋ]

例字如「幫」[paŋ⁵⁵]、「東」[taŋ⁵⁵]、「動」[taŋ³³]、「蔥」[tsʰaŋ⁵⁵]、「紅」[aŋ²⁴]。

6. /ak/ → [ak]

例字如「縛」（綁）[pak³³]、「曝」[pʰak³³]、「六」[lak³³]、「角」[kak³²]、「學」[hak³³]。

7. /aʔ/ → [aʔ]

例字如「百」[paʔ³²]、「拍」[pʰaʔ³²]、「塔」[tʰaʔ³²]、「踏」[taʔ³³]、「鴨」[aʔ³²]。

8. /ãʔ/ → [ãʔ]

例字如「餡」[tsã ʔ³³]、「鉶」[tsã ʔ³³]。

9. /eʔ/ → [eʔ]

例字如「白」[peʔ³³]、「麥」[beʔ³³]、「冊」[tsʰeʔ³²]、「格」[keʔ³²]、「客」[kʰeʔ³²]。

10. /ẽʔ/ → [ẽʔ]

例字如「脈」[mẽʔ³³]、「挾」[ŋẽʔ³²]。

11. /im/ → [im]

例字如「沈」[tim²⁴]、「林」[lim²⁴]、「心」[sim⁵⁵]、「金」[kim⁵⁵]、「音」[im⁵⁵]。

12. /ip/ → [ip]

例字如「立」[lip³³]、「集」[tsip³³]、「溼」[sip³²]、「急」[kip³²]、「吸」[kʰip³²]。

13. /in/ → [in]

例字如「民」[bin²⁴]、「面」[bin³³]、「新」[sin⁵⁵]、「斤」[kin⁵⁵]、「印」[in³¹]。

14. /it/ → [it]

例字如「筆」[pit³²]、「蜜」[bit³³]、「日」[lit³³]、「七」[tsʰit³²]、「實」[sit³³]。

15. /iŋ/ → [iŋ] ~ [iəŋ]

例字如「定」[tiŋ³³]、「釘」[tiŋ³¹]、「冷」[liŋ⁵³]、「成」[siŋ²⁴]、「閒」[iŋ²⁴]。這個音位發音時，許多人說的是[iəŋ]，主要元音跟輔音韻尾之間有個過渡的滑音，不過一般還是音位化爲/iŋ/。

16. /ik/ → [ik] ~ [iək]

例字如「竹」[tik³²]、「色」[sik³²]、「熟」[sik³³]、「玉」[gik³³]、「億」[ik³²]。這個音位發音時，許多人說的是[iək]，主要元音跟輔音韻尾之間有個過渡的滑音，不過一般還是音位化爲/ik/。

17. /iʔ/ → [iʔ]

例字如「鱉」[piʔ³²]、「滴」[tiʔ³²]、「鐵」[tʰiʔ³²]、「碟」[tiʔ³³]、「摺」[tsiʔ³²]。

閩南語輔音韻尾的性質

　　閩南語的輔音性韻尾有-m/-p、-n/-t、-ŋ/-k、-ʔ七個，分別屬於「阻音」（obstruent）和「響音」（sonorant）兩類。

　　若韻尾是阻塞音，該音節的長度會縮短，聲調也被歸為「入聲」類。若韻尾是響音，音節長度不受影響，因為響音的語音性質與一般元音相似，是可以延長的。不過，響音屬於「輔音」（consonant），其響度仍低於「元音」（vowel）。

		唇音 Bilabial	舌尖音 Alveolar	舌根音 Velar	喉音 Glottal
阻音 Obstruent	塞音 Stop	-p	-t	-k	-ʔ
響音 Sonorant	鼻音 Nasal	-m	-n	-ŋ	--

國語只有-n、-ŋ這兩個輔音韻尾。

知識補充站

臺灣閩南語的韻尾變化

　　閩南語跟國語的輔音韻尾系統差異很大，閩南語有-m/-p、-n/-t、-ŋ/-k、-ʔ七個韻尾，國語卻只有-n、-ŋ兩個韻尾。在國語、閩南語交流非常頻繁的臺灣，年輕世代出現了有趣的韻尾變化。

　　較擅長講國語的年輕人，當他們說閩南語時，通常阻音性韻-p、-t、-k、-ʔ發的相當不清楚，而響音性韻尾-m也直接轉讀成-ŋ。這種說話現象其實就是受國語影響造成閩南語誤讀。

　　反之，較擅長講閩南語的人，當他們說國語時，輔音韻尾-n、-ŋ能發的相當準確，因為這兩個音都出現在他們擅長的閩南語系統中。擅長講閩南語的人，比較常出現的國語誤讀是元音-y發成-i，因為閩南音系沒有-y元音。

5-10 韻母分析五

18. /ĩʔ/ → [ĩʔ]

　　例字如「捏」 [nĩʔ³³]、「物」 [mĩʔ³²]。這一個韻母例字很少，除了上述例字外，還有幾個本字來源不明或狀聲的音節詞。

19. /ɔ̃ʔ/ → [ɔ̃ʔ]

　　例字如「膜」 [mɔ̃ʔ³³]。這一個韻母例字很少，除了這個例字外，還有幾個本字來源不明或狀聲的音節詞。

20. /oŋ/ → [oŋ]

　　例字如「當」 [toŋ⁵⁵]、「黨」 [toŋ⁵³]、「總」 [tsoŋ⁵³]、「康」 [kʰoŋ⁵⁵]、「王」 [oŋ²⁴]。

21. /ok/ → [ok]

　　例字如「博」 [pʰok³²]、「獨」 [tok³³]、「鹿」 [lok³³]、「族」 [tsok³³]、「福」 [hok³²]。

22. /oʔ/ → [oʔ] ~ [əʔ]

　　例字如「薄」 [poʔ³³]、「桌」 [toʔ³²]、「落」 [loʔ³³]、「學」 [oʔ³³]。

　　臺南閩南語有[o]改讀[ə]的現象，這個韻母也平行音變：[oʔ]＞[əʔ]。

23. /un/ → [un]

　　例字如「本」 [pun⁵³]、「文」 [bun²⁴]、「船」 [tsun²⁴]、「滾」 [kun⁵³]、「穩」 [un⁵³]。

24. /ut/ → [ut]

　　例字如「律」 [lut³³]、「出」 [tsʰut³²]、「術」 [sut³³]、「骨」 [kut³²]、「滑」 [kut³³]。

25. /uʔ/→[uʔ]

　　例字如「嗽」 [suʔ³²]、「禿」 [tʰuʔ³²]。這一個韻母例字很少，除了上述例字外，還有幾個本字來源不明或狀聲的音節詞。

（五）韻母結構：M＋V＋E₁

　　這個結構由介音（M）、主要元音（V）、元音性韻尾（E₁）依序組成。M＋V＋E₁結構中的介音有-i-、-u-兩種，元音性韻尾也有-i、-u兩種。

　　這一種結構的韻母共有/uai/、/iau/、/uaĩ/、/iaũ/四個。

1. /uai/ → [uai]

　　例字如「乖」 [kuai⁵⁵]、「拐」 [kuai³¹]、「快」 [kʰuai³¹]、「檜」 [huai²⁴]、「歪」 [uai⁵⁵]。

　　這一個韻母只有舌根聲母和零聲母字，韻母-uai之前若有輔音出現，只會是舌根音。造成韻母前輔音分布特殊的原因，大多是發生過某項歷史演變使然。

2. /iau/ → [iau]

　　例字如「標」 [piau⁵⁵]、「跳」 [tʰiau³¹]、「料」 [liau³³]、「嬌」 [kiau⁵⁵]、「巧」 [kʰiau⁵³]。

3. /uaĩ/ → [uaĩ]

　　例字如「檨」（芒果）[suaĩ³³]。這一個韻母例字很少，另外還有幾個本字來源不明或狀聲的音節詞。

M＋V＋E₁結構 ── 三合元音（thriphthong）

除了複元音，閩南語還有「三合元音」（thriphthong）。三合元音是指在一個單元音時間長度內，舌頭迅速地移動了三個位置所發出的元音。本節所提到的韻母結構「介音M＋主要元音V＋元音性韻尾E₁」，就是屬於三合元音。如下所示：

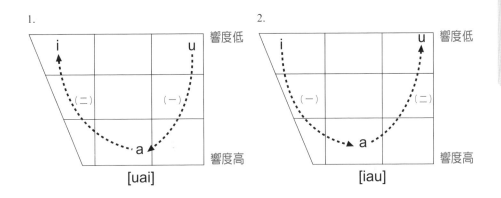

三合元音的響度是「先升後降」。例如韻母-uai，從-u到-a，響度上升，從-a到-i，響度下降。又如韻母-iau，從-i到-a，響度上升，從-a到-u，響度下降。

這兩個韻母，響度的核心都是-a元音，因此一般把響度核心之前的成分稱為介音，響度核心之後的成分稱為元音性韻尾。

🔌 知識補充站

國語的三合元音

國語也有三合元音：「ㄧㄠ」（[iau]）、「ㄨㄞ」（[uai]）。三合元音可以說是「介音」加上一個「下降複元音」，但是不能說是「上升複元音」加上一個「元音性韻尾」，從國語注音符號的設計方式即可知道。

原因依然與押韻有關係。因為「ㄧㄠ」（[iau]）可以和「ㄠ」（[au]）押韻，但是「ㄧㄚ」（[ia]）卻不能跟「ㄨ」（[u]）押韻。「ㄨㄞ」（[uai]）可以和「ㄞ」（[ai]）押韻，但是「ㄨㄚ」（[ua]）卻不能跟「ㄧ」（[i]）押韻。所以三合元音需要分析為介音加上下降複元音才行。

5-11 韻母分析六

4. /iaũ/→[iaũ]

　　例字如「妙」[miaũ³³]、「貓」[miaũ⁵⁵]、「尿」[niaũ³³]。

（六）韻母結構：M+V+E₂

　　這個結構由介音（M）、主要元音（V）、輔音性韻尾（E₂）依序組成。M+V+E₂結構中的介音有-i-、-u-兩種，輔音韻尾有-m/-p、-n/-t、-ŋ/-k、-ʔ七種。

　　這一種結構的韻母共有14個，依據主要元音來分類，分別是：/iam/、/iap/、/iaŋ/、/iak/、/iaʔ/、/uan/、/uat/、/uaʔ/；/ien/、/iet/、/ueʔ/；/ioŋ/、/iok/、/ioʔ/。

1. /iam/ → [iam]

　　例字如「店」[tiam³¹]、「添」[tʰiam⁵⁵]、「漸」[tsiam³¹]、「閃」[siam⁵³]、「鹽」[iam²⁴]。

2. /iap/ → [iap]

　　例字如「帖」[tʰiap³²]、「粒」[liap³³]、「接」[tsiap³²]、「業」[giap³³]、「協」[hiap³³]。

3. /iaŋ/ → [iaŋ]

　　例字如「涼」[liaŋ²⁴]、「腸」[tsʰiaŋ²⁴]。上舉例字，是所有閩南語都讀-iaŋ韻母的字。不過，這一個韻母多數字，閩南語有次方言差別，泉、漳讀音不相同：漳州系統讀-iaŋ，泉州系統則讀-ioŋ。如「香」，漳腔讀[hiaŋ⁵⁵]、泉腔讀[hioŋ⁵⁵]。臺灣地區以讀-ioŋ的形式為主，在宜蘭羅東一帶較可發現讀-iaŋ的情況。

4. /iak/ → [iak]

　　例字如「*摔」（訓讀字，摔倒之意）[siak³³]、「*爆」（訓讀字，爆裂開來）[piak³²]。這個韻母在閩南語中很常用，但多是本字未明的口語詞。

5. /iaʔ/ → [iaʔ]

　　例字如「壁」[piaʔ³²]、「僻」[pʰiaʔ³²]、「隻」[tsiaʔ³²]、「赤」[tsʰiaʔ³²]、「屐」[kʰiaʔ³³]。

6. /uan/ → [uan]

　　例字如「團」[tʰuan²⁴]、「暖」[luan⁵³]、「全」[tsuan²⁴]、「選」[suan⁵³]、「原」[guan²⁴]。

7. /uat/ → [uat]

　　例字如「絕」[tsuat³³]、「雪」[suat³²]、「決」[kuat³²]、「發」[huat³²]、「罰」[huat³³]。

8. /uaʔ/ → [uaʔ]

　　例字如「熱」[luaʔ³³]、「潑」[pʰuaʔ³²]、「割」[kuaʔ³²]、「闊」[kʰuaʔ³²]、「活」[uaʔ³³]。

　　「活」，現代臺灣多數人讀成[ua³³]，丟失音節末端的塞音韻尾-ʔ，調長也延長為舒聲長調。

9. /ien/ → [ien]～[en]

　　例字如「變」[pien³¹]、「騙」[pʰien³¹]、「免」[bien⁵³]、「仙」[sien⁵⁵]、「演」[ien⁵³]。

　　這個韻母，早期都描寫為/ian/，但近年來臺灣可聽見的讀音多半是[ien]或[en]，本處改寫為/ien/。

閩南語[ian] → [ien] → [en]

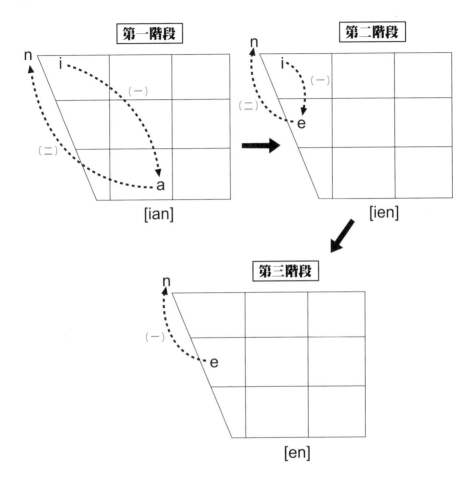

第一階段　　　第二階段

[ian]　　　[ien]

第三階段

[en]

　　這種演變的原因是發音的簡化，第一階段到第二階段，舌體的變動歷程縮短，但仍維持兩段式的滑動程序。第二階段至第三階段，舌體的變動歷程不變，不過卻省略了第一段滑動程序。從音節結構來說，是由M＋V＋E_2變爲V＋E_2。

5-12 韻母分析七

　　[ian]發展為[ien]是一種很自然的語音變化，因為這個韻母前頭的-i-與後端的-n都屬於發音部位高的語音成分，這之間的低元音-a受到-i-、-n包夾後，自然容易高化為發音部位較高的-e元音。這是一種同化音變。

　　[en]是[ien]的下一階段，因為介音-i-與主要元音-e音色接近，因此有些地區又進一步簡化。

10. /iet/→[iet] ~ [et]

　　例字如「滅」[biet³³]、「切」[tsʰiet³²]、「結」[kiet³²]。這個韻母，早期描寫為/iat/，但近年來臺灣可聽見的讀音多半是[iet]或[et]，因此本處改寫為/iet/。

　　[iat]變為[iet]的原因與/ien/平行，因為韻母前頭的-i-與後端的-t都屬於發音部位高的語音成分，使得位於兩者之間的低元音-a高化成-e。[et]則是[iet]的下一個簡化階段。

11. /ueʔ/ → [ueʔ]

　　例字如「血」[hueʔ³²]、「月」[gueʔ³³]、「郭」[kueʔ³²]。這個韻母，閩南語有方言差異，這邊舉的是漳州腔的讀法，這些例字泉州腔多數讀-eʔ。「血」的讀音對應較特別，泉腔讀[huiʔ³²]。

　　泉腔閩南語也有-ueʔ韻母，不過屬字與漳腔閩南語不同，泉腔閩南語讀-ueʔ韻母的字，漳腔閩南語讀-eʔ韻母。例如「八」，泉腔讀[pueʔ³²]、漳腔讀[peʔ³²]。

12. /ioŋ/ → [ioŋ]

　　例字如「龍」[lioŋ²⁴]、「商」[sioŋ⁵⁵]、「賞」[sioŋ⁵³]、「強」[kioŋ²⁴]、「用」[ioŋ³³]。

13. /iok/ → [iok]

　　例字如「陸」[liok³³]、「祝」[tsiok³²]、「續」[siok³³]、「菊」[kiok³²]、「育」[iok³³]。

14. /ioʔ/ → [ioʔ] ~ [iəʔ]

　　例字如「著」[tioʔ³²]、「借」[tsioʔ³²]、「尺」[tsʰioʔ³²]。

　　臺南閩南語有[o]改讀[ə]的現象，這個韻母也平行音變：[ioʔ]＞[iəʔ]。

（七）韻母結構：成音節鼻音

　　這個結構的語音成分只有成音節鼻音，成音節鼻音在音節中的角色其實就是主要元音（V）。鼻輔音因為語音響度夠大，因此可以充當音節中的主要元音。只是，閩南語的成音節鼻音只能單獨做韻母，前頭不能有介音，後頭也不可以有其他韻尾。閩南語共有/m̩/、/ŋ̍/兩個成音節鼻音韻母。

1. /m̩/ → [m̩]

　　例字如「媒」[hm̩²⁴]、「姆」（伯母）[m̩⁵³]。這一個韻母例字不多，另外還有幾個本字來源不明的詞。

2. /ŋ̍/ → [ŋ̍] ~ [ˀŋ]

　　例字如「飯」[pŋ̍⁵⁵]、「門」[mŋ̍²⁴]、「糖」[tʰŋ̍²⁴]、「床」[tsʰŋ̍²⁴]、「黃」[ŋ̍²⁴]。近年來，許多年輕人的讀音是[ˀŋ]，前頭出現一個滑音。

成音節鼻音的特性

成音節鼻音在音節中相當於主要元音，特質尤其近似鼻化元音。語音[ŋ̩]非常近似[ũ]，請從這兩個語音的發音姿態觀察：

1. 成音節鼻音[ŋ̩]

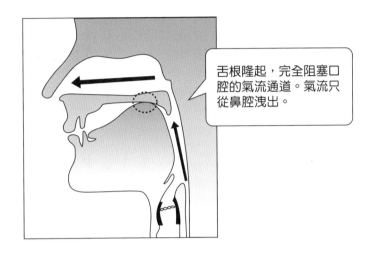

舌根隆起，完全阻塞口腔的氣流通道。氣流只從鼻腔洩出。

2. 鼻化元音[ũ]

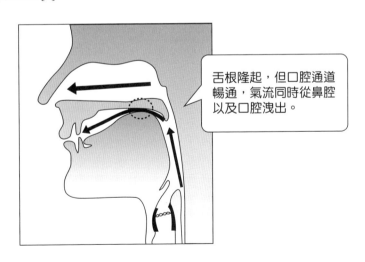

舌根隆起，但口腔通道暢通，氣流同時從鼻腔以及口腔洩出。

因為成音節鼻音[ŋ̩]的發音姿態、發音方法都和鼻化韻母[ũ]相似，因此閩南語中可見到[ũ]變成[ŋ̩]的歷史演變。例如「糖」今日讀[tʰŋ̩²⁴]，早期的語音是*tʰũ²⁴；「囥」（放）今日讀[kʰŋ̩³¹]，早期的語音是*kʰũ³¹。早期的閩南語音型態，尚保留在大陸福建的龍巖閩南語中。

5-13 韻母分析八

（八）韻母結構：不易論定

一個音節中，主要元音是整個音節的響度（sound loudness）高峰。一般把主要元音之前的元音成分視為介音，主要元音之後的元音成分視為元音性韻尾，介音和元音性韻尾的響度都低於主要元音。但如果介音、主要元音、元音性韻尾之間的響度大小很接近且不容易區別時，音節的結構就很難斷定。

元音的舌位若低，響度就大；元音的舌位若高，響度就小。一般的元音響度層級（sonority hierarchy）是：

低元音 > 中元音 > 高元音

這裡以韻母-ia的響度變化，來說明韻母的結構分析。-ia韻母中，響度最大的成分是-a，是響度高峰，因此-a成分是主要元音；起首的-i成分響度低於-a，出現在主要元音之前，因此-i成分是音節中的介音。韻母-ia的結構就可分析為M＋V結構。

如果韻母由相同舌位高度的元音成分組成，結構就很難認定。哪一個成分是音節的響度核心？不同成分之間的響度高低又是如何排列？

若舌位高度相同，元音的響度差異就很細微。舉例來說，前高元音-i跟後高元音-u的響度很接近，前中元音-e跟後中元音-o的響度也很接近，因此常常有不同的分析看法。相同舌位高度的元音響度差別，有時候也因語言而異。

閩南語中，由相同舌位高度的元音組成的韻母，有/iu/、/ui/、/iũ/、/uĩ/、/uiʔ/五個。

1. /iu/ → [iu] ~ [iu]

例字如「修」[siu⁵⁵]、「柳」[liu⁵³]、「手」[tsʰiu⁵³]、「救」[kiu³¹]、「友」[iu⁵³]。

2. /ui/ → [ui] ~ [ui]

例字如「肥」[pui²⁴]、「貴」[kui³¹]、「鬼」[kui⁵³]、「費」[hui³¹]、「胃」[ui³³]。

3. /iũ/ → [iũ] ~ [iõ]

例字如「張」[tiũ⁵⁵]、「讓」[niũ³³]、「唱」[tsʰiũ³¹]、「薑」[kiũ⁵⁵]、「羊」[iũ²⁴]。這一個韻母在臺南地區讀[iõ]，是典型的漳州口音。

4. /uĩ/ → [uĩ] ~ [uĩ]

例字如「關」[kuĩ⁵⁵]、「橫」[huĩ²⁴]。這一組字有方言差，各地讀音略有差異，變體尚在競爭中。

5. /uiʔ/ → [uiʔ] ~ [uiʔ]

例字如「拔」[puiʔ³³]、「劃」[kʰuiʔ³³]。

韻母/uiʔ/較特別，因為一般閩南語元音性韻尾以及輔音性韻尾不同時出現，所以若把-uiʔ分析為V+E₁+E₂，此韻母結構會成為語言中的孤例。

這個韻母的屬字不多，過去很少被提出來特別討論。-uiʔ的組成跟-ui非常接近，應平行分析-uiʔ、-ui兩韻母中的元音成分。

我們此處並不硬性分析上述五個韻母的結構型態，只先讓讀者理解這個問題，並嘗試思考不同的結構分析可能性。

圖解閩南語概論

閩南語元音的響度層級

低元音		中低元音		中元音		高元音
a	>	ɔ	>	e,o	>	i,u

1. 元音的響度大小以舌位高低來區分。舌位低的元音發音時的開口度大,因此響度大;舌位高的元音發音時的開口度小,因此響度小。低元音的響度大於高元音的響度。
2. 元音的舌位高度若相同,差異在於發音位置的「前」或「後」時,就很難論定響度差異。保守來說,元音-e和元音-o,以及元音-i和元音-u,響度是差不多的。

 閩南語各種語音的響度層級

響音					
元音	>	鼻音	>	邊音	>

阻音				
擦音	>	塞擦音	>	塞音

1. 響音的響度大於阻音。
2. 響音之中,鼻音的響度大於邊音。
3. 阻音的響度小,其中又以塞音的響度最小。

5-14 閩南語的聲調

臺灣的閩南語，一般有七個聲調（tone），分別是：陰平調、陽平調、陰上調、陰去調、陽去調、陰入調、陽入調。廣東潮州的閩南語，除了上述的七個調外，還有「陽上調」，因此總共有八個聲調。潮州話代表了聲調數目最多的一種閩南語。

（一）閩南語的慣用調號

閩南語的七個聲調，目前有兩種慣用的數字稱呼方法：

1.

	平	上	去	入
陰	1	2	3	4
陽	5	(6)	7	8

這種方式，把陰平調稱爲「第1調」，陰上調稱爲「第2調」，陰去調稱爲「第3調」，陰入調稱爲「第4調」，陽平調稱爲「第5調」，陽去調稱爲「第7調」，陽入調稱爲「第8調」。

七調閩南語沒有「陽上調」，也就是沒有「第6調」。一般仍預留陽上調的調號空位，把之後的陽去調稱爲第7調。

2.

	平	上	去	入
陰	1	3	5	7
陽	2	(4)	6	8

這種方式，把陰平調稱爲「第1調」，陽平調稱爲「第2調」，陰上調稱爲「第3調」，陰去調稱爲「第5調」，陽去調稱爲「第6調」，陰入調稱爲「第7調」，陽入調稱爲「第8調」。

七調閩南語沒有陽上調，所以也就沒有「第4調」。慣用的方式也是預留陽上調的調號空位，把之後的陰去調稱爲第5調。本書採用第二種調號方式來說明閩南語的各個調類。

（二）閩南語的調值

各地的閩南語，每一個調類的具體調值略有差異，此處以臺灣北部最常聽見的聲調系統爲代表，介紹閩南語的聲調調值。各調調值以趙元任提出的五度制方法來標示。

	平	上	去	入
陰	55	53	31	<u>32</u>
陽	24	--	33	<u>33</u>

陰入調的調值與陽入調的調值相當接近，年長者可以清楚區分，但年輕階層有混淆的趨勢，陽入調漸漸混入陰入調。

陽入字的演變隨詞彙而異，有些字讀同陰入調[32]，有些字仍讀陽入調[33]。這種變化的方式是「詞彙擴散」，意指音變發生時，是由一個字、一個字逐一發生變化。（王士元1969）

小博士解說

聲調名目的由來

「平、上、去、入」是古代韻書的四聲名目。「陰、陽」則是指該調又分化成兩個小類，一類是陰調，一類是陽調。例如，古代的「平聲調」日後分化成「陰平調」、「陽平調」兩類。

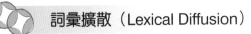

詞彙擴散（Lexical Diffusion）

王士元（1969）提出「詞彙擴散理論」，認為當一種語音變化發生時，這種變化不是「立即」就施用到「所有」有這個音的詞彙上，而是「逐漸地」從一個詞彙「擴散」到另一個詞彙。因此，若要使所有有這個音的詞彙都完成同一種變化，需要極長的時間。

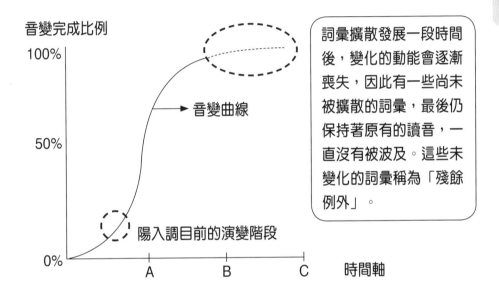

臺灣年輕人出現的陽入調混入陰入調的變化，目前處在快速發展的起步階段，大約接近音變時間軸的A時段點之前，相對應的音變曲線如上圖所示。

一種音變剛發生的時候，新讀法的傳布僅止於少數詞彙，並開始和原先的讀音互相「競爭」，如果新讀法為大多數人所接受，那麼在短時間內，新的讀法就會迅速擴及到大部分的詞彙上。這段變化出現在上圖時間點A到時間點B之間。

依照這個模型，音變在擴散過程中，有使音變「規則化」的傾向，但卻不必然能達到這個目標，所以最後仍然殘留了「未演變的殘餘例外」。

5-15 聲調分析一

中古時代的四聲，因爲聲母的清濁屬性，逐漸又分成陰陽兩類，總共形成了八個小調。聲母的清濁指的是發該輔音時，聲帶顫動的是「濁音」，聲帶不顫動的則是「清音」。

濁音聲母一般會使該字的聲調調值下降，清音聲母則不影響該字的聲調調值。久而久之，就形成一低一高兩類聲調調值，濁音聲母字的聲調就和清音聲母字有明顯的差別了。

以下依照古漢語的聲調次序「平」、「上」、「去」、「入」，說明現代閩南語各調類的例字，並以臺灣普通腔的調值，說明各調類的讀音。

（一）平聲

古代平聲調中，讀濁音聲母的字，後來出現新調值，便將讀這個調值的調稱爲「陽平調」。讀清音聲母的字，聲調的調值不變，但與讀濁音聲母字有了明顯的調值差異，所以就把清音聲母字的調類另外稱爲「陰平調」。

也就是說，陽平調裡，聲母幾乎都是濁音聲母字；陰平調裡，聲母幾乎都是清音聲母字。

現代閩南語有「陰平調」和「陽平調」，例字如下：

1. 陰平調[55]：

例字如「邊」[pĩ⁵⁵]、「胎」[tʰe⁵⁵]、「珠」[tsu⁵⁵]、「枝」[ki⁵⁵]、「烏」（黑）[ɔ⁵⁵]。

2. 陽平調[24]：

例字如「婆」[po²⁴]、「時」[si²⁴]、「頭」[tʰau²⁴]、「牛」[gu²⁴]、

「紅」[aŋ²⁴]。

（二）上聲

古代上聲調中，讀濁音聲母的字，後來出現新調值，便將讀這個調值的調稱爲「陽上調」。讀清音聲母的字，聲調調值不變，但已與濁音聲母字有明顯的調值差別，所以把清音聲母字的調值另外稱爲「陰上調」。

不過，今日多數的閩南語只有「陰上調」，本來讀「陽上調」的字群，又再度發生變化。依照古代聲母性質，若爲濁塞音、濁擦音、濁塞擦音等阻音聲母，聲調就歸入「陽去調」之中。若爲鼻音、邊音等響音聲母，聲調大多會歸入「陰上調」之中。

古濁母上聲字的變化牽涉到多項閩南歷史音變，我們會在第7章再次說明閩南語聲調的歷史演變。

現代多數的閩南語，上聲調只有「陰上調」，例字如下：

陰上調[53]：

例字如「本」[pun⁵³]、「剪」[tsien⁵³]、「管」[kuan⁵³]、「考」[kʰo⁵³]、「海」[hai⁵³]。

今日讀陰上調的字，有一個來源是古「次濁母上聲字」，也就是古代聲母是鼻音或邊音的上聲字。這一些字例如「米」[bi⁵³]、「馬」[be⁵³]、「我」[gua⁵³]、「椅」[i⁵³]、「友」[iu⁵³]。

上述例字「我」、「椅」、「友」的今讀聲母不是鼻音或邊音，這是因爲閩南語的聲母讀音也出現了多項歷史變化，詳細的討論請見第7章。

聲母對立轉為聲調對立

閩南語四聲分化爲八調，濁音聲母是決定性因素。也就是下表中第一階段至第二階段的變化：（本節省略了韻母和聲調調值的實際古代擬測，以相對的今音讀法代替。下表亦相同。）

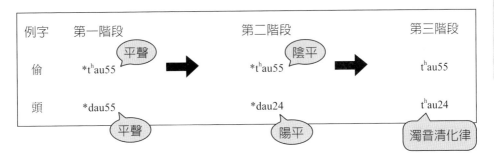

第二階段時，聲調已經分化出陰、陽兩類。第二階段之後，濁音聲母d-功成身退，退化爲清音聲母t-，因此從現代閩南語中，我們看不見促使聲調分化的演變條件。濁音聲母轉變爲清音聲母的規律稱爲「濁音清化」，這是漢語一條大宗的語音發展律。

從第一階段發展到第三階段，語音的對立因素有所轉變。早期「偷」、「頭」的對立是聲母的清濁差異，「偷」是清音聲母，「頭」是濁音聲母，其他語音成分則是相同的。但到第三階段，「偷」、「頭」都是清音聲母，兩字的差別轉變爲聲調的不同，「偷」讀陰平55調，「頭」讀陽平24調。雖然對立因素發生轉移，但變化結果兩字仍然不同音。

底下再舉一個例子：

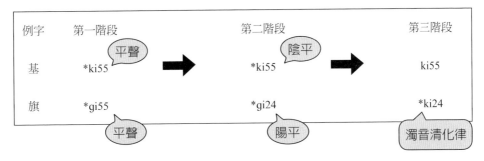

第一階段時，「基」、「旗」都是平聲調，但聲母清濁不同。第二階段時，濁音聲母g-已經影響「旗」的聲調讀音，已與「基」的調值有明顯差異，此時平聲調已分化爲陰、陽兩類。第三階段後，濁音聲母g-蛻變爲清音聲母k-，但陰、陽兩類的調值差異仍然保留下來。

5-16 聲調分析二

（三）去聲

古代去聲調中，讀濁音聲母的字，後來出現新調值，便將讀這個調值的調稱爲「陽去調」。讀清音聲母的字，聲調的調值不變，但與讀濁音聲母字有了明顯的調值差異，所以就把清音聲母字的調類另外稱爲「陰去調」。

陽去調裡，聲母幾乎都是濁音聲母字，而陰去調裡，聲母也幾乎都是清音聲母字。

閩南語去聲調底下分成「陰去調」和「陽去調」，例字如下：

1. 陰去調[31]：

例字如「騙」[pʰien³¹]、「店」[tiam³¹]、「吋」[tsʰun³¹]、「算」[sŋ³¹]、「燕」[ĩ³¹]。

2. 陽去調[33]：

例字如「帽」[bo³³]、「站」[tsam³³]、「事」[su³³]、「舊」[ku³³]、「芋」[ɔ³³]。

前面已經提到，濁塞音、濁擦音、濁塞擦音等阻音聲母上聲字，本來應該讀陽上調，但因爲另外又發生音變，所以聲調就歸入「陽去調」之中。

因此，閩南語讀陽去調的字，分爲去聲字和上聲字兩股來源。古上聲字今讀陽去調的例子如：「坐」[tse³³]、「罪」[tsue³³]、「厚」[kau³³]、「件」[kiã³³]、「雨」[hɔ³³]。

（四）入聲

「入聲調」是短調，因爲音節末端有塞音韻尾，使整個音節的發音時長短於沒有塞音韻尾的音節。

古代的入聲調，聲母一樣有清音聲母和濁音聲母兩類。讀濁音聲母的字，後來出現了新的聲調調值，因此這個調便被稱爲「陽入調」。讀清音聲母的字，聲調仍維持原樣，與濁音聲母字的調值已有明顯差別，所以清音聲母字的聲調被另外稱爲「陰入調」。

陽入調裡，聲母幾乎都是濁音聲母字，而陰入調裡，聲母幾乎都是清音聲母字。

閩南語入聲調底下分成「陰入調」和「陽入調」，例字如下：

1. 陰入調[32]：

例字如「筆」[pit³²]、「七」[tsʰit³²]、「結」[kat³²]。

2. 陽入調[33]：

例字如「力」[lat³³]、「賊」[tsʰat³³]、「局」[kiok³³]。

小博士解說

陽入調值的多樣性

臺灣的閩南語，陽入調調值有許多種樣態。除了讀上文舉的中平短調[33]外，另外還有高降短調[53]、中升短調[35]、高平短調[55]等等。這些不同的陽入調讀法，反映了幾個閩南原鄉的語言差異。

根據洪惟仁（2003）的研究，臺灣閩南語陽入調值的語言競爭，以漳州音中平短調[33]的讀法最具競爭力，這個讀音被大眾普遍接受。

圖解閩南語概論

閩南濁上字的聲調演變

　　閩南語濁上字的聲調分化爲「陽上調」後，又發生「濁上歸去律」，因此濁上字歸入陽去調。如下表所舉「舅」字，這條變化出現後，本來屬於上聲的「舅」就變得與屬於去聲的「舊」同音了。（本節省略了韻母和聲調調值的實際古代擬測，以相對的今音讀法代替。下表亦相同。）

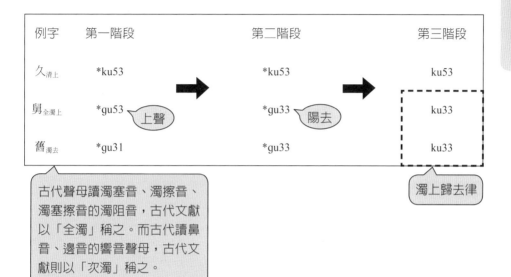

例字	第一階段	第二階段	第三階段
久_{清上}	*ku53	*ku53	ku53
舅_{全濁上}	*gu53	*gu33	ku33
舊_{濁去}	*gu31	*gu33	ku33

上聲 → 陽去

濁上歸去律

古代聲母讀濁塞音、濁擦音、濁塞擦音的濁阻音，古代文獻以「全濁」稱之。而古代讀鼻音、邊音的響音聲母，古代文獻則以「次濁」稱之。

　　古代讀鼻音、邊音的響音聲母，歷史文獻稱爲「次濁」聲母。閩南語次濁上聲字的變化與全濁上聲字稍有不同，除了歸入陽去調外，次濁上聲字又另外受到北方官話的影響，在陽上調分化出來後，這些字再次歸入陰上調。這種變化是外來「層次」（linguistic strata）造成的影響。請見下表「午」的聲調轉移。

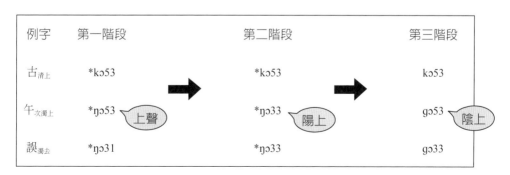

例字	第一階段	第二階段	第三階段
古_{清上}	*kɔ53	*kɔ53	kɔ53
午_{次濁上}	*ŋɔ53	*ŋɔ33	gɔ53
誤_{濁去}	*ŋɔ31	*ŋɔ33	gɔ33

上聲 → 陽上 → 陰上

第6章

閩南語的連讀變調

6-1 一般性前字變調

　　「連讀變調」是閩南語相當重要的語言特性。當一個字單獨念時，此時的聲調調值稱爲「本調」。但如果放在詞彙或語流中，也就是該字後面還有其他的字時，該字的聲調調值有另外的讀法，這時的讀音稱爲「變調」（Tone Sandhi）。

　　變調調值出現在對話中，因有一連串的語流環境，所以變調調值又稱爲「連讀變調」。變調所遵守的語言規則，則稱爲「連讀變調規則」。

（一）自身交替式

　　王洪君把連讀變調分爲「自身交替式」以及「鄰接交替式」兩類。「自身交替式」，是只以自身的單字調爲條件發生的連讀變調。「鄰接交替式」則以鄰接字爲條件，發生連讀變調。（王洪君2008：243-245）

　　多數閩南語的連讀變調屬「自身交替式」，不論緊鄰的後字聲調爲何，每一個單字調都只有一種變調讀法。

　　舉例來說。「火」單字讀音是[hue53]。放在詞彙的末字位置時，例如「燒火」，讀音是[sio55＞33 hue53]。但如果放在詞彙中的前字位置，例如「火車」，讀音是[hue53＞55 tsʰia55]。「火」字的聲調調值，本調是[53]，變調是[55]。單獨出現或出現在句子的末字時，「火」的聲調讀本調；若放在詞彙中，後頭還有別的字時，此時讀變調。

　　閩南語的變調，不論後接成分爲何，變調規則都是一致的，所以稱爲「自身交替式」。

　　再以上例「火」來做說明。「火」

的本調是[53]，後接陰平調字「車」，組成「火車」一詞時，「火」的變調規則是53＞55。如果，「火」字後接非陰平調的字，如陽平調的「爐」，構成「火爐」一詞，此時的讀音是[hue53＞55 lo24]。規則仍然是53＞55。

　　連讀變調是閩南語的重要特徵，學習閩南語若沒有掌握連讀規則，就會出現誤讀。例如，「火車」連讀時應該說[hue53＞55 tsʰia55]，但若「火」字沒有讀變調調值，讀本調調值，讀成[hue53 tsʰia55]，意思就變成「貨車」了。

（二）連讀規則

　　閩南語一般有七個單字調，每一個單字調，各有一種連讀變調規則，以下以臺灣普通腔的變調調值爲例，說明閩南語的連讀規則。

①陰平調字出現在任何聲調之前，變調調值爲[33]。變調規則是55＞33。

②陽平調字出現在任何聲調之前，變調調值爲[33]。變調規則是24＞33。

③陰上調字出現在任何聲調之前，變調調值爲[55]。變調規則是53＞55。

④陰去調字出現在任何聲調之前，變調調值爲[53]。變調規則是31＞53。

⑤陽去調字出現在任何聲調之前，變調調值爲[11]。變調規則是33＞11。

⑥陰入調字出現在任何聲調之前，變調調值爲[55]。變調規則是32＞55。但若該字韻尾是-ʔ，變調後讀[53]，調型不同，又舒聲化。

⑦陽入調字出現在任何聲調之前，變調調值爲[11]。變調規則是33＞11。若該字韻尾是-ʔ，變調後則讀[11]。

兩種類型的連讀變調

連讀變調大致上可以分爲「自身交替式」以及「鄰接交替式」兩類。多數的閩南語都是「自身交替式」，不論緊鄰的後字聲調爲何，每一個單字調的變調讀法都相同，也就是只以自身的單字調爲條件的連讀規則。以「火」[hue53]字的變調爲例：

1. 多數閩南語的變調——自身交替式：

詞彙	調類組合	讀音
火車	3+1	hue53＞55　tsʰia 55
火爐	3+2	hue53＞55　lɔ 24
火管	3+3	hue53＞55　kŋ 53
火氣	3+5	hue53＞55　kʰi 31
火箸 火鉗	3+6	hue53＞55　ti 33
火色	3+7	hue53＞55　sik 32
火舌	3+8	hue53＞55　tsiʔ 33

> 不論「火」後面字詞的聲調爲何，「火」一律變讀[55]調。這就是演變條件爲「自身單字調」主導下的連讀變調。

有一些邊陲區域的閩南語，變調以鄰接字爲條件。也就是同一個單字調底下，會隨著後字的聲調高低，調整自身的變調調值。例如福建省西部的漳平新橋閩南語。同樣以「火」[hue53]字的變調爲例說明：

2. 漳平新橋閩南語的變調——鄰接交替式：

詞彙	調類組合	讀音
火車	3+1	hue53＞24　tsʰia 33
火爐	3+2	hue53＞21　lu 24
火管	3+3	hue53＞24　kuan 53
火氣	3+5	hue53＞24　kʰi 21
火舌	3+6	hue53＞21　tsi 61
火色	3+7	hue53＞24　seʔ 21
火術	3+8	hue53＞21　soʔ 55

> 「火」的變調隨著後面字詞的聲調調整。若接第二調、第六調、第八調時，「火」的變調讀[21]，其他情況變調讀[24]。這種變調的條件是由「鄰接字」主導。

6-2 陰平調的連讀規則分析

　　閩南語屬於自身交替式連讀變調，不論後字的聲調調值為何，每一個單字調的變調讀法都只有一種。這個變調讀法也不會依照該字位於詞彙中的哪個位置而更動，不論位於詞彙中的首次、次字，變調讀法都是一樣的。

　　底下，我們依照詞組的字數分為兩字組與三字組詞彙，詳細說明閩南語陰平調的連讀規則。

　　四個字以上的詞組，因為結構大多可以再拆解為兩字加上兩字的次結構，且例子不多，所以這邊省略四字以上的詞組例子。

（一）兩字組詞彙

　　陰平調的本調是[55]，陰平調在所有調類之前，變調都讀[33]，讀同陽去調的本調調值。舉例如下：

| 1+1 | 餐廳 tsʰan55＞33 tʰiã55 |
| | 三斤 sã55＞33 kin55 |

| 1+2 | 家庭 ke55＞33 tʰiŋ24 |
| | 廳頭 tʰiã55＞33 tʰau24 |

| 1+3 | 伸手 tsʰun55＞33 tsʰiu53 |
| | 天旱 tʰĩ55＞33 tsa53 |

| 1+5 | 天氣 tʰi55＞33 kʰi31 |
| | 開店 kʰui55＞33 tiam31 |

| 1+6 | 姑丈 kɔ55＞33 tiũ33 |
| | 風雨 hoŋ55＞33 hɔ33 |

| 1+7 | 方法 hoŋ55>33 huat32 |
| | 歌曲 kua55>33 kʰiok32 |

| 1+8 | 生日 sẽ55>33 lit33 |
| | 開業 kʰui55>33 giap33 |

（二）三字組詞彙

　　三字組詞彙的變調規則與兩字組詞彙相同。陰平[55]調在所有調類之前，變調都是[33]。以下例子，請特別注意詞彙首字與次字的聲調關係，詞彙次字同樣需遵守該調類的連讀規則。

| 1+1+7 | 天公伯 tʰĩ55＞33 koŋ55＞33 peʔ32 |

| 1+2+1 | 獅頭山 sai55＞33 tʰau24＞33 suã55 |

| 1+3+1 | 山尾溜_{山頂} suã55＞33 bue53＞55 liu55 |

| 1+5+1 | 烏暗天 ɔ55＞33 am31＞53 tʰĩ55 |

| 1+6+3 | 姑換嫂_{兩家人的女兒互相嫁到對方家裡去。} kɔ55＞33 uã33＞11 so53 |

| 1+7+5 | 豬八戒 ti55＞33 pat32＞55 kai31 |

| 1+8+1 | 三十三 sã55＞33 tsap33＞11 sã55 |

臺灣其他方言陰平調的連讀情況

　　除了閩南語外，客家話也有連讀變調，不過客語的連讀屬於鄰接交替式，且只出現在陰平調上。客家語的陰平本調是[24]，在特定條件下讀變調[11]，其他語境維持讀本調，與閩南語的連讀規則很不一樣。請見下表由陰平字「豬」組成的詞組。

四縣客家語的連讀情況

詞彙	調類組合	讀音
豬心	1+1	tsu24＞11 sim24
豬腸	1+2	tsu24 tsʰoŋ11
豬肚	1+3	tsu24 tu31
豬肺	1+5	tsu24＞11 fi55
豬腳	1+7	tsu24 kiok22
豬舌	1+8	tsu24＞11 sat55

　　上述的詞組變調現象，可以寫成簡單的語言規律：

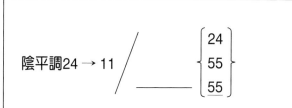

陰平調24 → 11　／　$\begin{cases} 24 \\ 55 \\ \underline{55} \end{cases}$

　　　　　　　　　　　　　─────

客語陰平調[24]若出現在[24]調、[55]調、[55]調之前，會讀變調[11]。

知識補充站

連讀變調與詞彙結構

　　閩南語的連讀規則雖然固定，但在實際說話時，語流中的某個字該讀「變調調值」或「本調調值」，還會受到詞彙結構控制。我們這邊所舉的例子，都屬於「複合」結構。除了複合結構外，閩南語也常見「重疊」結構和「附加」結構。附加結構中的變調規則較特殊，與一般性前字變調稍有不同。請見6-9節的說明。

6-3 陽平調的連讀規則分析

閩南語陽平調的連讀規則，一樣不會依照詞彙位置不同而有所變動，不論該字處於詞彙的首字、次字，都只遵守一套變調規則。

底下，依照詞組的字數分為兩字組與三字組詞彙，詳細說明閩南語陽平調的連讀規則。四個字以上的詞組，因為結構大多可以再拆解為兩字加上兩字的次結構，且例子不多，所以這邊省略四字以上的詞組例子。

（一）兩字組詞彙

陽平調的本調是[24]，陽平調在所有調類之前，變調都讀[33]，讀同陽去調的本調調值。臺灣普通腔陽平調的變調讀法與陰平調相同。舉例如下：

2+1	平安	pʰiŋ24＞33 an55
	棉花	mĩ24＞33 hue55
2+2	頭前	tʰau24＞33 tsiŋ24
	眠床	bin24＞33 tsʰŋ̩24
2+3	茶米	te24>33 bi53
	牛母	gu24>33 bo53
2+5	皮帶	pʰue24＞33 tua31
	長褲	tŋ24＞33 kɔ31
2+6	姨丈	i24>33 tiũ33
	棉被	mĩ24＞33 pʰue33
2+7	油漆	iu24>33 tsʰat32
	牛角	gu24>33 kak32

2+8	題目	te24>33 bok33
	農藥	lɔŋ24>33 ioʔ33

（二）三字組詞彙

三字組詞彙的變調規則與兩字組詞彙相同。陽平[24]調在所有調類之前，變調都是[33]。以下例子，請特別注意詞彙首字與次字的聲調關係，詞彙次字同樣需遵守該調類的連讀規則。

2+1+3	紅龜粿	aŋ24＞33 ku55＞33 kue53
2+2+2	媒*人訓讀字婆	muẽ24＞33 laŋ24＞33 po24
2+3+1	蓮子花	lien24＞33 tsu53＞55 hue55
2+5+2	紅菜頭	aŋ24＞33 tsʰai31＞53 tʰau24
2+6+3	紅露酒	aŋ24＞33 lɔ33＞11 tsiu53
2+7+6	無一定	bo24＞33 it32＞55 tiŋ33
2+8+3	紅藥水	aŋ24＞33 io(ʔ)33＞11 tsui53

「藥」字有喉塞尾-ʔ，連讀時-ʔ通常會省略不發，調長也拉長，讀成[io11]。

閩南語的訓讀字與本字

1.訓讀字

　　「訓讀字」這個術語，是借自日文讀音系統的「訓讀」而來。日本在歷史上長期受漢文化影響，各朝代也從漢語文字體系中分批借了許多「漢文」字體，日文的「訓讀」，指的就是用日語原有的讀音來讀從中國借來的漢字。閩南語的訓讀跟日文訓讀很相似，指借用「現成漢字」字形書寫閩南語字詞，這些以訓讀方式書寫的閩南語文字，就是閩南訓讀字。

常見閩南訓讀字與本字對照表

編號	訓讀寫法	讀音	詞彙語意	本字
1	人	laŋ24	人，名詞	儂
2	走	kiã24	走，動詞	行
3	跑	tsau53	跑，動詞	走
4	晚	uã53	晚，形容詞	晏
5	他	i33	他，代名詞	伊
6	小	se31	細小，形容詞	細
7	一	tsit33	一，數詞	蜀
8	二	nŋ̍33	兩，數詞	兩
9	青	tsʰĩ55	新鮮，形容詞	鮮
10	筷	ti33	筷子，名詞	箸

2.本字

　　「本字」，是該詞彙實際上對應的官話漢字字形，也就是經過歷史語言研究後，考定出來的閩南正確漢字字形。因為閩南語是漢語的一種方言，長年受到北方漢語的籠罩，因此閩南語中有許多吸收自北方漢語的語言成分和詞彙，「本字」正是這些閩南詞彙的古漢語來源詞。

　　由於許多古漢語詞今日很少使用或已轉變為文言詞彙，例如「晏」、「箸」，有時則是語意出現轉變，古代的詞彙語意和今日不同，例如古代「行」是走的意思、古代「走」是跑的意思。這些因素都使一般大眾有書寫閩南語需要時，仍以訓讀字取代本字。

6-4 陰上調的連讀規則分析

閩南語陰上調的連讀規則，一樣不會依照詞彙位置而有所變動，不論該字處於詞彙的任何位置，都遵守一樣的變調規則。

底下，依照詞組的字數分為兩字組與三字組詞彙，詳細說明閩南語陰上調的連讀規則。四個字以上的詞組，因為結構大多可以再拆解為兩字加上兩字的次結構，且例子不多，所以這邊省略四字以上的詞組例子。

（一）兩字組詞彙

陰上調的本調是[53]，陰上調在所有調類之前，變調都讀[55]，讀同陰平調本調。舉例如下：

| 3+1 | 火車 | hue53＞55 tsʰia55 |
| | 起風 | tsʰi53＞55 hoŋ55 |

| 3+2 | 海綿 | hai53＞55 mĩ24 |
| | 水牛 | tsui53＞55 gu24 |

| 3+3 | 滾水 | kun53＞55 tsui53 |
| | 狗母 | kau53>55 bo53 |

| 3+5 | 水庫 | tsui53＞55 kʰɔ31 |
| | 短褲 | te53>55 kʰɔ31 |

| 3+6 | 考慮 | ko53＞55 lu33 |
| | 水面 | tsui53＞55 bin33 |

| 3+7 | 解決 | kai53＞55 kuat32 |
| | 軟骨 | nŋ̍53＞55 kut32 |

| 3+8 | 扁食 | pien53>55 sit33 |
| | 手術 | tsʰiu53＞55 sut33 |

（二）三字組詞彙

三字組詞彙的變調規則與兩字組詞彙相同。陰上[53]調在所有調類之前，變調都是[55]。以下例子，請特別注意詞彙首字與次字的聲調關係，詞彙次字同樣需遵守該調類的連讀規則。

| 3+1+3 | 火雞母 |
| | hue53＞55 ke55＞33 bo53 |

| 3+2+6 | 海和尚 _{短趾和尚蟹} |
| | hai53＞55 hue24＞33 siũ33 |

| 3+3+1 | 海口腔 |
| | hai53＞55 kʰau53＞55 kʰiũ55 |

| 3+5+2 | 古意*人 _{訓讀字} |
| | kɔ53＞55 i31＞53 laŋ24 |

| 3+6+6 | 海內外 |
| | hai53＞55 lai33＞11 gua33 |

| 3+7+2 | 寫作文 |
| | sia53＞55 tsok32＞55 bun24 |

| 3+8+2 | 水蜜桃 |
| | tsui53＞55 bit33＞11 tʰo24 |

閩南臺北腔的陰上變調

臺灣普通腔的陰上變調是：53＞55，這是漳州系統的變調方式。臺北地區的閩南人，許多是來自大陸泉州地區，因此在臺北常常還可以聽見另一種陰上變調讀法：53＞24。

臺北腔的陰上變調：53＞24

詞彙	調類組合	讀音
好天	3+1	ho53＞24 tʰĩ55
好*人訓讀字	3+2	ho53＞24 laŋ24
好感	3+3	ho53＞24 kam53
好看	3+5	ho53＞24 kʰuã31
好量	3+6	ho53＞24 lioŋ33
好筆	3+7	ho53＞24 pit32
好額富有	3+8	ho53＞24 giaʔ33

這種變調方式，在臺灣其他以泉腔音或偏泉腔音爲主的閩南語區域，例如新竹香山、彰化鹿港等等，也可以聽見。

◖ 知識補充站

臺北腔「好」的音變

臺北閩南語近年出現一種元音變化：o＞ɔ。這個變化尚在進行中，尤其是年輕人的閩南口音。閩南語「好」的讀音本來是[ho53]，因為這個語音轉變趨勢，臺北地區的「好」常被發成[hɔ53]，變得跟「虎」同音。

相同的情況，還有「報」。「報」的讀音本來是[po31]，但在臺北地區「報」常被發成[pɔ31]，與「布」同音。詳細的研究結果，請見陳淑娟（2010）。

6-5 陰去調的連讀規則分析

閩南語陰去調的連讀規則，一樣不會依照詞彙位置不同而有所變動，不論該字處於詞彙的任何位置，都只遵守一套變調規則。

底下，依照詞組的字數分為兩字組與三字組詞彙，詳細說明閩南語陰去調的連讀規則。四個字以上的詞組，因為結構大多可以再拆解為兩字加上兩字的次結構，且例子不多，所以這邊省略四字以上的詞組例子。

（一）兩字組詞彙

陰去調的本調是[31]，陰去調在所有調類之前，變調都讀[53]調，讀同陰上本調。舉例如下：

5+1	菜心 tsʰai31＞53 sim55 菜姑_{尼姑} tsʰai31＞53 kɔ55

5+1 菜心　tsʰai31＞53 sim55
　　 菜姑_{尼姑}　tsʰai31＞53 kɔ55

5+2 菜頭　tsʰai31＞53 tʰau24
　　 布鞋　pɔ31＞53 e24

5+3 菜尾　tsʰai31＞53 bue53
　　 報紙　po31>53 tsua53

5+5 褪褲　tʰŋ31>53 kʰɔ31
　　 意思　i31>53 su31

5+6 算命　sŋ31>53 miã33
　　 泡麵　pʰau31>53 mĩ33

5+7 四角　si31>53 kak32
　　 幼骨　iu31>53 kut32

5+8 四十　si31>53 tsap33
　　 騙術　pʰien31>53 sut33

（二）三字組詞彙

三字組詞彙的變調規則與兩字組詞彙相同。陰去[31]調在所有調類之前，變調都是[53]。以下例子，請特別注意詞彙首字與次字的聲調關係，詞彙次字同樣需遵守該調類的連讀規則。

5+1+1 破傷風
　　　 pʰua31＞53 sioŋ55＞33 hoŋ55

5+2+1 四神湯
　　　 su31＞53 sin24＞33 tʰŋ24

5+3+1 掃帚星_{彗星、帶來楣運的人}
　　　 sau31＞53 tsʰiu53＞55 tsʰẽ55

5+5+3 破布子
　　　 pʰua31＞53 pɔ31＞53 tsi53

5+6+5 布袋戲
　　　 pɔ31＞53 te33＞11 hi31

5+7+6 副作用
　　　 hu31＞53 tsok32＞55 iŋ33

5+8+6 教育部
　　　 kau31＞53 io(ʔ)33＞11 pɔ33

閩南語與布袋戲

　　「布袋戲」起源於閩南區域，是一種以布偶演出的地方戲。早在17世紀，福建泉州地帶就有以布偶演出的紀錄。目前，布袋戲主要在泉州、漳州，以及廣東潮州和臺灣等地流傳。

　　這種地方戲所使用的布偶，軀幹與四肢都是用布料做成，其餘部分，如布偶頭部由木頭雕刻而成，布偶的手部、足部也用相似材質製成。演出時，表演者需將手套入布偶的服裝中進行「操偶表演」。正因為戲偶本身像極了「用布料所做的袋子」，因此有了「布袋戲」之稱。

（攝於臺南祀典武廟前）

　　布袋戲在華人地區，以臺灣的發展最為蓬勃。由於布袋戲起源於閩南，目前絕大多數的布袋戲仍僅以閩南語演出。布袋戲與閩南語的關係，就像京戲與北京話、粵劇與廣東話的關係一般，布袋戲是代表閩南文化的地方劇種之一。

　　在臺灣地區，現場表演的布袋戲仍然有相當多的收看族群，是地方上「酬謝神明」時常見的戲劇表演。上圖右為臺南祀典武廟廟前廣場，以布袋戲慶賀「火德星君、關聖帝君聖誕」。

6-6 陽去調的連讀規則分析

閩南語陽去調的連讀規則，一樣不會依照詞彙位置改變而有所變動，不論該字處於詞彙的任何位置，都只遵守一套變調規則。

底下，依照詞組的字數分為兩字組與三字組詞彙，說明閩南語陽去調的連讀規則。

（一）兩字組詞彙

陽去調的本調是[33]，陽去調在所有調類之前，變調都讀[11]調。[11]調只出現在變調系統中，[11]調並不與閩南語任何一個調類的本調調值相同。舉例如下：

| 6+1 | 電風 | tien33＞11 hoŋ55 |
| | 動工 | taŋ33＞11 kaŋ55 |

| 6+2 | 用途 | ioŋ33＞11 tɔ24 |
| | 戶頭 | hɔ33＞11 tʰau24 |

| 6+3 | 電火_{電燈} | tien33＞11 hue53 |
| | 動手 | taŋ33>11 tsʰiu53 |

| 6+5 | 戶政 | hɔ33>11 tsiŋ31 |
| | 電器 | tien33>11 kʰi31 |

| 6+6 | 電視 | tien33＞11 si33 |
| | 電話 | tien33＞11 ue33 |

| 6+7 | 電壓 | tien33>11 ap32 |
| | 動作 | toŋ33>11 tsok32 |

| 6+8 | 戶籍 | hɔ33>11 tsik33 |
| | 後日 | au33>11 lit33 |

（二）三字組詞彙

三字組詞彙的變調規則與兩字組詞彙相同。陽去[33]調在所有調類之前，變調都是[11]。以下例子，請特別注意詞彙首字與次字的聲調關係，詞彙次字同樣需遵守該調類的連讀規則。

| 6+1+3 | 地基主 | te33＞11 ki55＞33 tsu53 |

| 6+2+1 | 電聯車 | tien33＞11 lien24＞33 tsʰia55 |

| 6+3+1 | 地理師 | te33＞11 li53＞55 su55 |

| 6+5+8 | 電信局 | tien33＞11 sin31＞53 kiok33 |

| 6+6+6 | 運動會 | un33＞11 toŋ33＞11 hue33 |

| 6+7+2 | 第一名 | te33＞11 it32＞55 miã24 |

| 6+8+5 | 五十四 | gɔ33＞11 tsap33＞11 si31 |

陽上調的聲調現象

臺灣常見的閩南語一般是七個聲調，也就是缺乏「陽上調」。前面我們說過，陽上調的主要來源是古代的「濁上字」。因爲漢語歷史上發生了「濁上歸去」的變化，遍及各大漢語方言，所以閩南語本來讀陽上調的濁上字，之後就讀同陽去調。

從共時音系的角度來說，七調閩南語中已經沒有殘留可以分出古代濁上來源或濁去來源的痕跡了。不過，若參考中古漢語文獻史籍，例如古韻書《廣韻》登錄的「反切」，或早期韻圖資料，可以分析出今日陽去調內的濁上來源字。下表是本單元所舉到的陽去調詞彙，分析後的結果：

編號	例字	現代讀音	變調規則	古代來源	
1	電	tien33	33＞11	濁去字	濁去來源
2	用	ioŋ33	33＞11	濁去字	
3	地	te33	33＞11	濁去字	
4	運	un33	33＞11	濁去字	
5	第	te33	33＞11	濁去字	
6	動	toŋ33	33＞11	濁上字	濁上來源
7	戶	hɔ33	33＞11	濁上字	
8	後	au33	33＞11	濁上字	
9	五	gɔ33	33＞11	濁上字	

上述九個字，在七調閩南語中，不論本調調值，或變調規則，濁去來源字與濁上來源字都完全沒有分別。這是因爲「濁上歸去」發生的年代相當久遠，所以過去有分隔的兩群字，今日在聲調表現上已完全同化了。

知識補充站

臺灣地基主信仰

臺灣盛行「地基主信仰」，地基主是住宅、房舍的守護靈，又稱「地主神」、「地主公」、「地靈公」、「厝宅公」等。地基主並不是灶神，亦不等同土地公。

臺灣的地基主信仰，不僅限於自用住宅內祭拜，許多公司行號、公家機關也會祭拜地基主。最主要的祭拜時機是「遷居」時，祭拜舊宅的地基主是為了感謝其辛勞，祭拜新居的地基主則是希望祈求庇佑。

6-7 陰入調的連讀規則分析

閩南語陰入調的連讀規則，一樣不會依照詞彙位置改變而有所變動，只有一套變調規則。底下依兩字組、三字組詞彙的次序，說明連讀規則。

（一）兩字組詞彙

陰入調是促聲短調，只搭配尾端是-p、-t、-k、-ʔ的韻母。陰入調的本調是[32]，變讀是[55]。如果韻尾是-ʔ，語流中-ʔ會丟失，因此變調會延長為舒聲調，但調型改為高降調[53]。收-ʔ的字連讀規則較特殊。舉例如下：

7+1　國家　kok32＞55 ke55
　　　北方　pak32＞55 hoŋ55

7+2　發財　huat32＞55 tsai24
　　　發明　huat32＞55 biŋ24

7+3　發展　huat32＞55 tien53
　　　腹肚　pak32＞55 tɔ53

7+5　發票　huat32＞55 pʰio31
　　　出嫁　tsʰut32＞55 ke31

7+6　沃雨(淋雨)　ak32＞55 hɔ33
　　　鴨卵　a(ʔ)32＞53 nŋ33

「鴨」字單獨念時，讀音是[aʔ32]。不過若出現在詞彙前字時，連讀的讀音是[a53]：輔音韻尾-ʔ消失，調長延長，變調調值是[53]調。

7+7　出發　tsʰut32＞55 huat32
　　　結束　kiet32＞55 sok32

7+8　出力　tsʰut32＞55 lat33
　　　畢業　pit32＞55 giap33

（二）三字組詞彙

三字組詞彙的變調規則與兩字組詞彙相同。陰入調[32]在所有調類之前，變調都是[55]。如果該字的韻尾是-ʔ，連讀時韻尾的-ʔ會丟失，變調變為長的高降調[53]，規則與兩字組相同。

7+1+1　拍打官司
　　　pʰa(ʔ)32＞53 kuã55＞33 si55

「拍」字單獨念時，讀音是[pʰaʔ32]。不過若出現在詞彙前字時，連讀的讀音是[pʰa53]：輔音韻尾-ʔ消失，調長延長，變調調值為[53]。

7+2+1　骨頭湯
　　　kut32＞55 tʰau24＞33 tʰŋ55

7+3+1　國產車
　　　kok32＞55 san53＞55 tsʰia55

7+5+3　發喙(嘴巴)齒
　　　huat32＞55 tsʰui31＞53 kʰi33

7+6+5　切兩半
　　　tsʰiet32＞55 nŋ33＞11 puã31

7+7+6　竹北市
　　　tik32＞55 pak32＞55 tsʰi33

7+8+6　七十二
　　　tsʰit32＞55 tsap33＞11 li33

輔音韻尾-ʔ的性質

輔音[ʔ]（glottal stop），是位於聲道中相當後部的塞音。[ʔ]發音的方式是當空氣從肺部出來時，緊閉聲門，以製造塞音。

[ʔ]的成阻是在氣流進入聲道前，因此雖然[ʔ]與[p]、[t]、[k]一樣都是塞音，但[ʔ]卻常跟[p]、[t]、[k]有不一樣的語音行為。從這幾個音的發音相對位置圖，也可發現兩類語音的差異：

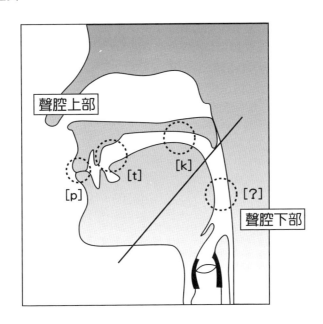

輔音[p]、[t]、[k]是發音部位在聲腔上部的語音，而喉塞音[ʔ]則是發音部位在聲道下部的語音。發音原理上的差異，造就了兩類輔音不同步調的語音行為。

連讀時最容易出現「語流音變」，這是一種為了說話發音順暢所做的語音調整機制。喉塞音[ʔ]的發音部位相當靠近聲門，語音特徵也不如其他輔音明顯，因此在語流中很容易被「省略」，所以閩南語在連讀時，就把句子中間的輔音尾-ʔ直接省略，連帶的也調整了聲調的變調調型和調值。

🍗 知識補充站

他處閩南語-ʔ的表現

福建西部的閩南語，受到閩西客語的影響，常出現輔音韻尾-p、-t、-k、-ʔ「弱化」的現象。對塞音來說，弱化就是阻塞程度下降或完全消失。當地的閩南語，多數的情況是塞音韻尾-ʔ完全弱化，也就是-ʔ已經消失，但-p、-t、-k韻尾卻都保存著，雖然語流中偶有鬆動，但-p、-t、-k仍然存在於該方言的系統之中。

6-8 陽入調的連讀規則分析

閩南語陽入調的連讀規則，一樣不會依照詞彙位置的改變而變動，只遵守同一套變調規則。

底下依兩字組、三字組詞彙的次序，說明陽入調的連讀規則。

（一）兩字組詞彙

陽入調是促聲短調，只搭配尾端有-p、-t、-k、-ʔ的韻母。陽入調的本調是[33]，變讀是[11]。如果韻尾是喉塞尾-ʔ，在語流中-ʔ會丟失，變調則平行延長爲[11]，規則較陰入變調簡單。舉例如下：

8+1	目珠	bak33＞11 tsiu55
	熱天	lua(ʔ)33＞11 tʰĩ55

「熱」字單獨念時，讀音是[luaʔ33]。連讀時讀音則變爲[lua11]。

8+2	日頭	lit33＞11 tʰau24
	十年	tsap33＞11 nĩ24

8+3	日本	lit33＞11 pun53
	目屎	bak33＞11 sai53

8+5	目鏡	bak33＞11 kiã31
	學費	hak33＞11 hui31

8+6	實在	sit33＞11 tsai33
	學問	hak33＞11 bun33

8+7	目色	bak33＞11 sik32
	十七	tsap33＞11 tsʰit32

8+8	十六	tsap33＞11 lak33
	合力	hap33＞11 lik33

（二）三字組詞彙

三字組詞彙的變調規則與兩字組詞彙相同。陽入調（[33]）的變調讀[11]。但如果該字的韻尾是-ʔ，連讀時韻尾的-ʔ會丟失，變調延長讀舒聲的[11]調。

8+1+1	學工夫
	o(ʔ)33＞11 kaŋ55＞33 hu55

「學」字單獨念時，讀音是[oʔ33]，連讀時讀音則變爲[o11]。

8+2+1	日頭花_{向日葵}
	lit33＞11 tʰau24＞33 hue55

8+3+3	白滾水
	pe(ʔ)33＞11 kun53＞55 tsui53

「白」字單獨念時，讀音是[peʔ33]。連讀時讀音則變爲[pe11]。

8+5+2	目鏡仁
	bak33>11 kiã31＞53 lin24

8+6+2	服務員
	hok33＞11 bu33＞11 uan24

8+7+1	十七*天_{訓讀}
	tsap33＞11 tsʰit32＞55 kaŋ55

8+8+7	六十七
	lak33＞11 tsap33＞11 tsʰit32

閩南語中的一字兩讀現象

在本單元的例字中，我們可以很輕易地發現，有些字閩南語中有兩種讀音，而且差異很大。例如「學」，在「學費」一詞中讀[hak33]，而在「學工夫」一詞中卻讀[oʔ33]。「學」的兩個讀音[hak33]和[oʔ33]，除了聲調調值一樣外，其他的語音成分如「聲母」、「韻母」，都不一樣。

這種情況在閩南語中相當常見，底下再多舉一些閩南語一字兩讀的例子：

編號	例字	讀音一	讀音二	讀音對比
1	木	木工 bak33＞11 kaŋ55	木瓜 bok33＞11 kue55	bak33：bok33
2	耳	耳空 hi33＞11 kʰaŋ55	木耳 bok33＞11 nĩ53	hi33：nĩ53
3	長	長短 tŋ24＞33 te53	長輩 tioŋ24＞33 pue31	tŋ24：tioŋ24
4	正	正門 tsiã31＞53 mŋ24	反正 huan53＞55 tsiŋ31	tsiã31：tsiŋ31
5	當	當票 tŋ31＞53 pʰio31	妥當 tʰo31＞53 toŋ31	tŋ31：toŋ31
6	方	方姓氏 pŋ55	方面 hoŋ55＞33 bin33	pŋ55：hoŋ55
7	雨	大雨 tua33＞11 hɔ33	風雨 hoŋ55＞33 u53	hɔ33：u53

> 仔細觀察閩南語一字兩讀的讀音對比，可以發現異讀的可能是「聲母」、「韻母」或「聲調」，也有可能同時三個語音成分都不相同。

閩南語這種一字多音的現象，是隨詞彙出現的。如果一個字有兩個或兩個以上的讀音，特定的詞彙選用特定的讀音，很少能夠任意替代。這些一字多音的現象，來自歷朝歷代不同「語言層」（linguistic strata）的疊積。我們會在第7章中仔細說明閩南語的歷史語言層次問題。

6-9 小稱詞尾前字變調

閩南語名詞後面，常常會出現一個音節[a53]，這個音節是小稱詞尾，寫作「囝」。小稱詞尾前的字，變調規則大致上跟一般前字變調相當，不過，「陰去調」跟「陰入調」的小稱前字變調較特別，與一般性前字變調規則稍有不同。

（一）小稱詞尾

「囝」[a53]作為詞尾，可出現在下列幾種情況：（楊秀芳1991）

第一，加在形體不大的普通名詞後面，有細小的意思。例如「雞囝」[ke 55＞33 a53]、「狗囝」[kau53＞55 a53]、「草蓆囝」[tsʰau53＞55 tsʰio(ʔ)33＞11 a53]、「溝囝」[kau55＞33 a53]等等。

這些動物或物體，形體都不大，所以可以加上小稱詞尾來補足語意。形體大的動物或物體，不能隨意加上這個詞尾。例如，不能說「虎囝」、「海囝」等等。

第二，加在物質名詞後面，表示數量不多。例如「錢囝」[tsĩ24＞33 a53]比「錢」[tsĩ24]數量還少。不過，多數的物質名詞後頭都不可以加小稱詞尾，很少聽到有人說「水囝」、「油囝」、「米囝」、「麵粉囝」等等。但有少數的名詞，慣用法是加上小稱詞尾的，例如「金囝」[kim55＞33 a53]、「鐵囝」[tʰi(ʔ)32＞55 a53]、「玉囝」[gik33＞11 a53]、「粟囝」[tsʰik32＞55 a53]。

第三，小稱詞若加在職業名稱後頭，有表示輕賤的意思。例如「趁食囝」[tʰan31＞53 tsia(ʔ)33＞11 a53]（賺錢者，指妓女）、「剃頭囝」[tʰi(ʔ)32

＞53 tʰau24＞33 a53]。

第四，加在某些名詞後面，成為地方詞。例如「街囝」[ke55＞33 a53]、「麵擔囝」[mĩ33＞11 tã31＞55 a 53]。

（二）小稱前字變調規則

①陰平調字出現在小稱詞尾「囝」之前，變調規則是55＞33。
②陽平調字出現在小稱詞尾「囝」之前，變調規則是24＞33。
③陰上調字出現在小稱詞尾「囝」之前，變調規則是53＞55。
④陰去調字出現在小稱詞尾「囝」之前，變調規則是31＞55。陰去調的一般性前字變調規則是31＞53。
⑤陽去調字出現在小稱詞尾「囝」之前，變調規則是33＞11。
⑥陰入調字出現在小稱詞尾「囝」之前，變調規則是32＞55。若該字韻尾是-ʔ，變調後則讀[55]，調長延長。陰入調的一般性前字變調，若韻尾是-ʔ，變調讀[53]，小稱變調與一般前字變調有細微差異。
⑦陽入調字出現在小稱詞尾「囝」之前，變調規則是33＞11。若韻尾是-ʔ，變調後則讀[11]，調長延長。

（三）小稱詞的變調規則

小稱詞尾「囝」後面如果還有名詞來作該詞彙的「中心語」時，也就是由三個字組成詞彙時，此時中間的「囝」，遵守一般性的前字變調規則。「囝」的本調是陰上調，所以變調規則是53＞55。例如「衫囝褲」[sã55＞33 a53＞55 kʰɔ31]、「石囝路」[tsio(ʔ)33＞11 a53＞55 lɔ33]。

閩南語小稱詞尾的由來

閩南語的小稱詞尾[a53]，是經歷許多歷史發展後，才逐漸變成今日這個讀音的，這個音的源頭來自「囝」[kiã53]。多數的閩南語「囝」[kiã53]指「兒子」，而若當小稱詞尾使用時，則改讀[a53]。不過，今日閩南的潮洲話仍然保留了「小稱詞尾」讀音同「兒子」的現象，由此可見其他區域的閩南語，「小稱詞尾」也應當源出於「囝」。

閩南語小稱詞尾的變化過程，在國語中可看到非常相似的平行現象，如下列簡表所示：

語言	詞	讀音	語意	詞彙
閩南語	囝	kiã53	兒子	囝孫 kiã53＞55 sun55
國語	子	tsʅ214	兒子	子孫tsʅ214＞21 sun55

語意虛化

語言	詞	讀音	語意	詞彙
閩南語	囝	a53	小稱詞綴	桌囝 to(ʔ)32＞55 a53
國語	子	tsʅ0	小稱詞綴	桌子tsuo55 tsʅ0

> 閩南語的「囝」和國語的「子」變為詞綴後，讀音都出現了轉變。閩南語只保留了原來語音的主要元音和聲調，省略其他語音成分。相較下，國語的變化較小，「子」做詞綴使用時，只把聲調改讀為輕聲。

知識補充站

詞綴

　　「詞綴」（affix）是一種附著在「詞幹」（stem）上的語素，不能單獨出現。閩南語的「囝」和國語的「子」都出現在詞幹後方，屬於「後綴」（suffix）。一般也把後綴稱為詞尾。

第7章

閩南語的語言層次

7-1 文讀與白讀

從前面幾章所舉的閩南語讀音例字，不難發現閩南語常常有一字兩讀甚至是三讀的情形。這是因為閩南語疊積了許多不同時代、不同地域的「語言層次」，這些外來的語言層最終融入閩南音系內，使閩南語成為一個具有許多相異層次的「語言體」。

語言層次的問題，最早從語用的觀點來討論。從這個觀點出發，層次問題就是「文白」的問題。

（一）文白一詞起於語用

有的語音，通常都配合文字而讀，這個音便是「文言音」、「讀書音」。若是多半出現在口語交談的場合時，這個音便屬於「白話音」或「口語音」。

舉例來說，閩南語「行」有[hiŋ²⁴]、[kiã²⁴]兩讀，[hiŋ²⁴]用在「行為」、「行動」等文言詞彙裡，而[kiã²⁴]是「走」的意思，是一般口語詞彙，[hiŋ²⁴]、[kiã²⁴]的語用環境不同，[hiŋ²⁴]是文讀音，[kiã²⁴]是白讀音。

像這樣一個詞有兩種讀音，分屬不同語用場合的情況，在閩南語中相當常見。這種異讀情況，後來被稱為「文白異讀」。

（二）造成文白異讀的原因

文白異讀在漢語方言中很常見，但沒有一個方言的文白複雜度甚於閩語，閩語的文白幾乎各成一個體系。為什麼閩語會出現這麼多而繁雜的文白異讀呢？首要的因素與「北方移民」和「文教政經」有關。

閩地位於國境之南，從秦漢時代，直至唐宋年間，閩地接受了多梯次的移民潮。這些不同時代、不同出發地的北方移民，替閩語帶來了不同時、地的語言成分，這些語言成分最後都沉積入閩語音系之內。

早期移民帶來的北方語言落地生根後，轉變為閩語的基礎層。這個語言層的讀音現在大多出現在日常口語中，所以我們把這個語言層稱為「白話層」。

除了移民帶來的北方語音外，歷朝歷代的中央政府透過文教力量，不斷地對閩地輸入中央優勢語音。這些語音伴隨著書面文字一起出現，久而久之，原先僅在政府或文教場合使用的讀書音，融入了閩語體系內，成為新的語言層。這個語言層，被稱為「文讀層」。

外來的語言成分，被閩語吸收、調整後，成為閩語的一個語言層次。文教政經力量持續替閩語帶來了不同時代的文讀音，一般認為，大約要到唐宋文讀層進入閩語後，閩語音系才大致定型。

（三）閩南語文白混雜

語言層次疊積時，來源不同的語言層會互相競爭、融合或取代。有時候，競爭的層次音讀互相妥協，各自留下一部分音韻特徵，合成出一個全新的形式，這個形式「不文不白」，所以稱之為「混血音讀」。

現在我們看到的閩南語，是一個文白混雜的語言，白話用途或文讀用途已沒有絕對的分別。有些較早進來的文讀層，也發展為口語白話讀音，取代了更早期的白話層。

語言層次（strata）

　　文白問題，更精確的說，是語言層次的問題。文讀、白讀的名稱來自語用場合，文讀層是晚期進入的語言層，白讀層相對來說，是早期就已存在的語言層。「文」、「白」的真實意義是語言層次的先後，所以文白異讀的討論，就發展為歷時歷代語言層次關係的討論。

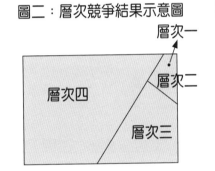

圖一：層次疊積示意圖

層次四	晚近文讀層
層次三	早期文讀層
層次二	晚期白話層
層次一	固有白話層

圖二：層次競爭結果示意圖

　　不同的語言層次，互相競爭、取代、融合。有的層次競爭力強，保存完整，侵入其他層次的領域；有的層次競爭力弱，語言特徵被削融，使用場域也大量縮減。通常晚期文讀音競爭力強，固有白讀音競爭力弱。

　　上圖二所示，各層次互相競爭後，最早期的層次一（固有白話層）使用場域僅剩一個小點，而最晚期的層次四（晚近文讀層）則佔領了大部分的語言場域。

　　不同文讀層之間也會競爭，有時候早期文讀層敵不過晚期文讀層，退居為口語語音，成為日常使用的主流語音層，而原先的白話層就只在少數的詞彙中，留下一絲痕跡。語言層次競爭的結果，使得閩南語共時面「文白混雜」、「文白混用」。

知識補充站

白讀音不是上古音

　　有一個需要特別注意的是，語言的「讀音」一直隨著時代演變而改變，早期層次是很早就已進入閩南語體系的語言層，但該層次顯現的讀音本身，並不是上古時期的讀音面貌，這個層次的讀音，同樣的經歷歷史語音變化。

　　一樣以「行」的文白讀音為例，[hin²⁴]是文讀音，屬於晚期層次，[kiã²⁴]是白讀音，屬於早期層次，不過[kiã²⁴]這個語音面貌，並不直接就是上古閩南語的讀音。層次來源雖然較早，但語音面貌不能直接說是上古讀音。

7-2 聲母的層次對應

接下來的單元,我們將依照「聲母」、「韻母」、「聲調」的順序,分析閩南語常見的文白對應關係,具體說明何者為白讀音、何者為文讀音。以下單元,依照楊秀芳(2005)、林慶勳(2001)的研究成果,加以整理。

聲母的層次對應,依照閩南韻書慣用的編排方式,依「唇」、「舌」、「牙」、「齒」、「喉」來替閩南聲母分類。零聲母音位,列入喉音類別。各例字的讀音,先列文讀音,再列白讀音。

(一) 文白發音部位不同

1. 喉音、唇音對應:

文	白	例字
h	p	「分」[hun⁵⁵]:[pun⁵⁵] 「肥」[hui²⁴]:[pui²⁴] 「飛」[hui⁵⁵]:[pue⁵⁵] 「婦」[hu³³]:[pu³³]
h	pʰ	「蜂」[hoŋ⁵⁵]:[pʰaŋ⁵⁵] 「縫」[hoŋ³³]:[pʰaŋ³³] 「浮」[hu²⁴]:[pʰu²⁴] 「芳」[hoŋ⁵⁵]:[pʰaŋ⁵⁵]

2. 喉音、牙音對應:

文	白	例字
h	k	「猴」[hɔ²⁴]:[kau²⁴] 「厚」[hɔ³³]:[kau³³] 「寒」[han²⁴]:[kuã²⁴]
h	kʰ	「呼」[hɔ⁵⁵]:[kʰɔ⁵⁵] 「許」[hi⁵³]:[kʰɔ⁵³] 「環」[huan²⁴]:[kʰuan²⁴] 「薅拔草」[hau⁵⁵]:[kʰau⁵⁵]

| g | h | 「魚」[gu²⁴]:[hi²⁴]
「蟻」[gi⁵³]:[hia³³]
「岸」[gan³³]:[huã³³] |

3. 喉音、齒音對應:

文	白	例字
0	ts	「癢」[ioŋ⁵³]:[tsiũ³³] 「簷」[iam²⁴]:[tsĩ²⁴]
0	s	「鹽動詞」[iam³³]:[sĩ³³] 「翼」[ik³³]:[sit³³]

(二) 文白發音部位相同

1. 齒音

文	白	例字
s	ts	「舌」[siet³³]:[tsiʔ³³] 「少」[siau⁵³]:[tsio⁵³] 「成」[siŋ²⁴]:[tsiã²⁴] 「上」[sioŋ⁵³]:[tsiũ³³]
s	tsʰ	「手」[siu⁵³]:[tsʰiu⁵³] 「醒」[siŋ⁵³]:[tsʰẽ⁵³] 「飼」[su³³]:[tsʰi³³] 「笑」[siau³¹]:[tsʰio³¹]。

2. 喉音

文	白	例字
h	0	「鞋」[hai²⁴]:[e²⁴] 「活」[huat³³]:[uaʔ³³] 「紅」[hoŋ²⁴]:[aŋ²⁴] 「喉」[hɔ²⁴]:[au²⁴]
0	h	「雨」[u⁵³]:[hɔ³³] 「遠」[uan⁵³]:[hŋ³³] 「雲」[un²⁴]:[hun²⁴] 「園」[uan²⁴]:[hŋ²⁴]

圖解閩南語概論

語言調整

　　閩南語喉音、唇音h-：p-、h-：pʰ-的文白對應關係,與北方文讀層進入閩地時,因系統接觸導致語言調整有關。當時北方輸入的語音事實上是[f],[f]是唇齒擦音,閩南音系中沒有這種發音方式,因此當這個層次進入閩南語後,被閩南音系的「調整改造」,改讀為喉擦音[h]。

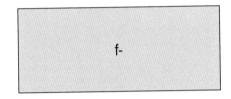

北方官話

f-

↓ 文讀層輸入

早期閩南方言

固有白讀層
p-
pʰ-

文讀音受自有音系調整 ⇒

白讀層次延續 ⇒

晚期閩南語

文讀層
h-

固有白讀層
p-
pʰ-

7-3 韻母的層次對應一

底下，我們依照文讀音的韻母結構分類，舉幾個常見的韻母層次對應。依「單元音韻母」、「複元音韻母」、「鼻音韻尾韻母」、「塞音韻尾韻母」等四個類別，分別說明韻母的文白對應。各例字的讀音，先列文讀音，再列白讀音。

（一）單元音韻母

文	白	例字
a	e	「爬」$[pa^{24}]$：$[pe^{24}]$ 「家」$[ka^{55}]$：$[ke^{55}]$
a	ua	「沙」$[sa^{55}]$：$[sua^{55}]$ 「鯊」$[sa^{55}]$：$[sua^{55}]$
e	i	「世」$[se^{31}]$：$[si^{31}]$ 「弟」$[te^{33}]$：$[ti^{33}]$
e	ai	「西」$[se^{55}]$：$[sai^{55}]$ 「第」$[te^{33}]$：$[tai^{55}]$
i	ai	「指」$[tsi^{53}]$：$[tsai^{53}]$ 「利」$[li^{33}]$：$[lai^{33}]$
i	ia	「寄」$[ki^{31}]$：$[kia^{31}]$ 「徛$_{站著}$」$[k^hi^{33}]$：$[k^hia^{33}]$
i	ue	「皮」$[p^hi^{24}]$：$[p^hue^{24}]$ 「未」$[bi^{33}]$：$[bue^{33}]$
i	ua	「紙」$[tsi^{53}]$：$[tsua^{53}]$ 「倚$_{靠著}$」$[i^{53}]$：$[ua^{53}]$
i	ui	「梯」$[t^hi^{55}]$：$[t^hui^{55}]$ 「氣」$[k^hi^{31}]$：$[k^hui^{31}]$
ɔ	ue	「初」$[ts^hɔ^{55}]$：$[ts^hue^{55}]$ 「梳」$[sɔ^{55}]$：$[sue^{55}]$
ɔ	au	「口」$[k^hɔ^{53}]$：$[k^hau^{53}]$ 「厚」$[hɔ^{33}]$：$[kau^{33}]$
o	a	「阿」$[o^{55}]$：$[a^{55}]$ 「早」$[tso^{53}]$：$[tsa^{53}]$
o	ue	「果」$[ko^{53}]$：$[kue^{53}]$ 「貨」$[ho^{33}]$：$[hue^{33}]$
o	ua	「歌」$[ko^{55}]$：$[kua^{55}]$ 「破」$[p^ho^{31}]$：$[p^hua^{31}]$
u	i	「四」$[su^{31}]$：$[si^{31}]$ 「子」$[tsu^{53}]$：$[tsi^{53}]$
u	ɔ	「雨」$[u^{53}]$：$[hɔ^{33}]$ 「夫」$[ho^{55}]$：$[pɔ^{55}]$
u	iu	「珠」$[tsu^{55}]$：$[tsiu^{55}]$ 「樹」$[su^{33}]$：$[ts^hiu^{33}]$
u	ai	「師」$[su^{55}]$：$[sai^{55}]$ 「駛」$[su^{53}]$：$[sai^{53}]$

（二）複元音韻母

文	白	例字
ua	ia	「瓦」$[ua^{53}]$：$[hia^{33}]$
ua	ue	「瓜」$[kua^{55}]$：$[kue^{55}]$ 「花」$[hua^{55}]$：$[hue^{55}]$
ai	i	「戴」$[tai^{31}]$：$[ti^{31}]$ 「鰓」$[sai^{55}]$：$[ts^hi^{55}]$
ai	e	「袋」$[tai^{33}]$：$[te^{33}]$ 「胎」$[t^hai^{55}]$：$[t^he^{55}]$
ai	ui	「開」$[k^hai^{55}]$：$[k^hui^{55}]$
ai	ua	「蓋」$[kai^{31}]$：$[kua^{31}]$ 「蔡」$[ts^hai^{31}]$：$[ts^hua^{31}]$
au	a	「教」$[kau^{31}]$：$[ka^{31}]$ 「罩」$[tau^{31}]$：$[ta^{31}]$
au	o	「草」$[ts^hau^{53}]$：$[ts^ho^{53}]$ 「靠」$[k^hau^{31}]$：$[k^ho^{31}]$
iu	u	「牛」$[giu^{24}]$：$[gu^{24}]$ 「有」$[iu^{53}]$：$[u^{33}]$
iu	au	「流」$[liu^{24}]$：$[lau^{24}]$ 「九」$[kiu^{53}]$：$[kau^{53}]$
ui	u	「龜」$[kui^{55}]$：$[ku^{55}]$
ui	ue	「炊」$[ts^hui^{55}]$：$[ts^hue^{55}]$ 「罪」$[tsui^{33}]$：$[tsue^{33}]$
iau	io	「票」$[p^hiau^{31}]$：$[p^hio^{31}]$ 「照」$[tsiau^{31}]$：$[tsio^{31}]$

詞彙與層次競爭

閩南語文白層次的競爭，可以從具體的詞彙來觀察。閩南語保存一批來自上古漢語的詞彙，出現於早期白話層次中，這些詞彙在晚近的漢語一般很少使用，或僅固結於特定的成語之中。這一批詞彙，如「徛_{站著}」（音「ㄐㄧ丶」）、「倚_{靠著}」。

1.「徛」：「站」

文白互競的結果，並不是固有白讀詞一定會敗落。口語中，動詞「站立」一詞，閩南詞彙「徛」[kʰia³³]和新文讀詞「站」[tsam³³]競爭後，固有的詞彙「徛」獲勝，今日閩南語仍然用這個詞來表達「站立」之意。晚期文讀詞彙「站」，則用來指稱「車站」、「站牌」等書面詞彙。

2.「倚」：「靠」

「倚」是早期詞彙，「靠」的使用時代晚於「倚」。閩南語「倚」[ua⁵³]跟「靠」[kʰo³¹]的競爭勝負差不多，目前這兩個音都可以使用來指稱「靠著」一詞。不過「靠」另有更晚期的讀音[kʰau³¹]，這個音就競爭不過稍早的[kʰo³¹]，跟更早的[ua³¹]，閩南語口語不採用[kʰau³¹]這個讀音。

第
7
章

閩南語的語言層次

7-4 韻母的層次對應二

(三) 鼻音韻尾韻母

文	白	例字
im	am	「飲」[im⁵³]：[am⁵³] 「蔘」[sim⁵⁵]：[sam⁵⁵]
im	iam	「陰」[im⁵⁵]：[iam⁵⁵] 「臨」[lim²⁴]：[liam²⁴]
im	ã	「林」[lim²⁴]：[nã²⁴]
am	ã	「三」[sam⁵⁵]：[sã⁵⁵] 「擔」[tam⁵⁵]：[tã⁵⁵]
iam	ĩ	「添」[tʰiam⁵⁵]：[tʰĩ⁵⁵] 「染」[liam⁵³]：[nĩ⁵³]
in	un	「引」[in⁵³]：[un⁵³] 「震」[tsin³³]：[tsun³³]
in	an	「陳」[tin²⁴]：[tan²⁴] 「趁」[tʰin³¹]：[tʰan³¹]
un	ŋ̍	「問」[bun³³]：[mŋ̍³³] 「昏」[hun⁵⁵]：[hŋ̍⁵⁵]
an	uã	「單」[tan⁵⁵]：[tuã⁵⁵] 「寒」[han²⁴]：[kuã²⁴]
ien	in	「扁」[pien⁵³]：[pin⁵³] 「面」[bien³³]：[bin³³]
ien	iŋ	「千」[tsʰien⁵⁵]：[tsʰiŋ⁵⁵] 「肩」[kien⁵⁵]：[kiŋ⁵⁵]
ien	ĩ	「天」[tʰien⁵⁵]：[tʰĩ⁵⁵] 「麵」[bien³³]：[mĩ³³]
ien	iã	「健」[kien³³]：[kiã³³] 「顯」[hien⁵³]：[hiã⁵³]
ien	uã	「線」[sien³¹]：[suã³¹] 「煎」[tsien⁵⁵]：[tsuã⁵⁵]
uan	un	「船」[suan²⁴]：[tsun²⁴]
uan	ŋ̍	「算」[suan³¹]：[sŋ̍³¹] 「管」[kuan⁵³]：[kŋ̍⁵³]
uan	iŋ	「還」[huan²⁴]：[hiŋ²⁴] 「反」[huan⁵³]：[piŋ⁵³]
uan	ĩ	「圓」[uan²⁴]：[ĩ²⁴] 「院」[uan³³]：[ĩ³³]
uan	uã	「泉」[tsuan²⁴]：[tsuã²⁴] 「滿」[buan⁵³]：[muã⁵³]
uan	uĩ	「縣」[kuan³³]：[kuĩ³³] 「關」[kuan⁵⁵]：[kuĩ⁵⁵]
iŋ	in	「輕」[kʰiŋ⁵⁵]：[kʰin⁵⁵] 「剩」[siŋ³³]：[sin³³]
iŋ	an	「等」[tiŋ⁵³]：[tan⁵³] 「層」[tsiŋ²⁴]：[tsan²⁴]
iŋ	ẽ	「爭」[tsiŋ⁵⁵]：[tsẽ⁵⁵] 「坪」[pʰiŋ²⁴]：[pẽ²⁴]
iŋ	iã	「驚」[kiŋ⁵⁵]：[kiã⁵⁵] 「請」[tsʰiŋ⁵³]：[tsʰiã⁵³]
oŋ	ŋ̍	「糖」[tʰoŋ²⁴]：[tʰŋ̍²⁴] 「黃」[hoŋ²⁴]：[ŋ̍²⁴]
oŋ	aŋ	「蠓」蚊子[boŋ⁵³]：[baŋ⁵³] 「放」[hoŋ³¹]：[paŋ³¹]
ioŋ	im	「熊」[hioŋ²⁴]：[him²⁴]
ioŋ	ŋ̍	「央」[ioŋ⁵⁵]：[ŋ̍⁵⁵] 「長」[tioŋ²⁴]：[tŋ̍²⁴]
ioŋ	iŋ	「宮」[kioŋ⁵⁵]：[kiŋ⁵⁵] 「用」[ioŋ³³]：[iŋ³³]
ioŋ	aŋ	「重」[tioŋ³³]：[taŋ³³] 「蟲」[tʰioŋ²⁴]：[tʰaŋ²⁴]
ioŋ	iũ	「張」[tioŋ⁵⁵]：[tiũ⁵⁵] 「想」[sioŋ⁵³]：[siũ⁵³]

小博士解說

鼻化韻母的層次特性

　　本表顯示，帶有輔音韻尾-m、-n、-ŋ的韻母，可能是文讀音，也可能是白讀音，但鼻化韻母卻一律是白讀音，鼻化韻母只出現在白讀層次中。這個特點說明，鼻化韻母所在的層次，是閩南語內最早的語言層。

 層次的搭配

　　仔細觀察閩南語文白異讀的聲、韻、調讀音組合，可以發現如果聲母、韻母各有層次異讀時，往往晚期文讀聲母搭配著晚期文讀韻母，早期白讀聲母搭配著早期文讀韻母。

　　例如「寒」[han²⁴]：[kuã²⁴]；「放」[hoŋ³¹]：[paŋ³¹]等兩組文白對應關係，這兩組對應關係，文讀音和白讀音的聲母、韻母成分都不相同。如果聲、韻皆保留層次異讀時，文讀聲母會傾向於選擇文讀韻母，白讀聲母則傾向於選擇白讀韻母。

1.「寒」

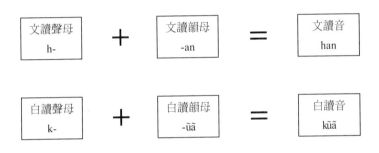

2.「放」

151

7-5 韻母的層次對應三

(四)塞音韻尾韻母

文	白	例字
ip	ap	「十」[sip³³]：[tsap³³]
ip	iap	「粒」[lip³³]：[liap³³]
		「澀」[sip³²]：[siap³²]
ap	aʔ	「盒」[ap³³]：[aʔ³³]
		「答」[tap³²]：[taʔ³²]
iap	iʔ	「碟」[tiap³³]：[tiʔ³³]
		「接」[tsiap³²]：[tsiʔ³²]
iap	iaʔ	「頁」[iap³³]：[iaʔ³³]
		「睫」[tsiap³²]：[tsiaʔ³²]
iap	aʔ	「疊」[tʰiap³³]：[tʰaʔ³³]
it	at	「密」[bit³³]：[bat³³]
		「實」[sit³³]：[tsat³³]
it	iaʔ	「食」[sit³³]：[tsiaʔ³³]
		「跡」[tsit³²]：[tsiaʔ³²]
ut	ĩʔ	「物」[but³³]：[mĩʔ³³]
at	ueʔ	「八」[pat³²]：[pueʔ³²]
at	uaʔ	「喝」[hat³²]：[huaʔ³²]
.		「辣」[lat³²]：[luaʔ³³]
iet	at	「節」[tsiet³²]：[tsat³²]
		「結」[kiet³²]：[kat³²]
iet	iʔ	「鐵」[tʰiet³²]：[tʰiʔ³²]
		「折」[tsiet³²]：[tsiʔ³²]
iet	ueʔ	「節」[tsiet³²]：[tsueʔ³²]
		「截」[tsiet³³]：[tsueʔ³³]
iet	uaʔ	「熱」[dziet³³]：[dzuaʔ³³]
uat	ueʔ	「月」[guat³³]：[gueʔ³³]
		「說」[suat³²]：[sueʔ³²]
uat	uaʔ	「潑」[pʰuat³²]：[pʰuaʔ³²]
		「活」[huat³³]：[uaʔ³³]
ik	at	「值」[tik³³]：[tat³³]
		「力」[lit³³]：[lat³²]
ik	it	「得」[tik³²]：[tit³²]
		「職」[tsik³²]：[tsit³²]
ik	aʔ	「百」[pik³²]：[paʔ³²]
ik	iaʔ	「赤」[tsʰik³²]：[tsʰiaʔ³²]
		「僻」[pʰik³²]：[pʰiaʔ³²]
ik	ioʔ	「尺」[tsʰik³²]：[tsʰioʔ³²]
		「席」[sik³³]：[tsʰioʔ³³]
ik	eʔ	「伯」[pik³²]：[peʔ³²]
		「冊」[tsʰik³²]：[tsʰeʔ³²]
ak	oʔ	「學」[hak³³]：[oʔ³³]
ok	au	「毒」[tok³³]：[tʰau³²]
ok	ak	「目」[bok³³]：[bak³³]
		「腹」[hok³²]：[pak³²]
ok	uʔ	「禿」[tʰok³³]：[tʰuʔ³²]
		「拖」[tʰok³²]：[tʰuʔ³²]
ok	oʔ	「桌」[tok³²]：[toʔ³²]
		「落」[lok³³]：[loʔ³³]
ok	ueʔ	「郭」[kok³²]：[kueʔ³²]
iok	ik	「竹」[tiok³²]：[tik³²]
		「燭」[tsiok³²]：[tsik³²]
iok	ak	「逐」[tiok³³]：[tak³³]
		「六」[liok³³]：[lak³³]
iok	iaʔ	「掠」[liok³³]：[liaʔ³³]
		「削」[siok³²]：[siaʔ³²]
iok	ioʔ	「藥」[iok³³]：[ioʔ³³]
		「箬葉子」[dziok³³]：[hioʔ³³]

小博士解說

喉塞尾韻母的層次特性

本表顯示，帶有輔音韻尾-p、-t、-k的韻母，可能是文讀音，也可能是白讀音，但帶喉塞尾-ʔ的韻母，卻一律是白讀音。

帶喉塞韻尾-ʔ的韻母，行為和鼻化韻母平行，只出現在白話層中。這顯示帶有喉塞韻尾-ʔ的韻母，所處的語言層次和鼻化韻母同層，是相當早期的語言層。

輔音韻尾的層次平行現象

　　閩南語輔音韻尾的層次表現，有個有趣的對應。同發音部位的鼻音、塞音韻尾-m/-p、-n/-t、-ŋ/-k可以出現在文讀層，也可以出現在白讀層，不過，鼻化韻母-ṽ和喉塞韻尾-ʔ卻一律只出現在白讀層。

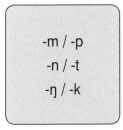

閩南文讀層

-m / -p
-n / -t
-ŋ / -k

閩南白讀層

-m / -p
-n / -t
-ŋ / -k
-ṽ / -ʔ

　　閩南語鼻化韻母和帶喉塞韻尾的韻母，常常被視為相對應的「鼻音」和「塞音」韻尾，關係如同-m/-p、-n/-t、-ŋ/-k一般。不過，「鼻化」並不是一個真實的輔音韻尾成分，它其實是一種「元音的發音方法」。鼻化韻母發音時，氣流不只通過口腔，也會通過鼻腔，因為氣流同時經過口腔以及鼻腔通道，才造成特殊的鼻音音色。

　　既然鼻化韻母並不是實際的鼻音韻尾，那為什麼閩南語鼻化韻母會跟帶喉塞尾-ʔ的韻母一同行動，且只出現在最早的白讀層次中呢？這個現象暗示了鼻化韻母跟喉塞韻尾韻母，在古代是同部位的鼻音和塞音的關係，之後這對韻母的韻尾音值，才弱化為鼻化成分或喉塞韻尾-ʔ。

　　也就是說，鼻化韻母跟喉塞尾韻母所處的語言層次是很早期的，但語音形式本身卻是晚近才演變而成的，層次的早晚跟語音形式的早晚不可混為一談。

7-6　聲調的層次對應

閩南語成系統的聲調層次對應，只有一類：文讀層讀陰上調，白讀層讀陽去調。其餘的聲調文白對應情況，都是較不規則的零星狀況。

以下聲調的文白層次對應例字，先列出文讀音，再列白讀音。

（一）陰上對應陽去

文	白	例字
陰上調	陽去調	「瓦」[ua⁵³]：[hia³³]
		「想」[sioŋ⁵³]：[siũ³³]
		「五」[ŋɔ̃⁵³]：[gɔ³³]
		「有」[iu⁵³]：[u³³]
		「卵」[luan⁵³]：[nŋ³³]
		「懶」[lan⁵³]：[nuã³³]
		「裏」[li⁵³]：[lai³³]
		「耳」[nĩ⁵³]：[hi³³]
		「雨」[u⁵³]：[hɔ³³]
		「蟻」[gi⁵³]：[hia³³]
		「癢」[ioŋ⁵³]：[tsiũ³³]
		「遠」[uan⁵³]：[hŋ³³]

（二）次濁上聲字的歷史變化

閩南語會出現這樣的層次對應，與古次濁上聲字在歷史上發生過的語音變化有關。

第5章我們提到，古漢語本來只有平、上、去、入四個調類，後來因為聲母的清、濁屬性影響，每一個調類分化為「陰」、「陽」兩類，因此四聲分化為八個小調。

聲母的清、濁指的是該聲母發音時聲帶顫動與否。發音時聲帶顫動的是「濁音」，聲帶不顫動的則是「清音」。

濁音又分為「全濁」與「次濁」，全濁音就是一般的濁塞音、濁塞擦音，次濁音指的是鼻音或邊音聲母。

閩南語早期本有八個聲調，日後，陽上調與陽去調合併，變成七個聲調的語言。這條音變使古代的全濁和次濁上字改讀陽去調，這個語音特徵出現在閩南語的白讀層之中。

之後，由於閩南語持續地受到北方官話或官話方言的影響，北方移民或文教政經力量，都使北方官話的語言結構施加作用力到閩南語之上。北方官話帶來的聲調作用力是：全濁上聲字讀去聲調，次濁上聲字讀上聲調。這些作用力，最後變成閩南語的新進語言層。

官話的聲調結構使閩南語次濁上聲字的聲調讀法出現新的變動。閩南語次濁上聲字本來讀陽去調，受到官話方言影響後，次濁上聲字也出現陰上調讀法。這個新文讀層疊加在次濁上聲字讀陽去調的白話層次之上，造成閩南語的聲調文白異讀。

（三）聲韻調皆異

次濁上聲字讀上聲調是相當晚期的文讀層。此時進入閩南語的語言層，不只帶來了次濁上聲字讀上聲調的聲調特徵，連帶的當時北方官話的聲母、韻母特徵，也一起進到閩南語之中。

次濁上聲字讀上聲調的文讀聲調層，常常搭配著晚近的聲母、韻母層次一起出現，造成文讀音、白讀音聲母、韻母、聲調完全不同的語音現象。例如「雨」、「蟻」、「癢」、「遠」的文白對應。

閩南語的聲調變化與聲調層次

1.古閩南語的聲調系統

	平	上	去	入
清	陰平調	陰上調	陰去調	陰入調
濁	陽平調	陽上調	陽去調	陽入調

這個系統目前可在潮汕閩南語白讀層次中看到，潮汕方言古濁上字的聲調和古濁去字的聲調不同。

2.閩南語白讀層的聲調系統

	平	上	去	入
清	陰平調	陰上調	陰去調	陰入調
濁	陽平調	→	陽去調	陽入調

濁上歸去律

陽上調歸入陽去調，也就是古濁上字的聲調和古濁去字相同。這是多數閩南語的聲調白讀結構。

3.閩南語文讀層的聲調系統

	平	上	去	入
清	陰平調	陰上調	陰去調	陰入調
濁	陽平調	古次濁字 ↑ 古全濁字	陽去調	陽入調

古次濁上聲字讀上聲

受到官話方言聲調結構的影響，閩南語古次濁上聲字聲調讀同古清上字。這種讀法成為新的聲調層次，造成閩南語古次濁上聲字的聲調出現層次異讀。

第三篇

閩南語的比較

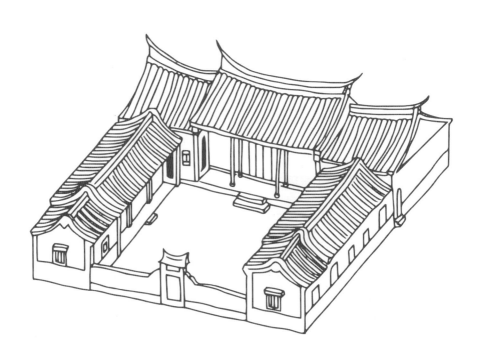

第8章

閩南語與國語的對應

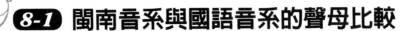

8-1 閩南音系與國語音系的聲母比較

比較閩南語與國語的音系對應關係，一來可以比較兩種漢語之間的差異，二來也可以做為轉換閩南語和國語語音的參考對照。本章節一樣以臺灣閩南普通腔的讀音為例，說明閩南與國語系統的對應和異同。

本章節將先鳥瞰閩南語和國語的音系特徵，比較兩種漢語的相同與相異處。這樣安排的優點是讓讀者可以在細部的語音比較之前，先掌握閩南語及國語的音系概況，勾勒出兩大漢語的音系脈絡。

之後，我們將依照「聲母」、「韻母」、「聲調」的次序，詳細說明閩南語和國語細部的語音對應情形。每一組對應我們都會舉出語音實例，讓讀者清楚明瞭兩個系統的讀法差別。

（一）閩南語的聲母系統

p	邊	pʰ	頗	b/m	文				
t	地	tʰ	他	l/n	柳				
ts	手	tsʰ	出			s	時	dz	入
k	求	kʰ	氣	g/ŋ	語				
0	英							h	喜

閩南語共有15個聲母音位。其中[b]、[m]互補分布，合併為一個音位；[l]、[n]互補分布，合併為一個音位；[g]、[ŋ]互補分布，合併為一個音位。

（二）國語的聲母系統

P	邊	pʰ	頗	m	門	f	飛		
t	地	tʰ	他	n	紐			l	柳
ts	增	tsʰ	餐			s	司		
tʂ	手	tʂʰ	出			ʂ	師	zʐ	讓
tɕ	九	tɕʰ	球			ɕ	西		
k	狗	kʰ	口			x	後		
0	英								

國語共有22個聲母音位，比閩南語多了很多聲母音位。

（三）兩大音系的聲母差異

閩南語、國語聲母的主要不同大約有幾點：

1. 國語/n/、/l/對立分布，/n/、/l/是兩個不同的音位，例如「紐」的讀音不同於「柳」。但閩南語這兩個音是一個音位底下的同位分音，沒有對立關係。

2. 國語有唇擦音/f/，閩南語沒有這種語音。慣用閩南語者常會把國語的[f-]發成[hu-]。

3. 國語有捲舌音/tʂ/、/tʂʰ/、/ʂ/、/zʐ/。這套語音對於閩南語慣用者來說，是相當難學的一套聲母。

4. 國語有顎化音/tɕ/、/tɕʰ/、/ɕ/。閩南語[ts]系聲母與前高元音[i]相拼時，也會產生近似顎化的語音，不過音值與國語有明顯差異。

5. 國語的/x/與閩南語的/h/有些相似，但兩者音值不同。國語的/x/是舌根擦音，發音部位在舌根；閩南語的/h/則是喉擦音，發音部位較靠近聲腔下部。臺灣地區的國語，常常以[h]替代標準的[x]。

6. 國語沒有濁塞音。[b]、[g]等語音只出現在閩南語音系中。

7. 國語沒有[ŋ]聲母。國語系統中[ŋ]只出現在韻尾的位置，不會出現在聲母位置上。

圖解閩南語概論

[x]、[h]的發音位置比較

閩南語慣用者學習國語時，常常把閩南語的/h/投射到國語的/x/之上，拿閩南語的/h/來發國語的/x/，這兩個音的發音差異在於舌根的表現。

1. 國語的[x]　　　　　　　　　　　2. 閩南語的[h]

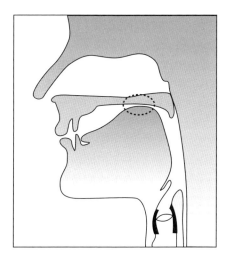　　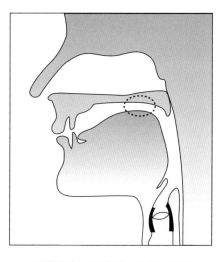

　[x]是舌根擦音，發音時，舌根隆起。　　[h]是喉擦音，發音時，舌根不隆起。

因為這樣的發音特點，臺灣地區把國語的/x/，也就是注音符號的「ㄏ」，念成介於[x]~[h]之間的語音。[x]發音時需要舌根用力上揚，摩擦很明顯，而[h]發音時，則只需要放開聲門，讓氣流通過，聲道的摩擦程度相當微弱。這個發音特點也是造就「臺灣腔國語」的一個因素。

🐚 知識補充站

閩南人的「捲舌音」學習

　　另一個造成「臺灣腔國語」的顯著發音特點是「捲舌音的錯誤學習」。閩南語的聲母系統相當簡單，閩南語並沒有捲舌音，唯一與捲舌音最相似的聲母是舌尖音[ts]、[tsʰ]、[s]，因此有些閩南語慣用者會直接用舌尖音來發國語的捲舌音，也就是以[ts]發國語的[tʂ]，以[tsʰ]發國語的[tʂʰ]，以[s]發國語的[ʂ]。

　　另外，漳腔閩南語使用者會以[z]發國語的[ʐ]，泉腔閩南語使用者因為也沒有[z]聲母，所以一般大多會改以邊音[l]來發國語的[ʐ]。

8-2 閩南音系與國語音系的韻母比較

底下比較閩南語與國語的韻母系統，並概述兩大音系的主要差異。

（一）閩南語的韻母系統

a阿/aʔ鴨	ia爺/iaʔ食	ua紙/uaʔ闊
ai愛	uai歪	au後
iau邀	am暗/ap盒	iam鹽/iap業
an安/at力	ien騙/iet切	uan選/uat發
aŋ蟲/ak六	iaŋ涼/iak*摔	ã敢/ãʔ闔
iã京	uã碗	aĩ邁
uaĩ關	aũ藕	iaũ妙
e茶/eʔ客	ue罪/ueʔ月	ẽ井/ẽʔ脈
uẽ妹	i戲/iʔ鐵	iu油
im陰/ip集	in眞/it一	iŋ爭/ik色
ĩ天/ĩʔ物	ɔ烏	ɔ̃怒/ɔ̃ʔ膜
o保/oʔ桌	io腰/ioʔ藥	oŋ王/ok國
ioŋ龍/iok菊	u有/uʔ托	ui腿/uiʔ血
un筍/ut骨	iũ廁	uĩ關
m̩嬷	ŋ̍黃	

閩南語的韻母數量非常多，大約有72個韻母，可分成44組。閩南語韻母數量多，最主要的原因是閩南語有豐富的輔音韻尾，分別是：-m、-n、-ŋ、-p、-t、-k、-ʔ等等。相較下，國語輔音韻尾少，韻母數量也就少了很多。

（二）國語的韻母系統

ɿ	資	ʅ	師						
		i	一	u	屋	y	雨		
a	阿	ia	壓	ua	挖				
o	喔			uo	我				
		ie	爺			ye	約		
ai	愛			uai	歪				
ei	欸			uei	爲				

ɤ	鵝	ər	二					
au	凹	iau	邀					
ou	歐	iou	憂					
an	安	ian	煙	uan	灣	yan	冤
ən	恩	in	因	un	溫	yn	暈
aŋ	骯	iaŋ	央	uaŋ	汪		
əŋ	亨	iŋ	英	uŋ	翁	yŋ	擁

國語有37個韻母，特徵是：「主要元音種類較多」、「輔音韻尾數量少」，正好與閩南語的特性相反。

（三）兩大音系的韻母差異

1. 國語有舌尖元音-ɿ、-ʅ。閩南語只有舌面元音。
2. 國語有-y元音，這是前高圓唇元音。閩南語慣用者很難發這個音，多半會以同部位，但不圓唇的[i]元音來替代。
3. 國語的複元音韻母比閩南語多很多。閩南慣用者常把國語的-ie、-ye、-ei，發成[e]，而把國語的-ou、-uo發成[ɔ]。這些都是以閩南語系統內較相似的語音替代國語標準語音的現象。
4. 國語的輔音韻尾只有-n、-ŋ，且全無塞音韻尾。此外，國語也沒有成音節鼻音韻母。
5. 國語沒有鼻化韻母。不會說閩南語的人，常常會把閩南語的鼻化韻母「分解」爲「元音」加「鼻音韻尾」。例如：閩南語的「碗」[uã]，可能被不擅長講閩南語的人發成[uan]。

圖解閩南語概論

閩南語與國語的韻母差異

　　從「主要元音」和「輔音韻尾」來觀察閩南語和國語的韻母音系，這兩種漢語的特徵正好相反。閩南語主要元音種類少，輔音韻尾種類多；國語主要元音種類多，輔音韻尾種類少。

1. 主要元音

閩南音系

特點：
①共六個元音。
②都是舌面元音。

國語音系

特點：
①共有十個元音。
②國語的元音有舌尖、舌面兩類。-ɿ、-ʅ是舌尖元音，其他八個則是舌面元音。

2. 輔音韻尾

閩南音系

特點：
①共有七個輔音韻尾。
②鼻音韻尾和同部位的塞音韻尾兩兩成對。
③有喉塞韻尾。

國語音系

特點：
①只有兩個輔音韻尾。
②全部都是鼻音韻尾。

8-3 閩南音系與國語音系的聲調比較

底下比較閩南語與國語的聲調系統，並概述兩大音系的主要差異。

（一）閩南語的聲調系統

調類	陰平	陽平	陰上	陰去	陽去	陰入	陽入
調值	55	24	53	31	33	32	33

閩南語一般有七個調類，相應的調值如上表所示。這是臺灣閩南普通腔的聲調調值。

此外，閩南語單字調的讀法跟連讀時的讀法不同，自身交替式連讀變調是閩南語的一大特徵。此處再次簡略說明閩南語的連讀規則：

①陰平55調字，出現在任何聲調之前，變調調值為[33]。變調規則是55＞33。

②陽平24調字出現在任何聲調之前，變調調值為[33]。變調規則是24＞33。

③陰上53調字出現在任何聲調之前，變調調值為[55]。變調規則是53＞55。

④陰去31調字出現在任何聲調之前，變調調值為[53]。變調規則是31＞53。

⑤陽去33調字出現在任何聲調之前，變調調值為[11]。變調規則是33＞11。

⑥陰入32調字出現在任何聲調之前，變調調值為[55]。變調規則是32＞55。但若該字韻尾是-ʔ，變調後讀[53]，調型不同且舒聲化。

⑦陽入33調字出現在任何聲調之前，變調調值為[11]。變調規則是33＞11。若該字韻尾是-ʔ，變調後則讀[11]，調長延長。

（二）國語的聲調系統

調類	陰平	陽平	上聲	去聲
調值	55	35	214	51

國語的聲調只有四個調，比閩南語簡單很多，沒有入聲調是國語的主要特徵。

國語也有連讀變調。如果兩個上聲字相連，連讀時第一個上聲字[214]會改讀[14]，省略曲折調的第一段。例如「好感」[xau214＞14 kan214]。如果上聲字出現在非上聲字之前時，則改讀[21]，省略曲折調的後半段。例如「好人」[xau214＞21 zən35]。

（三）兩大音系的聲調差異

閩南語、國語聲調的主要不同大約有幾點：

1. 國語的聲調數目很少，只有四個調。閩南語一般有七個調，有的地區還有八個調。

2. 閩南語有入聲調，國語沒有入聲調。漢語系語言的入聲調搭配促音韻尾-p、-t、-k、-ʔ，國語沒有促音韻尾，所以就沒有入聲短調。

3. 閩南語的連讀規則屬於自身交替式，演變條件是該調自身；國語的連讀變調是鄰接交替式變調，變調條件是後字環境，隨後字環境而有不同的連讀現象。

閩南語與國語的聲調對應

　　整體看來，國語的聲調系統比閩南語簡單許多。國語和閩南語最明顯的聲調差異是入聲調的有無，閩南語讀入聲調的字，在國語裡讀一、二、三、四聲，以歷史語言學的音變名目來說，國語的演變是「入派三聲」，也就是「古入聲調」派入「平聲」、「上聲」、「去聲」三個調類之中。

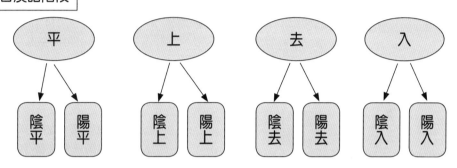

古漢語階段

　　古漢語本來是平、上、去、入四聲，後來因為各自又分為陰、陽兩調，所以由四調變為八調。

閩南語的聲調

　　閩南語的聲調跟古漢語八調系統很接近，除了陽上調歸入陽去調之中外，其餘的聲調都與古漢語相當。

國語的聲調

　　閩南語的陰入調、陽入調，在國語中分別派入陰平調、陽平調、上聲調以及去聲調之中，也就是分別派入今日國語的第一、第二、第三、第四聲之中。

8-4 聲母的對應一

下面列出國語和閩南語聲母對應關係，這樣的安排可以一目了然地參照國語和閩南語聲母差異點或相似處。

為了方便閱讀與比較，底下依照「國語聲母」的發音部位，依序分析國語、閩南語詳細的聲母對應情況。每組對應關係都會舉出實際的例字，各個例字先列國語讀音，再列閩南語讀音。

（一）唇音

國語共有/p/、/pʰ/、/m/、/f/四個以唇部發音的聲母。這些音的發音方法，包含了塞音、鼻音以及擦音。國語、閩南語的對應關係如下：

1. 國語讀/p/：閩南語讀/p/

例字如「八」[pa⁵⁵]：[pat³²]；「幫」[paŋ⁵⁵]：[paŋ⁵⁵]；「班」[pan⁵⁵]：[pan⁵⁵]；「白」[pai³⁵]：[peʔ³³]；「把」[pa²¹³]：[pe⁵³]。

2. 國語讀/pʰ/：閩南語讀/pʰ/

例字如「拍」[pʰai⁵⁵]：[pʰaʔ³²]；「跑」[pʰau²¹³]：[pʰau⁵³]；「普」[pʰu²¹³]：[pʰɔ⁵³]；「判」[pʰan⁵¹]：[pʰua³¹]；「破」[pʰuo⁵¹]：[pʰua³¹]。

3. 國語讀/m/：閩南語讀/b/

例字如「慢」[man⁵¹]：[ban³³]；「磨」[muo³⁵]：[bua²⁴]；「買」[mai²¹³]：[be⁵³]；「賣」[mai⁵¹]：[be³³]；「馬」[ma²¹³]：[be⁵³]。

閩南語/b/音位之下有[b]和[m]兩個同位音，[m]只出現在鼻化韻母或成音節鼻音之前。上舉國語和閩南語對應的例子，閩南語都是讀[b]。

國語讀[m]閩南語也讀[m]的例子，例如「明」[miŋ³⁵]：[miã²⁴]；「命」[miŋ⁵¹]：[miã³³]；「滿」[man²¹³]：[muã⁵³]；「麻」[ma³⁵]：[mã²⁴]；「麵」[mian⁵¹]：[mĩ³³]。

4. 國語讀/f/：閩南語讀/h/

例字如「方」[faŋ⁵⁵]：[hoŋ⁵⁵]；「福」[fu³⁵]：[hok³²]；「膚」[fu⁵⁵]：[hu⁵⁵]；「符」[fu³⁵]：[hu²⁴]；「腐」[fu²¹³]：[hu³³]。

（二）舌尖音

國語共有/t/、/tʰ/、/n/、/l/、/ts/、/tsʰ/、/s/七個以舌尖發音的聲母。這些音的發音方法，包含了塞音、鼻音、邊音、塞擦音以及擦音。國語、閩南語的對應關係如下：

1. 國語讀/t/：閩南語讀/t/

例字如「帶」[tai⁵¹]：[tua³¹]；「代」[tai⁵¹]：[tai³³]；「斗」[tou²¹³]：[tau⁵³]；「鼎」[tiŋ²¹³]：[tiã⁵³]；「刀」[tau⁵⁵]：[to⁵⁵]。

2. 國語讀/tʰ/：閩南語讀/tʰ/

例字如「通」[tʰuŋ⁵⁵]：[tʰoŋ⁵⁵]；「統」[tʰuŋ²¹³]：[tʰoŋ⁵³]；「添」[tʰien⁵⁵]：[tʰiam⁵⁵]；「聽」[tʰiŋ⁵⁵]：[tʰiã⁵⁵]；「討」[tʰau²¹³]：[tʰo⁵³]。

3. 國語讀/tʰ/：閩南語讀/t/

例字如「臺」[tʰai³⁵]：[tai²⁴]；「圖」[tʰu³⁵]：[tɔ²⁴]；「題」[tʰi³⁵]：[te²⁴]；「甜」[tʰien³⁵]：[tiam²⁴]；「投」[tʰou³⁵]：[tau²⁴]。

臺灣閩南語羅馬字拼音方案（一）

教育部於民國95年公布「臺灣閩南語羅馬字拼音方案」，這套方案是為了替閩南語書面化設計的，設計精神與國語的注音符號相當，目前已取得多數鄉土教學教材的共識和選用。閩南語羅馬字拼音方案，整合原有的傳統羅馬字（白話字、POJ）以及臺灣語言音標方案（TLPA）的閩南語音標而來。

底下列出本單元提及的國語、閩南語對應組合，以及各自相應的書寫符號，方便讀者學習與對照：

國語	注音符號	閩南語	臺灣閩南語羅馬字拼音方案
[p]	ㄅ	[p]	p
[pʰ]	ㄆ	[pʰ]	ph
[m]	ㄇ	[b]	b
		[m]	m
[f]	ㄈ	[h]	h
[t]	ㄉ	[t]	t
[tʰ]	ㄊ	[tʰ]	th

🖐 知識補充站

古漢語*d的濁音清化

國語讀/tʰ/、閩南語讀/t/的語音對應，若從歷史語言學的角度來思考，可發現對應關係形成的原因與漢語歷史上的「濁音清化音變」有關。這組字過去讀全濁聲母*d-，*d-聲母後來「濁音清化」，變成同部位的清音聲母，有的方言變成t-，有的方言變成tʰ-，有的方言t-或tʰ-都有，依照個別條件而定。國語讀/tʰ/閩南語讀/t/的語音對應，就是古代的*d-聲母字，在國語中清化變成tʰ-，但在閩南語中卻清化成為t-的緣故。

8-5 聲母的對應二

4. 國語讀/n/：閩南語讀/l/

例字如「南」[nan³⁵]：[lam²⁴]；「難」[nan³⁵]：[lam²⁴]；「念」[nien⁵¹]：[liam³³]。

閩南語/l/音位之下有[l]和[n]兩個同位音，[l]只出現在鼻化韻母或成音節鼻音之前。上述國語和閩南語對應的例子，閩南語都讀[l]。國語讀[n]閩南語也讀[n]的例子，如「娘」[niaŋ³⁵]：[niã²⁴]；「腦」[nau²¹³]：[naũ⁵³]；「鬧」[nau⁵¹]：[naũ³³]；「年」[ni³⁵]：[nĩ²⁴]。

5. 國語讀/l/：閩南語讀/l/

例字如「粒」[li⁵¹]：[liap³³]；「覽」[lan²¹³]：[lam⁵³]；「林」[lin³⁵]：[lim²⁴]；「雷」[lei³⁵]：[lui²⁴]；「類」[lei⁵¹]：[lui³³]。

6. 國語讀/ts/：閩南語讀/ts/

例字如「災」[tsai⁵⁵]：[tsai⁵⁵]；「租」[tsu⁵⁵]：[tsɔ⁵⁵]；「足」[tsu³⁵]：[tsiok³²]；「坐」[tsuo⁵¹]：[tse³³]；「在」[tsai⁵¹]：[tsai³³]。

7. 國語讀/tsʰ/：閩南語讀/tsʰ/

例字如「粗」[tsʰu⁵⁵]：[tsʰɔ⁵⁵]；「草」[tsʰau²¹³]：[tsʰau⁵³]；「猜」[tsʰai⁵⁵]：[tsʰai⁵⁵]；「彩」[tsʰai²¹³]：[tsʰai⁵³]；「莱」[tsʰai⁵¹]：[tsʰai³¹]。

8. 國語讀/tsʰ/：閩南語讀/ts/

例字如「財」[tsʰai³⁵]：[tsai²⁴]；「材」[tsʰai³⁵]：[tsai²⁴]；「層」[tsʰən³⁵]：[tsan²⁴]；「叢」[tsʰuŋ³⁵]：[tsaŋ²⁴]；「槽」[tsʰau³⁵]：[tso²⁴]。

9. 國語讀/s/：閩南語讀/s/

例字如「賽」[sai⁵¹]：[sai³¹]；「三」[san⁵⁵]：[sã⁵⁵]；「算」[suan⁵¹]：[sŋ³¹]；「色」[sɤ⁵¹]：[sik³²]；「所」[suo²¹³]：[sɔ⁵³]。

（三）捲舌音

國語的捲舌音共有/tʂ/、/tʂʰ/、/ʂ/、/z/四個聲母。這些音的發音方法，包含了塞擦音以及擦音。其中又以/z/聲母最特別，這個聲母是國語音系中唯一的一個「濁擦音」。國語、閩南語的對應關係如下：

1. 國語讀/tʂ/：閩南語讀/t/

例字如「張」[tʂaŋ⁵⁵]：[tiũ⁵⁵]；「珍」[tʂən⁵⁵]：[tin⁵⁵]；「追」[tʂuei⁵⁵]：[tui⁵⁵]；「晝」[tʂou⁵¹]：[tau³¹]。

2. 國語讀/tʂ/：閩南語讀/ts/

例字如「債」[tʂai⁵¹]：[tse³¹]；「裝」[tʂuaŋ⁵⁵]：[tsŋ⁵⁵]；「助」[tʂu⁵¹]：[tso³³]；「汁」[tʂʅ⁵⁵]：[tsiap³²]；「州」[tʂou⁵⁵]：[tsiu⁵⁵]。

3. 國語讀/tʂʰ/：閩南語讀/t/

例字如「池」[tʂʰʅ³⁵]：[ti²⁴]；「腸」[tʂʰaŋ³⁵]：[tŋ²⁴]；「陳」[tʂʰən³⁵]：[tan²⁴]；「除」[tʂʰu³⁵]：[ti²⁴]；「籌」[tʂʰou³⁵]：[tiu²⁴]。

4. 國語讀/tʂʰ/：閩南語讀/tʰ/

例字如「抽」[tʂʰou⁵⁵]：[tʰiu⁵⁵]；「趁」[tʂʰən⁵¹]：[tʰan²¹³]；「恥」[tʂʰʅ²¹³]：[tʰi⁵³]；「暢」[tʂʰaŋ⁵¹]：[tʰioŋ³¹]。

臺灣閩南語羅馬字拼音方案（二）

底下列出本單元提及的國語、閩南語語音對應組合，以及各自相應的注音、臺灣閩南語羅馬字拼音系統的書寫符號，方便讀者學習與對照：

國語	注音符號	閩南語	臺灣閩南語羅馬字拼音方案
[n]	ㄋ	[l] [n]	l n
[l]	ㄌ	[l]	l
[ts]	ㄗ	[ts]	ts
[tsʰ]	ㄘ	[tsʰ]	tsh
[s]	ㄙ	[s]	s
[tʂ]	ㄓ	[t] [ts]	t ts
[tʂʰ]	ㄔ	[tʰ] [tsʰ]	th tsh

> 國語讀捲舌音，閩南語除了讀不捲舌的舌尖塞擦音[ts]、[tsʰ]外，還有不少讀舌尖塞音[t]、[tʰ]的例子。

🔔 知識補充站

國語中的[z]

　　有些學者則認為注音符號「ㄖ」，不應該被描寫為[z]，應該描寫為[r]。[z]是一個相當難發的語音，在世界語言中也不多見，國語系統中也沒有與[z]平行的語音。反之，[r]是世界語言中常見的語音，若將此音改描寫為[r]，在國語中可與[l]（注音符號「ㄌ」）相對稱，可能是更好的語音描寫方式。

8-6 聲母的對應三

5. **國語讀/tʂʰ/：閩南語讀/tsʰ/**

例字如「車」[tʂʰɤ⁵⁵]：[tsʰia⁵⁵]；「察」[tʂʰa³⁵]：[tsʰat³²]；「差」[tʂʰai⁵⁵]：[tsʰai⁵⁵]；「炊」[tʂʰuei⁵⁵]：[tsʰue⁵⁵]。

6. **國語讀/tʂʰ/：閩南語讀/s/**

例字如「酬」[tʂʰou³⁵]：[siu²⁴]；「常」[tʂʰaŋ³⁵]：[sioŋ²⁴]；「成」[tʂʰən³⁵]：[siŋ²⁴]；「垂」[tʂʰuei³⁵]：[sui²⁴]；「臣」[tʂʰən³⁵]：[sin²⁴]。

7. **國語讀/ʂ/：閩南語讀/s/**

例字如「十」[ʂɻ³⁵]：[tsap³³]；「善」[ʂan⁵¹]：[san³³]；「山」[ʂan⁵⁵]：[suã⁵⁵]；「受」[ʂou⁵¹]：[siu³³]。

8. **國語讀/ʐ/：閩南語讀/dz/**

例字如「柔」[ʐou³⁵]：[dziu²⁴]；「人」[ʐən³⁵]：[dzin²⁴]；「然」[ʐan³⁵]：[dzien²⁴]；「認」[ʐən⁵¹]：[dzin³³]。

9. **國語讀/ʐ/：閩南語讀/0/**

例字如「容」[ʐuŋ³⁵]：[ioŋ²⁴]；「蓉」[ʐuŋ³⁵]：[ioŋ²⁴]；「融」[ʐuŋ³⁵]：[ioŋ²⁴]。

（四）顎化音

國語的顎化音共有/tɕ/、/tɕʰ/、/ɕ/三個聲母。這些音的發音方法，包含了塞擦音以及擦音。國語、閩南語的對應關係如下：

1. **國語讀/tɕ/：閩南語讀/ts/**

例字如「煎」[tɕien⁵⁵]：[tsuã⁵⁵]；「節」[tɕie³⁵]：[tsiet³²]；「漸」[tɕien⁵³]：[tsiam³¹]；「集」[tɕi³⁵]：[tsip³³]；「絕」[tɕye³⁵]：[tsuat³³]。

2. **國語讀/tɕ/：閩南語讀/k/**

例字如「加」[tɕia⁵⁵]：[ka⁵⁵]；「軍」[tɕyn⁵⁵]：[kun⁵⁵]；「局」[tɕy³⁵]：[kiok³³]；「件」[tɕien⁵¹]：[kiã³³]。

3. **國語讀/tɕʰ/：閩南語讀/tsʰ/**

例字如「七」[tɕʰi⁵⁵]：[tsʰit³²]；「青」[tɕʰiŋ⁵⁵]：[tsʰẽ⁵⁵]；「牆」[tɕʰiaŋ³⁵]：[tsʰiũ²⁴]；「侵」[tɕʰin⁵⁵]：[tsʰim⁵⁵]。

4. **國語讀/tɕʰ/：閩南語讀/k/**

例字如「奇」[tɕʰi³⁵]：[ki²⁴]；「橋」[tɕʰiau³⁵]：[kio²⁴]；「群」[tɕʰyn³⁵]：[kun²⁴]；「棋」[tɕʰi³⁵]：[ki²⁴]。

5. **國語讀/tɕʰ/：閩南語讀/kʰ/**

例字如「曲」[tɕʰy²¹³]：[kʰiok³²]；「區」[tɕʰy⁵⁵]：[kʰi⁵⁵]；「騎」[tɕʰi³⁵]：[kʰia²⁴]；「芹」[tɕʰin³⁵]：[kʰin²⁴]。

6. **國語讀/ɕ/：閩南語讀/s/**

例字如「習」[ɕi³⁵]：[sip³³]；「西」[ɕi⁵⁵]：[sai⁵⁵]；「寫」[ɕie²¹³]：[sia⁵³]；「相」[ɕiaŋ⁵¹]：[sioŋ³³]；「謝」[ɕie⁵¹]：[sia³³]。

7. **國語讀/ɕ/：閩南語讀/tsʰ/**

例字如「象（大象，動物）」[ɕiaŋ⁵¹]：[tsʰiũ⁵¹]；「像」[ɕiaŋ⁵¹]：[tsʰiũ³³]；「星」[ɕiŋ⁵⁵]：[tsʰẽ⁵⁵]；「醒」[ɕiŋ²¹³]：[tsʰẽ⁵³]。

臺灣閩南語羅馬字拼音方案（三）

　　底下列出本單元提及的國語、閩南語語音對應組合，以及各自相應的注音、臺灣閩南語羅馬字拼音系統的書寫符號，方便讀者學習與對照：

國語	注音符號	閩南語	臺灣閩南語羅馬字拼音方案
[ʂ]	ㄕ	[s]	s
[z]	ㄖ	[dz]	j
[tɕ]	ㄐ	[ts]	ts
		[k]	k
[tɕʰ]	ㄑ	[tsʰ]	tsh
		[kʰ]	kh
[ɕ]	ㄒ	[s]	s
		[h]	h

🔌 知識補充站

國語顎化音的歷史來源

　　國語的顎化音聲母[tɕ]（「ㄐ」）、[tɕʰ]（「ㄑ」）、[ɕ]（「ㄒ」），從歷史語言學的角度來觀察，可以發現這一系列的字有兩股來源，分別是中世紀古漢語讀*ts-、*tsʰ-、*s-的字群，以及中世紀古漢語讀*k-、*kʰ-、*h-的字群。稍微比較一下就可發現，這兩股來源在今日的閩南語中還是讀ts-、tsʰ-、s-和k-、kʰ-、h-，閩南語的存古性可見一斑。

8-7 聲母的對應四

8. 國語讀/ɕ/：閩南語讀/h/
　　例字如「孝」[ɕiau⁵¹]：[hau³¹]；「學」[ɕye³⁵]：[hak³²]。

（五）舌根音
　　國語的舌根音共有/k/、/kʰ/、/x/三個聲母。這些音的發音方法，包含了塞音以及擦音。國語、閩南語的對應關係如下：

1. 國語讀/k/：閩南語讀/k/
　　例字如「港」[kaŋ²¹³]：[kaŋ⁵³]；「貴」[kue⁵¹]：[kui³¹]；「該」[kai⁵⁵]：[kai⁵⁵]；「跪」[kue⁵¹]：[kui³³]；「甘」[kan⁵⁵]：[kam⁵⁵]。

2. 國語讀/kʰ/：閩南語讀/kʰ/
　　例字如「口」[kʰou²¹³]：[kʰau⁵³]；「康」[kʰaŋ⁵⁵]：[kʰɔŋ⁵⁵]；「考」[kʰau²¹³]：[kʰo⁵³]；「靠」[kʰau⁵¹]：[kʰo³¹]；「開」[kʰai⁵⁵]：[kʰui⁵⁵]。

3. 國語讀/x/：閩南語讀/h/
　　例字如「海」[xai²¹³]：[hai⁵³]；「虎」[xu²¹³]：[hɔ⁵³]；「孩」[xai³⁵]：[hai²⁴]；「禍」[xuo⁵¹]：[ho³³]；「鬍」[xu³⁵]：[hɔ²⁴]。

4. 國語讀/x/：閩南語讀/0/
　　例字如「黃」[xuaŋ³⁵]：[ŋ²⁴]；「下」[xia⁵¹]：[e³³]；「廈」[xia⁵¹]：[e³³]；「湖」[xu³⁵]：[ɔ²⁴]；「鞋」[xie³⁵]：[e²⁴]。

（六）零聲母
　　國語有一個零聲母音位，也就是聲母的位置沒有輔音。我們這邊標示為/0/。國語、閩南語的對應關係如下：

1. 國語讀/0/：閩南語讀/b/
　　例字如「萬」[uan⁵¹]：[ban³³]；「亡」[uaŋ³⁵]：[bɔŋ²⁴]；「無」[u³⁵]：[bo²⁴]；「物」[u⁵¹]：[but³³]；「文」[un³⁵]：[bun²⁴]。

2. 國語讀/0/：閩南語讀/dz/
　　例字如「兒」[ər³⁵]：[dzi²⁴]；「二」[ər⁵¹]：[dzi³³]；「愉」[y³⁵]：[dzu²⁴]；「裕」[y⁵¹]：[dzu³³]。

3. 國語讀/0/：閩南語讀/g/
　　例字如「牙」[ia³⁵]：[ge²⁴]；「眼」[ien²¹³]：[gan⁵³]；「宜」[i³⁵]：[gi²⁴]；「危」[ue³⁵]：[gui²⁴]；「月」[ye⁵¹]：[gueʔ³³]。

　　閩南語/g/音位之下有[g]和[ŋ]兩個同位音，[ŋ]只出現在鼻化韻母或成音節鼻音之前。上述國語和閩南語對應的例子，閩南語都讀[g]。國語讀[0]閩南語讀[ŋ]的例子，如「雅」[ia²¹³]：[ŋã⁵³]；「吳」[u³⁵]：[ŋɔ²⁴]；「五」[u²¹³]：[ŋɔ⁵³]；「俄」[ɤ⁵¹]：[ŋɔ²⁴]；「迎」[iŋ³⁵]：[ŋiã²⁴]。

4. 國語讀/0/：閩南語讀/h/
　　例字如「艾」[ai⁵¹]：[hiã³³]；「蟻」[i²¹³]：[hiã³³]；「岸」[an⁵¹]：[huã³³]；「魚」[y³⁵]：[hi²⁴]；「瓦」[ua²¹³]：[hia³³]。

5. 國語讀/0/：閩南語讀/0/
　　例字如「鴨」[ia⁵⁵]：[aʔ³²]；「灣」[uan⁵⁵]：[uan⁵⁵]；「王」[uaŋ³⁵]：[ɔŋ²⁴]；「位」[uei⁵¹]：[ui³³]；「羊」[iaŋ³⁵]：[iũ²⁴]。

臺灣閩南語羅馬字拼音方案（四）

　　底下列出本單元提及的國語、閩南語語音對應組合，以及各自相應的注音、臺灣閩南語羅馬字拼音系統的書寫符號，方便讀者學習與對照：

國語	注音符號	閩南語	臺灣閩南語羅馬字拼音方案
[k]	ㄍ	[k]	k
[kʰ]	ㄎ	[kʰ]	kh
[x]	ㄏ	[h]	h
[0]	--	[0]	--
[0]	--	[b]	b
		[dz]	j
		[g]	g
		[ŋ]	ng
		[h]	h

> 零聲母就是聲母位置沒有輔音，所以IPA是沒有特定符號的。為了標示方便，這裡暫時以數字0代替。注音符號和閩南語的羅馬拼寫系統，也沒有替零聲母制訂專用的符號。

知識補充站

閩南語的零聲母

　　閩南語的「零聲母」，有時候帶有[ʔ]分音，也就是在聲母的位置上有個喉塞音，羅常培（1930）《廈門音系》記錄的廈門話，就把這個音位描寫為/ʔ/。不過，現在一般都把閩南語這個音位描寫為零聲母。

8-8 韻母的對應一

　　底下列出國語和閩南語的韻母對應關係。韻母的對應比較複雜，下面的章節依照國語韻母的音節結構，依序說明國語對應到閩南語之後，各個韻母會有的閩南語讀法。

　　每個組合都舉出幾個實際例字，每個例字的第一個讀音是國語的讀法，第二個讀音是閩南語的讀法。

（一）韻母結構：V

　　這個結構的語音成分只有主要元音（V）。國語共有/i/、/u/、/y/、/a/、/o/、/ɤ/六個舌面元音韻母，和/ɿ/、/ʅ/兩個舌尖元音韻母。/ʅ/為捲舌韻母，/ɿ/為不捲舌韻母。國語、閩南語的對應關係如下：

1. 國語讀/i/：

(1)閩南語讀/i/：例字如「利」[li⁵¹]：[li³³]；「李」[li²¹³]：[li⁵³]；「機」[tɕi⁵⁵]：[ki⁵⁵]；「奇」[tɕʰi³⁵]：[ki²⁴]。

(2)閩南語讀/ui/：例字如「季」[tɕi⁵¹]：[kui³¹]；「氣」[tɕʰi⁵¹]：[kʰui³¹]；「幾」[tɕi²¹³]：[kui⁵³]。

(3)閩南語讀/ip/：例字如「立」[li⁵¹]：[lip³³]；「急」[tɕi³⁵]：[kip³²]；「習」[ɕi³⁵]：[sip³³]；「給」[tɕi²¹³]：[kip³²]。

(4)閩南語讀/it/：例字如「筆」[pi²¹³]：[pit³²]；「一」[i⁵⁵]：[it³²]；「七」[tɕʰi⁵⁵]：[tsʰit³²]。

(5)閩南語讀/ik/：例字如「息」[ɕi³⁵]：[sik³²]；「席」[ɕi³⁵]：[sik³²]；「績」[tɕi⁵⁵]：[tsik³²]。

2. 國語讀/u/：

(1)閩南語讀/u/：例字如「書」[ʂu⁵⁵]：[tsu⁵⁵]；「府」[fu²¹³]：[hu⁵³]；「輸」[ʂu⁵⁵]：[su⁵⁵]；「富」[fu⁵¹]：[hu³¹]。

(2)閩南語讀/ɔ/：例字如「補」[pu²¹³]：[pɔ⁵³]；「部」[pu⁵¹]：[pɔ³³]；「肚」[tu⁵¹]：[tɔ³³]；「助」[tʂu⁵¹]：[tsɔ³³]。

(3)閩南語讀/ɔ̃/：例字如「吳」[u³⁵]：[ŋɔ̃²⁴]；「五」[u²¹³]：[ŋɔ̃⁵³]；「梧」[u³⁵]：[ŋɔ̃²⁴]；「誤」[u⁵¹]：[ŋɔ̃³³]。

(4)閩南語讀/ut/：例字如「卒」[tsu³⁵]：[tsut³³]；「骨」[ku²¹³]：[kut³²]；「出」[tʂʰu⁵⁵]：[tsʰut³²]；「術」[ʂu⁵¹]：[sut³³]。

(5)閩南語讀/ok/：例字如「木」[mu⁵¹]：[bok³³]；「毒」[tu³⁵]：[tok³³]；「福」[fu³⁵]：[hok³²]；「目」[mu⁵¹]：[bok³³]。

(6)閩南語讀/iok/：例字如「陸」[lu⁵¹]：[liok³³]；「祝」[tʂu⁵¹]：[tsiok³²]；「足」[tsu³⁵]：[tsiok³²]；「畜」[tʂʰu⁵¹]：[tʰiok³³]。

3. 國語讀/y/：

(1)閩南語讀/u/：例字如「女」[ny²¹³]：[lu⁵³]；「旅」[ly²¹³]：[lu⁵³]；「需」[tɕy⁵⁵]：[su⁵⁵]；「雨」[y²¹³]：[u⁵³]。

臺灣閩南語羅馬字拼音方案（五）

　　底下列出本單元提及的國語、閩南語語音對應組合，以及各自相應的注音、臺灣閩南語羅馬字拼音系統的書寫符號，方便讀者學習與對照：

國語	注音符號	閩南語	臺灣閩南語羅馬字拼音方案
[i]	一	[i]	i
		[ui]	ui
		[ip]	ip
		[it]	it
		[ik]	ik
[u]	ㄨ	[u]	u
		[ɔ]	oo
		[ɔ̃]	oonn
		[ut]	ut
		[ok]	ok
		[iok]	iok

知識補充站

閩南語-ɔ元音的標音沿革

　　過去閩南教羅體系的書寫傳統，一般把閩南語的-ɔ元音書寫為「o·」，95年教育部國教司公告的最新閩南臺羅拼音方案，已將這個元音的書寫方式修訂為「oo」，將過去常用的「o·」另立為傳統版書寫法。新的書寫方式已經取得多數學者的共識，並通用於一般的鄉土教材之中。

8-9 韻母的對應二

(2)閩南語讀/ut/：例字如「律」[ly⁵¹]：[lut³³]；「屈」[tɕʰy⁵⁵]：[kʰut³²]。

(3)閩南語讀/iok/：例字如「局」[tɕy³⁵]：[kiok³³]；「菊」[tɕy³⁵]：[kiok³²]；「浴」[y⁵¹]：[iok³³]。

(4)閩南語讀/ik/：例字如「玉」[y⁵¹]：[gik³³]；「曲」[tɕʰy²¹³]：[kʰik³³]。

4. **國語讀/a/：**
(1)閩南語讀/a/：例字如「把」[pa²¹³]：[pe⁵³]；「霸」[pa⁵¹]：[pa³¹]；「查」[tʂʰa³⁵]：[tsa⁵⁵]。

(2)閩南語讀/ap/：例字如「答」[ta³⁵]：[tap³²]；「榻」[tʰa⁵¹]：[tʰap³²]；「納」[na⁵¹]：[lap³³]。

(3)閩南語讀/at/：例字如「達」[ta³⁵]：[tat³²]；「察」[tʂʰa³⁵]：[tsʰat³²]；「八」[pa⁵⁵]：[pat³²]；「擦」[tsʰa⁵⁵]：[tsʰat³²]。

(4)閩南語讀/uat/：例字如「法」[fa²¹³]：[huat³²]；「髮」[fa²¹³]：[huat³²]；「發」[fa⁵⁵]：[huat³²]；「罰」[fa³⁵]：[huat³³]。

5. **國語讀/o/：**
(1)閩南語讀/o/：例字如「波」[pʰo⁵⁵]：[pʰo⁵⁵]；「頗」[pʰo²¹³]：[pʰo⁵³]；「破」[pʰo⁵¹]：[pʰo³¹]。

(2)閩南語讀/ɔ̃/：例字如「摸」[mo⁵⁵]：[mɔ̃⁵⁵]；「磨」[mo³⁵]：[mɔ̃²⁴]；

「魔」[mo³⁵]：[mɔ̃²⁴]。

(3)閩南語讀/uaʔ/：例字如「撥」[po⁵⁵]：[puaʔ³²]；「潑」[pʰo⁵⁵]：[pʰuaʔ³²]；「末」[mo⁵¹]：[buaʔ³³]。

(4)閩南語讀/ak/：例字如「剝」[po⁵⁵]：[pak³²]；「墨」[mo⁵¹]：[bak³³]；「默」[mo⁵¹]：[bak³³]。

(5)閩南語讀/ok/：例字如「博」[po³⁵]：[pʰok³²]；「薄」[po³⁵]：[pok³³]。

(6)閩南語讀/ik/：例字如「魄」[pʰo⁵¹]：[pʰik³²]；「迫」[pʰo⁵¹]：[pʰik³²]。

6. **國語讀/ɤ/**
(1)閩南語讀/ia/：例字如「遮」[tʂɤ⁵⁵]：[tsia⁵⁵]；「車」[tʂʰɤ⁵⁵]：[tsʰia⁵⁵]；「社」[ʂɤ⁵¹]：[sia³³]。

(2)閩南語讀/ɔ̃/：例字如「鵝」[ɤ³⁵]：[ŋɔ̃²⁴]；「俄」[ɤ⁵¹]：[ŋɔ̃²⁴]。

(3)閩南語讀/o/：例字如「歌」[kɤ⁵⁵]：[ko⁵⁵]；「可」[kʰɤ²¹³]：[kʰo⁵³]；「賀」[xɤ⁵¹]：[ho³³]；「科」[kʰɤ⁵⁵]：[kʰo⁵⁵]。

(4)閩南語讀/ap/：例字如「合」[xɤ³⁵]：[hap³³]；「盒」[xɤ³⁵]：[ap³³]。

(5)閩南語讀/iet/：例字如「哲」[tʂɤ³⁵]：[tiet³²]；「折」[tʂɤ³⁵]：[tsiet³²]；「熱」[zɤ⁵¹]：[dziet³³]；「徹」[tʂʰɤ⁵¹]：[tʰiet³²]。

臺灣閩南語羅馬字拼音方案（六）

　　底下列出本單元提及的國語、閩南語語音對應組合，以及各自相應的注音、臺灣閩南語羅馬字拼音系統的書寫符號，方便讀者學習與對照：

國語	注音符號	閩南語	臺灣閩南語羅馬字拼音方案
[y]	ㄩ	[u]	u
		[ut]	ut
		[iok]	iok
		[ik]	ik
[a]	ㄚ	[a]	a
		[ap]	ap
		[at]	at
		[uat]	uat
[o]	ㄛ	[o]	o
		[ɔ̃]	oonn
		[uaʔ]	uah
		[ak]	ak
		[ok]	ok
		[ik]	ik
[ɤ]	ㄜ	[ia]	ia
		[ɔ̃]	oonn
		[o]	o
		[ap]	ap
		[iet]	iat
		[ok]	ok
		[ik]	ik
		[uaʔ]	uah

閩南語的韻母/iet/，因過去一直描寫為/iat/，所以閩南語羅馬字的書寫制訂，仍然沿襲了這個辦法，書寫體定為 iat。

第8章　閩南語與國語的對應

8-10 韻母的對應三

(6)閩南語讀/ok/：例字如「樂」[lɤ⁵¹]：
[lok³³]；「各」[kɤ⁵¹]：[kok³²]。

(7)閩南語讀/ik/：例字如「得」[tɤ³⁵]：
[tik³²]；「特」[tʰɤ⁵¹]：[tik³³]；
「色」[sɤ⁵¹]：[sik³²]。

(8)閩南語讀/uaʔ/：例字如「割」
[kɤ⁵⁵]：[kuaʔ³²]。

7. 國語讀/ɤ/、/ʅ/：

(1)閩南語讀/e/：例字如「制」[tsʅ⁵¹]：
[tse³¹]；「世」[sʅ⁵¹]：[se³¹]；「勢」
[sʅ⁵¹]：[se³¹]；「誓」[sʅ⁵¹]：[se³¹]。

(2)閩南語讀/i/：例字如「知」[tsʅ⁵⁵]：
[ti⁵⁵]；「池」[tsʰʅ³⁵]：[ti²⁴]；「子」
[tsʅ²¹³]：[tsi⁵³]；「字」[tsʅ⁵¹]：[li³³]。

(3)閩南語讀/u/：例字如「師」[sʅ⁵⁵]：
[su⁵⁵]；「私」[sʅ⁵⁵]：[su⁵⁵]；「事」
[sʅ⁵¹]：[su³³]；「資」[tsʅ⁵⁵]：[tsu⁵⁵]。

(4)閩南語讀/ip/：例字如「執」[tsʅ³⁵]：
[tsip³²]；「濕」[sʅ⁵⁵]：[sip³²]。

(5)閩南語讀/it/：例字如「日」[zʅ⁵¹]：
[dzit³³]；「實」[sʅ³⁵]：[sit³³]；「直」
[tsʅ³⁵]：[tit³³]；「食」[sʅ³⁵]：[sit³³]。

(6)閩南語讀/ik/：例字如「適」[sʅ⁵¹]：
[sik³²]；「斥」[tsʰʅ⁵¹]：[tʰik³²]。

(7)閩南語讀/ioʔ/：例字如「尺」
[tsʰʅ²¹³]：[tsʰioʔ³²]；「石」[sʅ³⁵]：
[tsioʔ³³]。

（二）韻母結構：M＋V

這個結構由介音（M）和主要元音（V）組成。國話的介音有-i-、-u-、-y-三個，比閩南語多出了-y-介音。此結構國語共有/ia/、/ua/、/uo/、/ie/、/ye/等五個韻母。國語、閩南語的對應關係如下：

1. 國語讀/ia/：
(1)閩南語讀/a/：例字如「加」[tɕia⁵⁵]：
[ka⁵⁵]；「夏」[ɕia⁵¹]：[ha³³]；
「鴉」[ia⁵⁵]：[a⁵⁵]。

(2)閩南語讀/ap/：例字如「壓」[ia⁵⁵]：
[ap³²]；「匣」[ɕia³⁵]：[hap³³]。

(3)閩南語讀/aʔ/：例字如「鴨」[ia⁵⁵]：
[aʔ³²]；「甲」[tɕia²¹³]：[kaʔ³²]。

2. 國語讀/ua/：
(1)閩南語讀/ua/：例字如「瓜」
[kua⁵⁵]：[kua⁵⁵]；「掛」[kua⁵¹]：
[kua³¹]；「華」[hua³⁵]：[hua²⁴]。

(2)閩南語讀/uat/：例字如「刷」
[ʂua⁵⁵]：[suat³²]；「挖」[ua⁵⁵]：
[uat³²]。

3. 國語讀/uo/：
(1)閩南語讀/ue/：例字如「火」
[xuo²¹³]：[hue⁵³]；「貨」[xuo⁵¹]：
[hue³¹]；「過」[kuo⁵¹]：[kue³¹]。

(2)閩南語讀/o/：例字如「果」
[kuo²¹³]：[ko⁵³]；「鎖」[suo²¹³]：
[so⁵³]；「左」[tsuo²¹³]：[to³¹]。

臺灣閩南語羅馬字拼音方案（七）

　　底下列出本單元提及的國語、閩南語語音對應組合，以及各自相應的注音、臺灣閩南語羅馬字拼音系統的書寫符號，方便讀者學習與對照：

國語	注音符號	閩南語	臺灣閩南語羅馬字拼音方案
[ɿ] [ʅ]	空韻	[e] [i] [u] [ip] [it] [ik] [ioʔ]	e i u ip it ik ioh
[ia]	ㄧ ㄚ	[a] [ap] [aʔ]	a ap ah
[ua]	ㄨ ㄚ	[ua] [uat]	ua uat

> 國語的舌尖元音只能單獨出現，且-ʅ元音只搭配tʂ-系聲母，而-ɿ元音只搭配ts-系聲母，因此注音符號並沒有特別設計出這兩個韻母的符號，而是包含在相關的聲母符號「ㄓ」、「ㄔ」、「ㄕ」、「ㄖ」、「ㄗ」、「ㄘ」、「ㄙ」之下。

知識補充站

閩南人發國語的-y-介音

　　閩南語沒有-y元音，-y是閩南人很難掌握的一個語音。在臺灣很常聽見閩南語慣用者把國語的-y-介音發成-i-介音，這是一種不完全的學習。會把國語的-y-發成-i-的原因是，-i-跟-y-都是「前」、「高」舌面元音，兩個音的發音部位相同，差異只在於唇型的圓展，-i-是展唇元音，-y-則是圓唇元音。對於閩南人來說，-i-是系統中最接近-y-的音，因此用-i-來替代-y-。

　　閩南語的另一個介音是-u-，-u-是「後」、「高」、「圓唇」元音，-u-跟-y-的高度及唇型相同，但是閩南人選用-i-來替代-y-，可見對於閩南人來說，「發音部位的前後」比「唇型圓展」更容易掌握。

8-11 韻母的對應四

(3)閩南語讀 / u a t /：例字如「脫」[tʰuo⁵⁵]：[tʰuat³²]；「奪」[tuo³⁵]：[tuat³³]；「活」[xuo³⁵]：[huat³³]。

(4)閩南語讀 / o k /：例字如「落」[luo⁵¹]：[lok³³]；「作」[tsuo⁵¹]：[tsok³²]；「國」[kuo³⁵]：[kok³²]；「擴」[kʰuo⁵¹]：[kʰok³²]。

(5)閩南語讀 / i o k /：例字如「弱」[ʐuo⁵¹]：[dziok³³]；「著」[tʂuo³⁵]：[tiok³³]。

(6)閩南語讀 / i k /：例字如「或」[xuo⁵¹]：[hik³³]。

(7)閩南語讀 / u a ʔ /：例字如「活」[huo³⁵]：[uaʔ³³]；「闊」[kʰuo⁵¹]：[kʰuaʔ³³]。

4. 國語讀/ie/：

(1)閩南語讀 / i a /：例字如「寫」[ɕie²¹³]：[sia⁵³]；「謝」[ɕie⁵¹]：[sia³³]；「邪」[ɕie³⁵]：[sia²⁴]；「且」[tɕʰie²¹³]：[tsʰia⁵³]。

(2)閩南語讀 / a i /：例字如「界」[tɕie⁵¹]：[kai³¹]；「皆」[tɕie⁵⁵]：[kai⁵⁵]；「解」[tɕie²¹³]：[kai⁵³]；「介」[tɕie⁵¹]：[kai³¹]。

(3)閩南語讀 / i a p /：例字如「接」[tɕie⁵⁵]：[tsiap³²]；「脅」[ɕie³⁵]：[hiap³³]；「業」[ie⁵¹]：[iap³³]；「帖」[tʰie²¹³]：[tʰiap³²]。

(4)閩南語讀 / i e t /：例字如「滅」[mie⁵¹]：[biet³³]；「節」[tɕie³⁵]：[tsiet³²]；「切」[tɕʰie⁵⁵]：[tsʰiet³²]。

5. 國語讀/ye/：

(1)閩南語讀 / i a /：例字如「靴」[ɕye⁵⁵]：[hia⁵⁵]。

(2)閩南語讀/iet/：例字如「悅」[ye⁵¹]：[iet³³]；「閱」[ye⁵¹]：[iet³³]。

(3)閩南語讀 / u a t /：例字如「絕」[tɕye³⁵]：[tsuat³³]；「雪」[ɕye²¹³]：[suat³²]；「決」[tɕye³⁵]：[kuat³²]；「缺」[tɕʰye⁵⁵]：[kʰuat³²]。

(4)閩南語讀 / a k /：例字如「確」[tɕʰye⁵¹]：[kʰak³²]；「學」[ɕye³⁵]：[hak³³]；「樂」[ye⁵¹]：[gak³³]；「覺」[tɕye³⁵]：[kak³²]。

(5)閩南語讀 / i o k /：例字如「略」[lye⁵¹]：[liok³³]；「約」[ye⁵⁵]：[iok³²]；「卻」[tɕʰye⁵¹]：[kʰiok³²]。

(三) 韻母結構：V+E₁

　　這個結構由主要元音（V）和元音性韻尾（E₁）組成。國語的元音性韻尾有-i和-u兩個，共有/ai/、/ei/、/au/、/ou/四個此種結構的韻母。國語、閩南語的對應關係如下：

1. 國語讀/ai/：

(1)閩南語讀 / a i /：例字如「臺」[tʰai³⁵]：[tai²⁴]；「來」[lai³⁵]：[lai²⁴]。

臺灣閩南語羅馬字拼音方案（八）

　　底下列出本單元提及的國語、閩南語語音對應組合，以及各自相應的注音、臺灣閩南語羅馬字拼音系統的書寫符號，方便讀者學習與對照：

> M＋V結構，國語注音符號系統用兩個符號相拼。

國語	注音符號	閩南語	臺灣閩南語羅馬字拼音方案
[uo]	ㄨㄛ	[ue]	ue
		[o]	o
		[uat]	uat
		[ok]	ok
		[iok]	iok
		[ik]	ik
		[uaʔ]	uah
[ie]	ㄧㄝ	[ia]	ia
		[ai]	ai
		[iap]	iap
		[iet]	iat
[ye]	ㄩㄝ	[ia]	ia
		[iet]	iat
		[uat]	uat
		[ak]	ak
		[iok]	iok

知識補充站

閩南語個別字喉塞韻尾弱化

　　本節舉到的例字「活」，目前在臺灣地區很常聽見的讀音是[ua³³]，輔音韻尾-ʔ已經弱化消失，調長也延長為舒聲調。這是個別字發生的音變，因為閩南語中讀相同韻母的「闊」字，喉塞尾-ʔ沒有脫落，仍然是讀[]kʰuaʔ³²]。

8-12 韻母的對應五

(2)閩南語讀/ui/：例字如「開」
[kʰai⁵⁵]：[kʰui⁵⁵]。

(3)閩南語讀/e/：例字如「胎」[tʰai⁵⁵]：
[tʰe⁵⁵]；「袋」[tai⁵¹]：[te³³]；「齋」
[tsai⁵⁵]：[tse⁵⁵]；「債」[tsai⁵¹]：[tse³¹]。

(4)閩南語讀/ua/：例字如「帶」[tai⁵¹]：
[tua³¹]；「蔡」[tsʰai⁵¹]：[tsʰua³¹]。

(5)閩南語讀/eʔ/：例字如「白」[pai³⁵]：
[peʔ³³]；「麥」[mai⁵¹]：[beʔ³³]。

(6)閩南語讀/aʔ/：例字如「拍」[pʰai⁵⁵]：
[pʰaʔ³²]；「百」[pai²¹³]：[paʔ³²]。

2. 國語讀/ei/：
(1)閩南語讀/ue/：例字如「杯」
[pei⁵⁵]：[pue⁵⁵]；「配」[pʰei⁵¹]：
[pʰue³¹]；「倍」[pei⁵¹]：[pue³³]。

(2)閩南語讀/i/：例字如「碑」[pei⁵⁵]：
[pi⁵⁵]；「悲」[pei⁵⁵]：[pi⁵⁵]；「備」
[pei⁵¹]：[pi³³]；「卑」[pei⁵⁵]：[pi⁵⁵]。

(3)閩南語讀/ai/：例字如「眉」
[mei³⁵]：[bai²⁴]；「楣」[mei³⁵]：
[bai²⁴]。

(4)閩南語讀/ui/：例字如「雷」[lei³⁵]：
[lui²⁴]；「類」[lei⁵¹]：[lui³³]；
「費」[fei⁵¹]：[hui³¹]；「肥」
[fei³⁵]：[pui²⁴]。

(5)閩南語讀/ak/：例字如「北」
[pai²¹³]：[pak³²]。

(6)閩南語讀/at/：例字如「賊」
[tsei³⁵]：[tsʰat³³]。

3. 國語讀/au/：
(1)閩南語讀/au/：例字如「包」
[pau⁵⁵]：[pau⁵⁵]；「草」[tsʰau²¹³]：
[tsʰau⁵³]；「掃」[sau²¹³]：[sau³¹]。

(2)閩南語讀/iau/：例字如「朝」
[tʂau³⁵]：[tiau²⁴]；「超」[tʂʰau⁵⁵]：
[tsiau⁵⁵]；「少」[ʂau²¹³]：[sai³¹]；
「紹」[ʂau⁵¹]：[siau³³]。

(3)閩南語讀/ɔ̃/：例字如「冒」
[mau⁵¹]：[mɔ̃³³]；「傲」[au⁵¹]：
[ŋãũ³³]；「好」[hau⁵¹]：[hɔ̃³¹]。

(4)閩南語讀/o/：例字如「刀」[tau⁵⁵]：
[to⁵⁵]；「高」[kau⁵⁵]：[ko⁵⁵]；
「寶」[pau²¹³]：[po⁵³]。

4. 國語讀/ou/：
(1)閩南語讀/au/：例字如「頭」
[tʰou³⁵]：[tʰau²⁴]；「厚」[xou⁵¹]：
[kau³³]；「狗」[kou²¹³]：[kau⁵³]。

(2)閩南語讀/iu/：例字如「手」
[ʂou²¹³]：[tsʰiu⁵³]；「收」[ʂou⁵⁵]：
[siu⁵⁵]；「抽」[tʂʰou⁵⁵]：[tʰiu⁵⁵]；
「州」[tʂou⁵⁵]：[tsiu⁵⁵]。

(3)閩南語讀/ɔ/：例字如「謀」[mou³⁵]：
[bɔ²⁴]；「某」[mou²¹³]：[bɔ⁵³]。

(4)閩南語讀/ik/：例字如「熟」
[ʂou³⁵]：[sik³³]。

臺灣閩南語羅馬字拼音方案（九）

底下列出本單元提及的國語、閩南語語音對應組合，以及各自相應的注音、臺灣閩南語羅馬字拼音系統的書寫符號，方便讀者學習與對照：

> $V+E_1$結構，國語注音符號設計為一個符號。

國語	注音符號	閩南語	臺灣閩南語羅馬字拼音方案
[ai]	ㄞ	[ai]	ai
		[ui]	ui
		[e]	e
		[ua]	ua
		[eʔ]	eh
		[aʔ]	ah
[ei]	ㄟ	[ue]	ue
		[i]	i
		[ai]	ai
		[ui]	ui
		[ak]	ak
		[at]	at
[au]	ㄠ	[au]	au
		[iau]	iau
		[ɔ̃]	oonn
		[o]	o
[ou]	ㄡ	[au]	au
		[iu]	iu
		[ɔ]	oo
		[ik]	ik

8-13 韻母的對應六

（四）韻母結構：V+E₂

這個結構由主要元音（V）和輔音性韻尾（E₂）組成。國語的輔音性韻尾只有-n、-ŋ兩個，都是鼻音性韻尾。

國語V+E₂結構的韻母共有10個。依據輔音韻尾來分類，分別是/an/、/ən/、/in/、/un/、/yn/；/aŋ/、/əŋ/、/iŋ/；/uŋ/、/yŋ/。國語、閩南語的對應關係如下：

1. 國語讀/an/：

(1)閩南語讀/am/：例字如「貪」[tʰan⁵⁵]：[tʰam⁵⁵]；「參」[tsʰan⁵⁵]：[tsʰam⁵⁵]；「站」[tʂan⁵¹]：[tsam³³]。

(2)閩南語讀/iam/：例字如「染」[zan²¹³]：[dziam⁵³]。

(3)閩南語讀/an/：例字如「慢」[man⁵¹]：[ban³³]；「扮」[pan⁵¹]：[pan³³]；「產」[tʂʰan²¹³]：[san⁵³]；「餐」[tsʰan⁵⁵]：[tsʰan⁵⁵]。

(4)閩南語讀/ien/：例字如「戰」[tʂan⁵¹]：[tsien³¹]；「善」[ʂan⁵¹]：[sien³³]；「然」[zan³⁵]：[dzien²⁴]。

(5)閩南語讀/uan/：例字如「凡」[fan³⁵]：[huan²⁴]；「犯」[fan⁵¹]：[huan³³]；「繁」[fan³⁵]：[huan²⁴]。

(6)閩南語讀/ã/：例字如「三」[san⁵⁵]：[sã⁵⁵]；「敢」[kan²¹³]：[kã⁵³]；「籃」[lan³⁵]：[nã²⁴]；「擔」[tan⁵⁵]：[tã⁵⁵]。

(7)閩南語讀/uã/：例字如「山」[ʂan⁵⁵]：[suã⁵⁵]；「散」[san⁵¹]：[suã³¹]；「傘」[san²¹³]：[suã³¹]；「單」[tan⁵⁵]：[tuã⁵⁵]。

(8)閩南語讀/ŋ̍/：例字如「飯」[fan⁵¹]：[pŋ̍⁵⁵]。

2. 國語讀/ən/：

(1)閩南語讀/im/：例字如「深」[ʂən⁵⁵]：[tsʰim⁵⁵]；「沉」[tʂʰən³⁵]：[tim²⁴]；「審」[ʂən²¹³]：[sim⁵³]；「忍」[zən²¹³]：[dzim⁵¹]。

(2)閩南語讀/in/：例字如「珍」[tʂən⁵⁵]：[tin⁵⁵]；「神」[ʂən³⁵]：[sin²⁴]；「人」[zən³⁵]：[dzin²⁴]；「鎮」[tʂən⁵¹]：[tin³³]。

(3)閩南語讀/an/：例字如「陳」[tʂʰən³⁵]：[tan²⁴]；「趁」[tʂʰən⁵¹]：[tʰan³¹]。

(4)閩南語讀/un/：例字如「本」[pən²¹³]：[pun⁵³]；「分」[fən⁵⁵]：[hun⁵⁵]；「粉」[fən²¹³]：[hun⁵³]。

(5)閩南語讀/ŋ̍/：例字如「門」[mən³⁵]：[mŋ̍²⁴]。

3. 國語讀/in/：

(1)閩南語讀/im/：例字如「金」[tɕin⁵⁵]：[kim⁵⁵]；「琴」[tɕʰin³⁵]：[kim²⁴]；「音」[in⁵⁵]：[im⁵⁵]；「心」[ɕin⁵⁵]：[sim⁵⁵]。

圖解閩南語概論

臺灣閩南語羅馬字拼音方案（十）

　　底下列出本單元提及的國語、閩南語語音對應組合，以及各自相應的注音、臺灣閩南語羅馬字拼音系統的書寫符號，方便讀者學習與對照：

國語	注音符號	閩南語	臺灣閩南語羅馬字拼音方案
[an]	ㄢ	[am]	am
		[iam]	iam
		[an]	an
		[ien]	ian
		[uan]	uan
		[ã]	ann
		[uã]	uann
		[ŋ̩]	ng
[ən]	ㄣ	[im]	im
		[in]	in
		[an]	an
		[un]	un
		[ŋ̩]	ng

> 閩南語的韻母/ien/，因過去一直描寫為/ian/，所以閩南語羅馬字的書寫制訂，仍然沿襲了這個辦法，書寫體為ian。這個作法與韻母/iet/制訂為iat相似。

> 成音節鼻音韻母的書寫方式省略成音節符號，寫法和一般的舌根鼻音韻尾相同。

知識補充站

閩南語的成音節鼻音

　　成音節鼻音是漢語方言中常見的一種韻母結構，但國語系統沒有這種韻母。多數的閩南語都有雙唇[-m̩]和舌根[-ŋ̩]兩個部位的成音節鼻音韻母，不過，在福建西部的閩南語中，例如漳平溪南話，除了[-m̩]和[-ŋ̩]以外，還另外有舌尖部位的成音節鼻音韻母[-n̩]。溪南話成音節鼻音韻母雙唇、舌尖、舌根皆備，是相當有趣的一種閩南次方言。

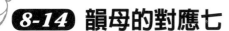

8-14 韻母的對應七

(2)閩南語讀／in／：例字如「巾」[tɕin⁵⁵]：[kin⁵⁵]；「斤」[tɕin⁵⁵]：[kin⁵⁵]；「近」[tɕin⁵¹]：[kin³³]。

4. 國語讀／un／：

(1)閩南語讀／un／：例字如「春」[tsʰun⁵⁵]：[tsʰun⁵⁵]；「順」[ʂun⁵¹]：[sun³³]；「文」[un³⁵]：[bun²⁴]；「筍」[sun²¹³]：[sun⁵³]。

(2)閩南語讀／ŋ̍／：例字如「問」[un⁵¹]：[mŋ̍³³]。

5. 國語讀／yn／：

(1)閩南語讀／un／：例字如「軍」[tɕyn⁵⁵]：[kun⁵⁵]；「雲」[yn³⁵]：[hun⁵⁵]；「運」[yn⁵¹]：[un³³]；「裙」[tɕʰyn³⁵]：[kun²⁴]。

(2)閩南語讀／in／：例字如「均」[tɕyn⁵⁵]：[kin⁵⁵]；「鈞」[tɕyn⁵⁵]：[kin⁵⁵]。

6. 國語讀／aŋ/：

(1)閩南語讀／aŋ／：例字如「幫」[paŋ⁵⁵]：[paŋ⁵⁵]；「行」[haŋ³⁵]：[haŋ²⁴]；「港」[kaŋ²¹³]：[kaŋ⁵³]；「放」[paŋ⁵¹]：[paŋ³¹]。

(2)閩南語讀／oŋ／：例字如「榜」[paŋ²¹³]：[poŋ⁵³]；「康」[kʰaŋ⁵⁵]：[kʰoŋ⁵⁵]；「堂」[tʰaŋ³⁵]：[toŋ²⁴]；「黨」[taŋ²¹³]：[toŋ⁵³]。

(3)閩南語讀／iũ／：例字如「張」[tʂaŋ⁵⁵]：[tiũ⁵⁵]；「丈」[tʂaŋ⁵¹]：

[tiũ³³]；「唱」[tʂʰaŋ⁵¹]：[tsʰiũ³¹]；「掌」[tʂaŋ²¹³]：[tsiũ⁵³]。

(4)閩南語讀／ŋ̍／：例字如「長」[tʂʰaŋ³⁵]：[tŋ̍²⁴]；「腸」[tʂʰaŋ³⁵]：[tŋ̍²⁴]。

7. 國語讀／əŋ／：

(1)閩南語讀／iŋ／：例字如「朋」[pʰəŋ³⁵]：[piŋ³⁵]；「冷」[ləŋ²¹³]：[liŋ⁵³]；「生」[ʂəŋ⁵⁵]：[siŋ⁵⁵]；「症」[tʂəŋ⁵¹]：[tsiŋ³¹]。

(2)閩南語讀／oŋ／：例字如「風」[fəŋ⁵⁵]：[hoŋ⁵⁵]；「豐」[fəŋ⁵⁵]：[hoŋ²⁴]；「奉」[fəŋ⁵¹]：[hoŋ³³]。

(3)閩南語讀／aŋ／：例字如「夢」[məŋ⁵¹]：[baŋ³³]；「蜂」[fəŋ⁵⁵]：[pʰaŋ⁵⁵]。

(4)閩南語讀/iã/：例字如「聲」[ʂəŋ⁵⁵]：[siã⁵⁵]；「正」[tʂəŋ⁵¹]：[tsiã³¹]；「城」[tʂʰəŋ³⁵]：[siã²⁴]。

(5)閩南語讀/ẽ/：例字如「生」[ʂəŋ⁵⁵]：[sẽ⁵⁵]。

8. 國語讀/iŋ/：

(1)閩南語讀／iŋ／：例字如「冰」[piŋ⁵⁵]：[piŋ⁵⁵]；「幸」[ɕiŋ⁵¹]：[hiŋ³³]；「丁」[tiŋ⁵⁵]：[tiŋ⁵⁵]。

(2)閩南語讀/iã/：例字如「京」[tɕiŋ⁵⁵]：[kiã⁵⁵]；「迎」[iŋ³⁵]：[ŋiã²⁴]；「名」[miŋ³⁵]：[miã²⁴]；「餅」[piŋ²¹³]：[piã⁵³]。

臺灣閩南語羅馬字拼音方案（十一）

底下列出本單元提及的國語、閩南語語音對應組合，以及各自相應的注音、臺灣閩南語羅馬字拼音系統的書寫符號，方便讀者學習與對照：

國語注音符號針對V＋E_2結構的韻母有兩種設計辦法：如果主要元音是-a或-ə，也就是非高元音時，設計為一個符號；如果主要元音是高元音，也就是-i、-u、-y時，設計為兩個符號相拼。

國語	注音符號	閩南語	臺灣閩南語羅馬字拼音方案
[in]	ㄧ ㄣ	[im] [in]	im in
[un]	ㄨ ㄣ	[un] [ŋ̍]	un ng
[yn]	ㄩ ㄣ	[un] [in]	un in
[aŋ]	ㄤ	[aŋ] [oŋ] [iũ] [ŋ̍]	ang ong iunn ng
[əŋ]	ㄥ	[iŋ] [oŋ] [aŋ] [iã] [ẽ]	ing ong ang iann enn
[iŋ]	ㄧ ㄥ	[iŋ] [iã] [ẽ]	ing iann enn

8-15 韻母的對應八

(3)閩南語讀/ẽ/：例字如「平」[pʰiŋ³⁵]：[pẽ²⁴]；「病」[piŋ⁵¹]：[pẽ³³]；「姓」[ɕiŋ⁵¹]：[sẽ³³]。

9. 國語讀/uŋ/：

(1)閩南語讀/oŋ/：例字如「總」[tsuŋ²¹³]：[tsoŋ⁵³]；「統」[tʰuŋ²¹³]：[tʰoŋ⁵³]；「公」[kuŋ⁵⁵]：[koŋ⁵⁵]；「功」[kuŋ⁵⁵]：[koŋ⁵⁵]。

(2)閩南語讀/aŋ/：例字如「蟲」[tʂʰuŋ³⁵]：[tʰaŋ³⁵]；「冬」[tuŋ⁵⁵]：[taŋ⁵⁵]；「送」[suŋ⁵¹]：[saŋ³¹]；「桶」[tʰuŋ²¹³]：[tʰaŋ⁵³]。

(3)閩南語讀/ioŋ/：例字如「龍」[luŋ³⁵]：[lioŋ²⁴]；「恭」[kuŋ⁵⁵]：[kioŋ⁵⁵]；「宮」[kuŋ⁵⁵]：[kioŋ⁵⁵]；「中」[tʂuŋ⁵⁵]：[tioŋ⁵⁵]。

10. 國語讀/yŋ/：

(1)閩南語讀/ioŋ/：例字如「用」[yŋ⁵¹]：[ioŋ³³]；「勇」[yŋ²¹³]：[ioŋ⁵³]；「雄」[ɕyŋ³⁵]：[hioŋ²⁴]。

(2)閩南語讀/iŋ/：例字如「永」[yŋ²¹³]：[iŋ⁵³]；「泳」[yŋ²¹³]：[iŋ⁵³]；「用」[yŋ⁵¹]：[iŋ³³]。

(3)閩南語讀/iã/：例字如「兄」[ɕyŋ⁵⁵]：[hiã⁵⁵]。

（五）韻母結構：M+V+E₁

這個結構由介音（M）、主要元音（V）、元音性韻尾（E₁）依序組成。國語的M+V+E₁結構中的介音有-i-、-u-

兩種，元音性韻尾也有-i、-u兩種。-y介音並不出現在這種結構之中，這是此結構與M+V結構的相異處。

國語這一種結構的韻母共有/uai/、/uei/、/iau/、/iou/四個。國語、閩南語的對應關係如下：

1. 國語讀/uai/：

閩南語讀/uai/：例字如「乖」[kuai⁵⁵]：[kuai⁵⁵]；「怪」[kuai⁵¹]：[kuai³¹]；「快」[kʰuai⁵¹]：[kʰuai³¹]。

2. 國語讀/uei/：

(1)閩南語讀/ue/：例字如「罪」[tsuei⁵¹]：[tsue³³]；「回」[huei³⁵]：[hue²⁴]；「歲」[ɕuei⁵¹]：[hue³¹]；「退」[tʰuei⁵¹]：[tʰue³¹]。

(2)閩南語讀/ui/：例字如「衛」[uei⁵¹]：[ui³³]；「胃」[uei⁵¹]：[ui³³]；「貴」[kuei⁵¹]：[kui³¹]；「鬼」[kuei²¹³]：[kui⁵³]。

(3)閩南語讀/i/：例字如「味」[uei⁵¹]：[bi³³]；「未」[uei⁵¹]：[bi³³]。

3. 國語讀/iau/：

(1)閩南語讀/iau/：例字如「嬌」[tɕiau⁵⁵]：[kiau⁵⁵]；「療」[liau³⁵]：[liau²⁴]；「表」[piau²¹³]：[piau⁵³]；「妖」[iau⁵⁵]：[iau⁵⁵]。

(2)閩南語讀/au/：例字如「校」[ɕiau⁵¹]：[hau³³]；「孝」[ɕiau⁵¹]：[hau³¹]；「交」[tɕiau⁵⁵]：[kau⁵⁵]。

臺灣閩南語羅馬字拼音方案（十二）

　　底下列出本單元提及的國語、閩南語語音對應組合，以及各自相應的注音、臺灣閩南語羅馬字拼音系統的書寫符號，方便讀者學習與對照：

國語	注音符號	閩南語	臺灣閩南語羅馬字拼音方案
[uŋ]	ㄨ ㄥ	[oŋ] [aŋ] [ioŋ]	ong ang iong
[yŋ]	ㄩ ㄥ	[ioŋ] [iŋ] [iã]	iong ing iann
[uai]	ㄨ ㄞ	[uai]	uai
[uei]	ㄨ ㄟ	[ue] [ui] [i]	ue ui i
[iau]	一 ㄠ	[iau] [au] [io] [ak]	iau au io ak

● 知識補充站

臺灣國語的[oŋ]

　　臺灣地區的國語，常常把國語的[uŋ]讀成[oŋ]，有時也會把國語的[əŋ]讀成[oŋ]。標準的國語音系中是沒有[oŋ]韻母的，臺灣地區的語音來自閩南語的影響，[oŋ]的音值與[uŋ]、[əŋ]相近，所以不少閩南人就直接以閩南語的[oŋ]替代國語的標準讀音。

8-16 韻母的對應九

(3)閩南語讀/io/：例字如「票」[pʰiau⁵¹]：[pʰio³¹]；「廟」[miau⁵¹]：[bio³³]；「笑」[çiau⁵¹]：[tsʰio³¹]；「蕉」[tçiau⁵⁵]：[tsio⁵⁵]。

(4)閩南語讀/ak/：例字如「角」[tçiau²¹³]：[kak³²]。

4. 國語讀/iou/：

(1)閩南語讀/iu/：例字如「酒」[tçiou²¹³]：[tsiu⁵³]；「油」[iou³⁵]：[iu²⁴]；「求」[tçʰiou³⁵]：[kiu²⁴]；「郵」[iou³⁵]：[iu²⁴]。

(2)閩南語讀/au/：例字如「九」[tçiou²¹³]：[kau⁵³]；「流」[liou³⁵]：[lau²⁴]；「劉」[liou³⁵]：[lau²⁴]；「留」[liou³⁵]：[lau²⁴]。

(3)閩南語讀/u/：例字如「牛」[niou³⁵]：[gu²⁴]；「舊」[tçiou⁵¹]：[ku³³]；「舅」[tçiou⁵¹]：[ku³³]；「久」[tçiou²¹³]：[ku⁵³]。

(4)閩南語讀/ak/：例字如「六」[liou⁵¹]：[lak³³]。

（六）韻母結構：M+V+E₂

這個結構由介音（M）、主要元音（V）、輔音性韻尾（E₂）依序組成。國語M+V+E₂結構中的介音有-i-、-u-、-y-三種，輔音韻尾則有-n-、-ŋ兩個。

國語這一種結構的韻母共有5個，分別是：/ien/、/uan/、/yen/、/iaŋ/、/uaŋ/。國語、閩南語的對應關係如下：

1. 國語讀/ien/：

(1)閩南語讀/iam/：例字如「減」[tçien²¹³]：[kiam⁵³]；「鹽」[ien³⁵]：[iam²⁴]；「店」[tien⁵¹]：[tiam³¹]；「欠」[tçʰien⁵¹]：[kʰiam³¹]。

(2)閩南語讀/an/：例字如「眼」[ien²¹³]：[gan⁵³]；「限」[çien⁵¹]：[han³³]；「間」[tçien⁵⁵]：[kan⁵⁵]。

(3)閩南語讀/ien/：例字如「變」[pien⁵¹]：[pien³¹]；「仙」[çien⁵⁵]：[sien⁵⁵]；「電」[tien⁵¹]：[tien³³]；「練」[lien⁵¹]：[lien³³]。

(4)閩南語讀/iŋ/：例字如「千」[tçʰien⁵⁵]：[tsʰiŋ⁵⁵]；「前」[tsʰien³⁵]：[tsiŋ²⁴]；「先」[çien⁵⁵]：[siŋ⁵⁵]；「肩」[tçien⁵⁵]：[kiŋ⁵⁵]。

(5)閩南語讀/in/：例字如「面」[mien⁵¹]：[bin³³]。

(6)閩南語讀/ĩ/：例字如「甜」[tʰien³⁵]：[tĩ⁵⁵]；「年」[nien³⁵]：[nĩ²⁴]；「天」[tʰien⁵⁵]：[tʰĩ⁵⁵]；「錢」[tçʰien³⁵]：[tsĩ²⁴]。

(7)閩南語讀/iã/：例字如「件」[tçien⁵¹]：[kiã³³]；「囝兒子，閩南語的慣用法」[tçien²¹³]：[kiã⁵³]。

2. 國語讀/uan/：

(1)閩南語讀/uan/：例字如「慣」[kuan⁵¹]：[kuan³¹]；「蒜」[suan⁵¹]：[suan³¹]；「團」[tʰuan³⁵]：[tʰuan²⁴]。

臺灣閩南語羅馬字拼音方案（十三）

　　底下列出本單元提及的國語、閩南語語音對應組合，以及各自相應的注音、臺灣閩南語羅馬字拼音系統的書寫符號，方便讀者學習與對照：

國語	注音符號	閩南語	臺灣閩南語羅馬字拼音方案
[iou]	ㄧ ㄡ	[iu]	iu
		[au]	au
		[u]	u
		[ak]	ak
[ien]	ㄧ ㄢ	[iam]	iam
		[an]	an
		[ien]	ian
		[iŋ]	ing
		[in]	in
		[ĩ]	inn
		[iã]	iann

　　現今臺灣地區，國語注音符號「ㄧㄢ」的發音為[ien]，不過大陸或某些通行華語的地區，亦有讀[ian]的口音存在。

知識補充站

閩南語的特徵詞「囝」

　　有些詞彙僅在某個方言中使用，這些詞彙就是該方言的「特徵詞」，因此我們可以利用「特徵詞」來區分漢語方言。「囝」是閩南語的一個特徵詞，各大漢語方言中，只有閩方言用「囝」來指稱兒子。因此是否用「囝」來指稱兒子，就是一條確立閩方言界線的要件。

　　閩人以「囝」稱子，由來已久。唐代史料中，有詳細的記錄，如《青箱雜記》曰：「唐取閩子為宦官，顧況有〈哀囝詩〉，又有〈囝別郎罷〉、〈郎罷別囝〉詩以寓諷。」可見在唐朝時代，以「囝」來指稱兒子的說法，已經成為閩方言的文化象徵。

8-17 韻母的對應十

(2)閩南語讀 / ŋ̍ / ：例字如「酸」[suan⁵⁵]：[sŋ̍⁵⁵]；「算」[suan⁵¹]：[sŋ̍³¹]；「鑽」[tsuan⁵⁵]：[tsŋ̍³¹]；「轉」[tʂuan²¹³]：[tŋ̍⁵³]。

(3)閩南語讀 / u n / ：例字如「船」[tsʰuan³⁵]：[tsun²⁴]。

(4)閩南語讀 / u ã / ：例字如「官」[kuan⁵⁵]：[kuã⁵⁵]；「棺」[kuan⁵⁵]：[kuã⁵⁵]；「換」[xuan¹⁵]：[uã³³]；「碗」[uan²¹³]：[uã⁵³]。

3. 國語讀/yen/：
(1)閩南語讀 / u a n / ：例字如「全」[tɕyen³⁵]：[tsuan²⁴]；「選」[ɕyen²¹³]：[suan⁵³]；「宣」[ɕyen⁵⁵]：[suan⁵⁵]；「員」[yen³⁵]：[uan²⁴]。

(2)閩南語讀 / i e n / ：例字如「緣」[yen³⁵]：[ien²⁴]。

(3)閩南語讀 / ŋ̍ / ：例字如「勸」[tɕʰyen⁵¹]：[kʰŋ̍³¹]；「遠」[yen²¹³]：[hŋ̍³³]；「園」[yen³⁵]：[hŋ̍²⁴]；「卷」[tɕyen⁵¹]：[kŋ̍³¹]。

(4)閩南語讀/ĩ/：例字如「院」[yen⁵¹]：[ĩ³³]；「圓」[yen³⁵]：[ĩ²⁴]。

(5)閩南語讀 / u n / ：例字如「拳」[tɕʰyen³⁵]：[kun²⁴]。

4. 國語讀/iaŋ/：
(1)閩南語讀 / a ŋ / ：例字如「江」[tɕiaŋ⁵⁵]：[kaŋ⁵⁵]；「巷」[ɕiaŋ⁵¹]：

[haŋ³³]；「降」[tɕiaŋ⁵¹]：[kaŋ³¹]；「項」[ɕiaŋ⁵¹]：[haŋ³³]。

(2)閩南語讀 / i o ŋ / ：例字如「香」[ɕiaŋ⁵⁵]：[hioŋ⁵⁵]；「響」[ɕiaŋ²¹³]：[hioŋ⁵³]；「將」[tɕiaŋ⁵⁵]：[tsioŋ⁵⁵]。

(3)閩南語讀/iũ/：例字如「想」[ɕiaŋ²¹³]：[siũ³³]；「搶」[tɕʰiaŋ²¹³]：[tsʰiũ⁵³]；「箱」[ɕiaŋ⁵⁵]：[siũ⁵⁵]；「羊」[iaŋ³⁵]：[iũ²⁴]。

5. 國語讀/uaŋ/：
(1)閩南語讀 / o ŋ / ：例字如「裝」[tʂuaŋ⁵⁵]：[tsoŋ⁵⁵]；「皇」[xuaŋ³⁵]：[hoŋ²⁴]；「亡」[uaŋ³⁵]：[boŋ²⁴]；「旺」[uaŋ⁵¹]：[oŋ³³]。

(2)閩南語讀/ŋ̍/：例字如「光」[kuaŋ⁵⁵]：[kŋ̍⁵⁵]；「廣」[kuaŋ²¹³]：[kŋ̍⁵³]；「床」[tʂʰuaŋ³⁵]：[tsʰŋ̍²⁴]；「黃」[xuaŋ³⁵]：[ŋ̍24]。

（七）特殊結構

國語中有一個韻母的結構較難認定，這個韻母注音符號設計為「ㄦ」。過去，這個韻母的音值描寫為[ɚ]，如果這樣描寫，這個韻母屬於「單元音韻母」（Ｖ）。近年來，有些學者把這個韻母描寫為[ər]，如此一來，這個韻母就屬於「主要元音＋輔音韻尾」（V+E₂）的結構。

本書暫時採取第二種音值描寫方式。這個韻母閩南語讀/i/：例字如「兒」[ər³⁵]：[dzi²⁴]；「二」[ər⁵¹]：[dzi³³]。

臺灣閩南語羅馬字拼音方案（十四）

　　底下列出本單元提及的國語、閩南語語音對應組合，以及各自相應的注音、臺灣閩南語羅馬字拼音系統的書寫符號，方便讀者學習與對照：

國語	注音符號	閩南語	臺灣閩南語羅馬字拼音方案
[uan]	ㄨ ㄢ	[uan] [ŋ] [un] [uã]	uan ng un uann
[yen]	ㄩ ㄢ	[uan] [ien] [ŋ] [ĩ] [un]	uan ian ng inn un
[iaŋ]	ㄧ ㄤ	[aŋ] [ioŋ] [iũ]	ang iong iunn
[uaŋ]	ㄨ ㄤ	[oŋ] [ŋ]	ong ng
[ər]	ㄦ	[i]	i

　　現今臺灣地區，國語注音符號「ㄩㄢ」的讀音為[yen]，不過大陸地區普遍有讀[yan]的現象存在。

知識補充站

國語「ㄦ」的描寫

　　國語的「ㄦ」，過去描寫為單元音[ɚ]，但-ɚ元音只出現在這個韻母中，且無法跟音系中的介音或韻尾搭配，若把此韻母描寫為[ɚ]，就顯得語音系統不夠對稱，且違反經濟原則。

　　第二種描寫方法是[ər]，[ə]元音在國語音系中能搭配輔音韻尾-n、-ŋ，因此把「ㄦ」的主要元音描寫為-ə，比第一種方式更符合經濟原則。但是，這種描寫法就需要成立第三種輔音韻尾-r，不過這個韻尾也只出現在這個韻母上，性質與-n、-ŋ又稍有不同。目前關於「ㄦ」的音值描寫，仍然有些爭議。

8-18 聲調的對應一

底下列出國語和閩南語的聲調對應關係。為了方便閱讀與比較，下文依照國語的聲調調類排序，依序分析國語、閩南語的聲調對應情況。

每組對應關係都會舉出實際的例字，各個例字先列國語的讀音，再列出閩南語的讀音。

（一）陰平調

國語陰平調的調值是[55]，一般稱呼為「第一聲」。這個調對應到閩南語有兩種情況：第一是對應閩南語陰平調[55]，第二是對應閩南語陰入調[32]。

國語陰平調和閩南語的聲調對應，主要以第一種對應為主。國語、閩南語的對應例字如下：

1. 閩南語讀陰平調[55]

例字如：「基」[tɕi⁵⁵]：[ki⁵⁵]；「專」[tʂuan⁵⁵]：[tsuan⁵⁵]；「天」[tʰien⁵⁵]：[tʰĩ⁵⁵]；「花」[xua⁵⁵]：[hue⁵⁵]；「歌」[kɤ⁵⁵]：[kua⁵⁵]；「家」[tɕia⁵⁵]：[ke⁵⁵]；「遮」[tʂɤ⁵⁵]：[tsia⁵⁵]；「車」[tʂʰɤ⁵⁵]：[tsʰia⁵⁵]；「姑」[ku⁵⁵]：[kɔ⁵⁵]；「租」[tsu⁵⁵]：[tsɔ⁵⁵]。

2. 閩南語讀陰入調[32]

例字如：「八」[pa⁵⁵]：[pat³²]；「切」[tɕʰie⁵⁵]：[tsʰiet³²]；「約」[ye⁵⁵]：[iok³²]；「出」[tʂʰu⁵⁵]：[tsʰut³²]；「七」[tɕʰi⁵⁵]：[tsʰit³²]；「一」[i⁵⁵]：[it³²]；「屋」[u⁵⁵]：[ok³²]；「績」[tɕi⁵⁵]：[tsik³²]；「黑」[xei⁵⁵]：[hik³²]；「桌」[tʂuo⁵⁵]：[toʔ³²]。

（二）陽平調

國語陽平調的調值是[35]，一般稱呼為「第二聲」。這個調對應到閩南語有三種情況：第一是對應閩南語陽平調[24]，第二是對應閩南語陽入調[33]。第三是對應閩南語陰入調[32]。

國語陽平調和閩南語的聲調對應，主要以第一種對應為主。國語、閩南語的對應例字如下：

1. 閩南語讀陽平調[24]

例字如：「圖」[tʰu³⁵]：[tɔ²⁴]；「紅」[xuŋ³⁵]：[aŋ²⁴]；「爬」[pʰa³⁵]：[pe²⁴]；「茶」[tʂʰa³⁵]：[te²⁴]；「牛」[niou³⁵]：[gu²⁴]；「魚」[y³⁵]：[hi²⁴]；「鹽」[ien²⁴]：[iam²⁴]；「糖」[tʰaŋ³⁵]：[tʰŋ²⁴]；「鹹」[ɕien³⁵]：[kiam²⁴]；「錢」[tɕʰien³⁵]：[tsĩ²⁴]。

2. 閩南語讀陽入調[33]

例字如：「舌」[ʂɤ³⁵]：[tsiʔ³³]；「白」[pai³⁵]：[peʔ³³]；「食」[ʂʅ³⁵]：[sit³³]；「席」[ɕi³⁵]：[sit³³]；「習」[ɕi³⁵]：[sip³³]；「石」[ʂʅ³⁵]：[tsioʔ³³]；「蓆」[ɕi³⁵]：[tsʰioʔ³³]；「十」[ʂʅ³⁵]：[tsap³³]；「活」[xuo³⁵]：[uaʔ³³]；「滑」[xua³⁵]：[kut³³]。

3. 閩南語讀陰入調[32]

例字如：「結」[tɕie³⁵]：[kat³²]；「節」[tɕie³⁵]：[tsiet³²]；「答」[ta³⁵]：[tap³²]；「惜」[ɕi³⁵]：[sioʔ³²]；「執」[tʂʅ³⁵]：[tsip³²]；「急」[tɕi³⁵]：[kip³²]；「決」[tɕye³⁵]：[kuat³²]；「質」[tʂʅ³⁵]：[tsit³²]；「博」[po³⁵]：[pʰok³²]；「伯」[po³⁵]：[peʔ³²]。

臺灣閩南語羅馬字拼音方案（十五）

　　底下列出本單元提及的國語、閩南語聲調對應組合，以及各自相應的注音、臺灣閩南語羅馬字拼音系統的書寫符號，方便讀者學習與對照。由於聲調符號依附在韻母之上，標示在主要元音上方，以下舉例，以音節[a]、[aʔ]為例，來標示相應的聲調符號：

國語調類	音值	注音符號	閩南語調類	音值	臺灣閩南語羅馬字拼音方案
陰平調[55]（第一聲）	[a55]	ㄚ	1.陰平調[55]	[a55]	a
			2.陰入調[32]	[aʔ32]	ah
陽平調[35]（第二聲）	[a35]	ㄚˊ	1.陽平調[24]	[a24]	â
			2.陽入調[33]	[aʔ33]	a̍h
			3.陰入調[32]	[aʔ32]	ah

知識補充站

聲調符號的設計

　　不論是國語的注音符號，或閩南語的羅馬字拼音符號，聲調符號的設計都參考了該調的「調型」（contour）。依據趙元任提出的五度制標示法，可以將聲調調值轉換為聲調的調型圖，國語、閩南語的陽平調都屬於中升調，參考聲調的調型圖後，國語陽平調的符號設計為「ˊ」，閩南語陽平調的符號則設計為「＾」。

8-19 聲調的對應二

（三）上聲調

國語上聲調的調值是[213]，一般稱呼爲「第三聲」。這個調對應到閩南語有三種情況：第一是對應閩南語陰上調[53]，第二是對應閩南語陽去調[33]，第三是對應閩南語陰入調[32]。

國語上聲調和閩南語的聲調對應，主要以第一種對應爲主。國語、閩南語的對應例字如下：

1. 閩南語讀陰上調[53]

例字如：「補」[pu²¹³]：[pɔ⁵³]；「柳」[liou²¹³]：[liu⁵³]；「點」[tien²¹³]：[tiam⁵³]；「頂」[tiŋ²¹³]：[tiŋ⁵³]；「鼎閩南語炒菜鍋的泛稱爲鼎」[tiŋ²¹³]：[tiã⁵³]；「我」[uo²¹³]：[gua⁵³]；「火」[xuo²¹³]：[hue⁵³]；「馬」[ma²¹³]：[be⁵³]。

2. 閩南語讀陽去調[33]

例字如：「五」[u²¹³]：[gɔ³³]；「雨」[y²¹³]：[hɔ³³]；「瓦」[ua²¹³]：[hia³³]；「蟻」[i²¹³]：[hia³³]；「老」[lau²¹³]：[lau³³]；「有」[iou²¹³]：[u³³]；「卵」[luan²¹³]：[nŋ³³]；「遠」[yen²¹³]：[hŋ³³]。

3. 閩南語讀陰入調[32]

例字如：「骨」[ku²¹³]：[kut³²]；「筆」[pi²¹³]：[pit³²]；「穀」[ku²¹³]：[kok³²]；「甲」[tɕia²¹³]：[kaʔ³²]；「北」[pei²¹³]：[pak³²]；「角」[tɕiau²¹³]：[kak³²]；「法」[fa²¹³]：[huat³²]；「索」[suo²¹³]：[soʔ³²]。

（四）去聲調

國語去聲調的調值是[51]，一般稱呼爲「第四聲」。這個調對應到閩南語有四種情況：第一是對應閩南語陰去調[31]，第二是對應閩南語陽去調[33]，第三是對應閩南語陰入調[32]，第四是對應閩南語陽入調[33]。

國語去聲調和閩南語的聲調對應，主要以第一種、第二種對應爲主。國語、閩南語的對應例字如下：

1. 閩南語讀陰去調[31]

例字如：「破」[pʰo⁵¹]：[pʰua³¹]；「過」[kuo⁵¹]：[kue³¹]；「課」[kʰɤ⁵¹]：[kʰo³¹]；「貨」[xuo⁵¹]：[hue³¹]；「布」[pu⁵¹]：[pɔ³¹]；「褲」[kʰu⁵¹]：[kʰɔ³¹]；「去」[tɕʰy⁵¹]：[kʰiʔ³¹]；「句」[tɕy⁵¹]：[ku³¹]。

2. 閩南語讀陽去調[33]

例字如：「大」[ta⁵¹]：[tua³³]；「謝」[ɕie⁵¹]：[sia³³]；「步」[pu⁵¹]：[pɔ³³]；「路」[lu⁵¹]：[lɔ³³]；「助」[tʂu⁵¹]：[tsɔ³³]；「樹」[ʂu⁵¹]：[tsʰiu³³]；「袋」[tai⁵¹]：[te³³]；「賣」[mai⁵¹]：[be³³]。

3. 閩南語讀陰入調[32]

例字如：「祝」[tʂu⁵¹]：[tsiok³²]；「色」[sɤ⁵¹]：[sik³²]；「速」[su⁵¹]：[sok³²]；「壁」[pi⁵¹]：[piaʔ³²]；「適」[ʂʅ⁵¹]：[sik³²]；「客」[kʰɤ⁵¹]：[kʰeʔ³²]；「冊」[tsʰɤ⁵¹]：[tsʰeʔ³²]。

4. 閩南語讀陽入調[33]

例字如：「錄」[lu⁵¹]：[lok³³]；「目」[mu⁵¹]：[bak³³]；「六」[liou⁵¹]：[lak³³]；「育」[y⁵¹]：[iok³³]；「億」[i⁵¹]：[ik³³]；「劇」[tɕy⁵¹]：[kiok³³]；「力」[li⁵¹]：[lat³³]。

臺灣閩南語羅馬字拼音方案（十六）

　　底下列出本單元提及的國語、閩南語聲調對應組合，以及各自相應的注音、臺灣閩南語羅馬字拼音系統的書寫符號，方便讀者學習與對照。由於聲調符號依附在韻母之上，標示在主要元音上方，以下舉例，以音節[a]、[aʔ]為例，來標示相應的聲調符號：

國語調類	音值	注音符號	閩南語調類	音值	臺灣閩南語羅馬字拼音方案
上聲調[213]（第三聲）	[a213]	ㄚˇ	1.陰上調[53]	[a53]	á
			2.陽去調[33]	[a33]	ā
			3.陰入調[32]	[aʔ32]	ah
去聲調[51]（第四聲）	[a51]	ㄚˋ	1.陰去調[31]	[a31]	à
			2.陽去調[33]	[aʔ33]	ā
			3.陰入調[32]	[aʔ32]	ah
			4.陽入調[33]	[aʔ33]	a̍h

知識補充站

官話方言「入派三聲」的痕跡

　　透過國語和閩南語的聲調對比，我們可以發現，國語的第一聲至第四聲，都可以對應到閩南語的入聲調字。由於閩南語的入聲字存古性高，因此透過國語和閩南語的聲調對應，我們可以發現中古後期（元明時期），國語入聲調派入平聲、上聲、去聲等舒聲調的變化痕跡。

第9章

閩南語的腔調

9-1 閩南語的腔調種類

（一）腔調產生的原因

閩南方言是在閩南泉州、漳州和廈門地區形成的。閩南方言在閩南本土形成之後，又隨著歷次的移民播遷，現在已分布於中國東南部的廣東、海南島、浙江、四川，和臺灣、東南亞各國的廣大領域。

各地移民的時間先後不同，移民人數眾寡不一，移民的出發地不同，目的地也相異，因而各地閩南話的使用人口和語言環境都不一致。離開閩南本土的閩南語，除了保持原鄉的特點外，也融入了遷徙地的語言特徵，發展出獨特的語言性徵。

即便是閩南原鄉，在閩南語成形後，又經歷了長期的演變，產生不少後起現象。這些現象是當時移民潮來不及帶走的「閩南本土」特點。

移民地的人文環境差異，以及閩南原鄉近兩三百年的後續演變，這兩大因素造就了各種不同的閩南「腔調」。

（二）腔調的種類

概略劃分，閩南腔調大致上可分爲：「廈漳泉方言片」、「潮汕方言片」、「瓊雷方言片」，以及「臺灣閩南方言區」、「南洋閩南方言區」幾大類型。以下，分別概述閩南各片的語言特點與人文特色。

1. 廈漳泉方言片

閩南語最早的代表點是泉州話。明清之後，位居南方的漳州地區才有明顯的發展，形成了與泉州話有別的漳州方言。近代，廈門崛起，泉、漳閩人聚居於廈門，因此混合出融合泉州話與漳州話的廈門腔。一般俗稱廈門話爲「漳泉濫」。

2. 潮汕方言片

潮汕平原與福建漳州接壤，因移民來源和地緣關係，潮汕話接近漳州閩南語。經歷漫長發展後，潮汕閩南出現不少自身特點，尤其是「詞彙」系統，潮汕方言有許多未見於他處閩南的潮汕特徵詞。

3. 雷瓊方言片

雷州方言位於廣東西側的雷州半島上，地理位置遠離閩南本土。雷瓊地區非漢民族眾多，且隨著粵語、客家語移入本地，造就了雷瓊地區漢語和非漢語，以及不同漢語方言間的複雜語言接觸。這種人文環境使雷瓊閩南話與本土閩南的差異顯著，彼此很難通話。

4. 臺灣閩南方言區

臺灣的閩南話有泉腔、漳腔和潮州腔三大類，以泉腔、漳腔爲多。由於臺灣地區不同閩南腔調交錯分布，混雜頻繁，目前已經形成通行全島的「臺灣普通腔」。這種腔調的特點和廈門話很接近，可見泉、漳音系自然混合後會有一定的發展模式。

5. 南洋閩南方言區

外語借詞是南洋閩南話的一大特色，這是因爲閩南語進入南洋後，受到了當地本土語言的左右，例如馬來語、印尼語、英語等，因而融入許多外語借詞。

各種閩南腔調的主要特性

「腔調」代表著不同的口音。口音的形成,與散播地的語言環境息息相關。人文條件迥異的廣大領域,造就了具有內部獨特性的不同腔調。

腔調類型	地點	特徵
廈漳泉方言片	泉州	位於閩南本土北部,是最早高度發展的閩南都市。泉州話是第一個代表「閩南語」的方言。
	漳州	位於閩南本土南部,境內多山,畬族聚居。明代高度發展後,漳州話成為有別於泉州話的新閩南腔調。
	廈門	18、19世紀後,泉漳閩人大量移居廈門,泉、漳方言在廈門深度接觸。泉漳方言本身是閩南體系下的不同腔調,不同口音的對應關係被快速確認,並也展開語音變體的競賽。
潮汕方言片	汕頭	「汕頭」指廣東潮汕平原的東北部。汕頭與福建漳州相接,移民、經濟互動頻繁,比起泉州話,汕頭方言更接近漳州話。近年受到廣東粵語區影響日益密切,有粵語化的傾向。
	汕尾	「汕尾」指潮汕平原的西南部,汕尾通行閩南語的地區主要是海豐縣及陸豐市。相較於汕頭地區,汕尾保留了更多早期潮汕話的特徵。汕尾亦有客語區,但閩南語是該地的強勢語言。
雷瓊方言片	雷州	雷州閩語與潮汕方言頗有淵源,語言架構與潮汕話接近,但因受到雷州本地的多語系環境影響,雷州話借入不少非漢語詞彙。雷州話另一個語言特點是音系中沒有鼻化韻母和喉塞韻尾。
	海南島	受到黎語的深度影響,聲母體系變動相當大,例如「四」讀[ti^{35}],「大」讀[ʔdua^{24}]。海南閩語跟本土閩南完全無法通話。
臺灣閩南方言區	普通腔	臺灣普通腔具「漳泉濫」特點。臺灣泉漳移民交錯分布,泉漳語音變體的競賽也在臺灣展開,臺灣泉漳互競的結果,與廈門腔高度相似。
	地方腔	部分地區保留較多閩南原鄉的語音特徵。例如鹿港的老泉音,宜蘭的老漳音。
南洋閩南方言區	新加坡	因為新加坡的歷史背景,閩南語進入此地後,吸收了大量的馬來借詞和英語借詞。不過新加坡閩人移入的時間不長,仍然可與閩南原鄉通話。

9-2 泉州閩南話

泉州閩南語以福建省泉州市為核心，向四周擴展，形成泉州腔方言區。泉州市周邊地帶，語音與泉州市有細微差異。泉州閩南方言的研究代表作是林連通（1993）《泉州市方言志》。

以下簡述泉州話的語音系統和語音特色，依照「聲母」、「韻母」、「聲調」分別說明。

（一）聲母系統

p	p^h	b/m	
t	t^h	l/n	
ts	ts^h		s
k	k^h	g/ŋ	
0			h

泉州話有14個聲母，特點是沒有閩南傳統韻書「十五音」所謂的「入字頭」聲母，也就是沒有*dz-。閩南韻書的入字頭字，泉州話已經歸入「柳字頭」，寫成音變規則是：dz- → l-。

（二）韻母系統

1. a/aʔ	2. ia/iaʔ	3. ua/uaʔ
4. ai	5. uai	6. au
7. iau	8. am/ap	9. iam/iap
10. an/at	11. ian/iat	12. uan/uat
13. aŋ/ak	14. iaŋ/iak	15. ã/ãʔ
16. iã/iãʔ	17. uã	18. aĩ
19. uaĩ	20. aũ	21. iaũ
22. e/eʔ	23. ue/ueʔ	24. i/iʔ
25. iu	26. im/ip	27. in/it
28. iŋ/ik	29. ĩ/ĩʔ	30. ɤ/ɤʔ
31. ɤm	32. ɯ	33. ɔ
34. ɔ̃/ɔ̃ʔ	35. o/oʔ	36. io/ioʔ
37. oŋ/ok	38. ioŋ/iok	39. u/uʔ
40. ui/uiʔ	41. un/ut	42. iũ
43. uĩ	44. m̩	45. ŋ̩

泉州話有-ɤ及-ɯ元音，這兩個元音構成了其他閩南腔調沒有的韻母：-ɤ/-ɤʔ、-ɤm、-ɯ。例字如：「坐」[tsɤ⁴¹]、「螺」[lɤ²⁴]；「森」[sɤm³³]、「蔘」[sɤm³³]；「月」[gɤʔ²⁴]、「襪」[bɤʔ²⁴]；「豬」[tɯ³³]、「鼠」[tsʰɯ⁵⁵]。

泉州話還有一個特點是沒有-ẽ韻母，廈門、漳州讀-ẽ韻母的字，泉州都讀-ĩ。例如「更」[kĩ³³]、「井」[tsĩ⁵⁵]、「嬰」[ĩ³³]、「病」[pĩ⁴¹]。

（三）聲調系統

	平	上	去	入
陰	33	55	41	55
陽	24	22		24

泉州話的聲調有七個調，但調類內容跟其他地區稍有不同，泉州話有「陽上調」，但沒有「陽去調」。泉州話陰去調與陽去調歸併為一調，調值是[41]，一般直接稱為「去聲調」。

泉州話去聲調雖然不分陰陽，不過從連讀變調規則可見早期兩調分立，因為古清去字與古濁去字各自遵守一套連讀法則。

泉州話的連讀變調規則

　　泉州話的連讀規則，和其他閩南語相似，屬於自身交替式連讀變調。自身交替式連讀變調，以自身為演變條件，不論後字的聲調環境，一律都遵守同樣的變調規則。泉州話的變調規則如下：

	本調調值	變調調值	例字
陰平調	33	33	天星[tʰĩ³³﹥³³ tsʰĩ³³]
陽平調	24	22	紅花[aŋ²⁴﹥²² hue³³]
陰上調	55	24	好天[ho⁵⁵﹥²⁴ tʰĩ³³]
陽上調	22	22	厚衫[kau²²﹥²² sã̃³³]
去聲調	41	古清去字：55	菜心[tsʰai⁴¹﹥⁵⁵ sim³³]
		古濁去字：22	大豬[tua⁴¹﹥²² ti³³]
陰入調	55	24	北方[pak⁵⁵﹥²⁴ hoŋ³³]
陽入調	24	22	目珠[bak²⁴﹥²² tsiu³³]

> 泉州話去聲調的變調條件是古代的語音特性。如果是古代的清去字，變調規則是41＞55；如果是古代的濁去字，變調規則是41＞22。

知識補充站

變調即本調

　　有一種看法是，閩南語連讀變調的調值，是古代該聲調的本調調值。泉州話陰去調、陽去調已經合併為一個調類，但在連讀規則上卻還殘存了古代去聲分陰、陽兩調的遺跡，古清去字仍然遵守原先的變調規則，古濁去字也是如此。泉州話這個現象說明連讀變調的存古特性，可以作為「變調即本調」看法的一個思考切入點。

9-3 漳州閩南話

漳州閩南話以福建省漳州市為核心，向四周擴展，形成漳州腔方言區。漳州市周邊地帶，語音與漳州城區稍有差異。漳州閩南方言的研究代表作是馬重奇（1994）《漳州方言研究》。

以下簡述漳州話的語音系統和語音特色，依照「聲母」、「韻母」、「聲調」分別說明。

（一）聲母系統

p	pʰ	b/m		
t	tʰ	l/n		
ts	tsʰ		dz	s
k	kʰ	g/ŋ		
0				h

漳州話的聲母系統，保存了閩南傳統韻書的聲母格局，共有十五個聲母音位。「入字頭」聲母dz-獨為一類，沒有混入其他組字頭中。

（二）韻母系統

1. a/aʔ	2. ia/iaʔ	3. ua/uaʔ
4. ai	5. uai	6. au
7. iau	8. am/ap	9. iam/iap
10. an/at	11. ian/iat	12. uan/uat
13. aŋ/ak	14. iaŋ/iak	15. ã/ãʔ
16. iã/iãʔ	17. uã	18. aĩ
19. uaĩ	20. aũ	21. iaũ
22. ɛ/ɛʔ	23. ɛ̃/ɛ̃ʔ	24. e/eʔ
25. ue/ueʔ	26. uẽ	27. i/iʔ
28. iu	29. im/ip	30. in/it
31. iŋ/ik	32. ĩ/ĩʔ	33. ɔ
34. ɔ̃/ɔ̃ʔ	35. o/oʔ	36. io/ioʔ
37. iɔ̃	38. oŋ/ok	39. ioŋ/iok
40. om	41. u/uʔ	42. ui/uiʔ
43. un/ut	44. uĩ	45. m̩
46. ŋ̩		

漳州話的元音系統和泉州話不同。漳州話除了多數閩南話都有的-e元音外，另外還有較低的-ɛ元音。-ɛ元音構成-ɛ、-ɛʔ、-ɛ̃等韻母。例字如：「馬」[bɛ⁵³]、「茶」[tɛ¹³]；「客」[kʰɛʔ³²]、「伯」[pɛʔ³²]；「病」[pɛ̃²²]、「井」[tsɛ̃⁵³]。

漳州話由-ɛ元音構成的韻母，在臺灣、廈門地區，都已經消失，大多是變為-e元音。

漳州話的另一個特色是-iɔ̃韻母。例字如：「羊」[iɔ̃¹³]、「讓」[niɔ̃²²]、「薑」[kiɔ̃⁴⁴]。這個韻母在泉腔閩南話中對應讀-iũ。臺灣只有宜蘭地區保留了這個漳州原鄉特徵。

（三）聲調系統

	平	上	去	入
陰	44	53	21	32
陽	13	22		121

漳州話陽入調型是複雜的曲折調，先升後降，雖然調長短促，但曲折調型明顯。

漳州話沒有獨立的陽上調，古陽上字與陽去調合併為一個調類，一般稱這個調為「陽去調」。

變種的漳州話

　　漳州的發展速度緩慢，原因是需與福建的畬族爭地。畬族後來西退漳州內陸山區，直至龍巖一帶。目前龍巖也已轉變爲閩南語區域，但長久以來的閩畬接觸，使這個區域的閩南語成爲「變種」的漳州話。說「變種」，指的是龍巖閩南話有許多後起音變。其中有一組互相牽動的聲母音變很有意思：

1. 〈入〉字頭讀音的變化：$dz \rightarrow l / \_\_u$

　　　　　　　　　　　　　　$dz \rightarrow g / \_\_i$

　　龍巖閩南語〈入〉字頭聲母早期讀*dz-，後來這個聲母消失。如果*dz-之後出現-u，*dz-就會變成l-；如果*dz-之後出現-i，*dz-就變成g-。

語音環境	演變結果	例字
後頭接著元音-u	l- 讀同〈柳〉字頭	「潤」*dzun → lun 「熱」*dzua → lua
後頭接著元音-i	g- 讀同〈語〉字頭	「二」*dzi → gi 「柔」*dziu → giu

> 在臺灣漳腔方言區，如高雄、屏東、臺中地區，也可以看到這種音變。

2. 零聲母字與〈語〉字頭合併：u- > bu- > gu-

　　　　　　　　　　　　　　　i- > dzi- > gi-

　　本來讀零聲母的字，如果以高元音-u起首，龍巖閩南話會在聲母位置出現輔音b-，之後又變成g-；如果以高元音-i起首，聲母位置會出現輔音dz-，之後也變爲g-。這個變化發生的原因，是受到近代畬語高元音前增加摩擦成分，以及閩南話濁擦音不易維持兩個因素導致。

語音環境	演變結果	例字
高元音-u起首	g- 讀同〈語〉字頭	「灣」*uan →*buan → guan 「韻」*un →*bun → gun
高元音-i起首	g- 讀同〈語〉字頭	「油」*iu →*dziu → giu 「野」*ia →*dzia → gia

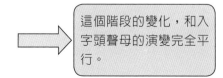

這個階段的變化，和入字頭聲母的演變完全平行。

9-4 廈門閩南話

廈門話是「漳泉濫」的方言，也就是漳州話、泉州話重度交融後產生的新閩南腔調。廈門因近百年來的經濟發展，吸引不少泉州、漳州人士前往。泉漳方言互相競爭後，勝出的變體組成了「亦漳亦泉」、又「不漳不泉」的廈門方言。

以下簡述廈門話的語音系統和語音特色，依照「聲母」、「韻母」、「聲調」分別說明。

（一）聲母系統

p	pʰ	b/m
t	tʰ	l/n
ts	tsʰ	s
k	kʰ	g/ŋ
0		h

廈門話的聲母系統和泉州話一樣，沒有閩南傳統韻書的「入字頭」聲母，也就是沒有漳州話的dz-聲母。廈門話總共只有14個聲母音位。

（二）韻母系統

1. a/aʔ	2. ia/iaʔ	3. ua/uaʔ
4. ai	5. uai	6. au
7. iau	8. am/ap	9. iam/iap
10. an/at	11. ien/iet	12. uan/uat
13. aŋ/ak	14. iaŋ/iak	15. ã/ãʔ
16. iã/iãʔ	17. uã	18. aĩ
19. uaĩ	20. aũ	21. iaũ
22. e/eʔ	23. ue/ueʔ	24. ẽ/ẽʔ
25. uẽ	26. i/iʔ	27. iu

28. im/ip	29. in/it	30.iŋ/ik
31. ĩ/ĩʔ	32. ɔ	33. ɔ̃/ɔ̃ʔ
34. o/oʔ	35. io/ioʔ	36. oŋ/ok
34. ioŋ/iok	38. u/uʔ	39. ui/uiʔ
40.un/ut	41. iũ	42. uĩ
43. m̩	44. ŋ̍	

廈門話的韻母體系和臺灣普通腔接近，會出現這樣的相似性，並不是臺灣有大量的廈門移民，或廈門出現大量的臺灣人口。造成兩地語言結構平行的原因，是泉漳方言接觸後引發的語音變化結果一致。泉漳對應的語音變體互相競爭時，勝利的變體總是相似的。

舉例來說，「坐」字泉州話說[tɤ⁴¹]，漳州話說[tse³³]，這兩個語音互相競爭時，獲勝的大多是漳州讀音。

不過，整體而言，廈門話比臺灣普通腔更接近泉系方言。雖然廈門話沒有泉州話的-ɯ、-ɤ元音，但許多組韻母的競爭結果，廈門話選擇泉系變體的頻率比臺灣普通腔更高。

（三）聲調系統

	平	上	去	入
陰	44	53	21	<u>32</u>
陽	24	33		<u>44</u>

廈門話的聲調格局和漳州話完全平行，只有個別調類的調值稍有出入。可以說廈門話的聲調系統「複製」了漳州音系。

廈門話的變體競爭

　　廈門方言是泉、漳競爭後形成的新閩南腔調，具體而言，參與競爭的語音變體組合如下：

編號	字類	泉州話	漳州話	廈門話	例字	勝出變體
1	入字頭	l-	dz-	l-	「日」[lit⁴⁴] 「熱」[liat⁴⁴]	泉
2	居居類	-ɯ	-i	-u	「豬」[tu⁴⁴] 「煮」[tsu⁵³]	偏泉
3	科伽類	-ɤ	-e	-e	「短」[te⁵³] 「退」[tʰe²¹]	漳
4	科檜類	-ɤ	-ue	-e	「過」[ke²¹] 「火」[he⁵³]	偏泉
5	雞稽類	-ue	-e	-ue	「雞」[kue⁴⁴] 「鞋」[ue²⁴]	泉
6	毛褌類	-ŋ̍	-uĩ	-ŋ̍	「轉」回來 [tŋ̍⁵³] 「光」[kŋ̍⁴⁴]	泉
7	恩巾類	-un	-in	-un	「斤」[kun⁴⁴] 「近」[kun³³]	泉
8	青更類	-ĩ	-ɛ̃	-ĩ	「星」[tsʰĩ⁴⁴] 「病」[pĩ³³]	泉
9	箱薑類	iũ	iõ	iũ	「羊」[iũ²⁴] 「想」[siũ³³]	泉

漳勝

　　上述九組語音變體的競爭，廈門話只有第三組〈科伽〉競爭選用漳州音變體，其餘大多選擇泉州變體。由此可見，比起漳州腔，廈門話其實是接近泉州系統的。

　　第二組〈居居類〉及第四組〈科檜類〉語音競爭比較特殊，廈門最後出現的讀音，並不是直接轉用漳州音或泉州音，而是發展出新的語音形式，但這兩個新形式都是屬於偏泉州音的。第二組語音競爭，廈門話最後讀-u韻母，-u是後高元音，和泉州的-ɯ同發音部位。第四組語音競爭，廈門話最後讀-e韻母，-e是單元音韻母，與泉州的-ɤ韻母較接近。

9-5 潮汕閩南話

潮汕閩南話位於廣東省東側的潮汕平原。根據李新魁（1994）《廣東的方言》的研究，潮汕閩南話可以再細分為「潮頭片」、「潮普片」、「汕尾片」三個小片，其中「汕頭片」最具代表性。

以下簡述汕頭話的語音系統和語音特色，依照「聲母」、「韻母」、「聲調」分別說明。

（一）聲母系統

p	pʰ	b	m
t	tʰ		n	l
ts	tsʰ	s		z
k	kʰ	g	ŋ
0		h	

汕頭話有18個聲母音位。汕頭聲母系統跟廈漳泉最大的差異就是濁塞音跟同部位鼻音「對立分布」，也就是b-跟m-、l-跟n-、g-跟ŋ-都是音位關係，彼此有辨義作用。

此外，漳州話「入字頭」dz-聲母，在汕頭讀濁擦音z-，與漳州話接近。

（二）韻母系統

1. a/aʔ	2. ia/iaʔ	3. ua/uaʔ
4. ai	5. uai/uaiʔ	6. au/auʔ
7. am/ap	8. iam/iap	9. uam/uap
10. aŋ/ak	11. iaŋ/iak	12. uaŋ/uak
13. ã	14. iã	15. uã
16. aĩ	17. uaĩ	18. aũ

19. e/eʔ	20. ue/ueʔ	21. ẽ
22. uẽ	23. eŋ/ek	24. i/iʔ
25. iu/iuʔ	26. im/ip	27. iŋ/ik
28. ĩ	29. ə/əʔ	30. əŋ/ək
31. o/oʔ	32. io/ioʔ	33. oi/oiʔ
34. ou	35. iou/iouʔ	36. oŋ/ok
37. ioŋ/iok	38. iõ	39. oĩ
40. oũ	41. ioũ	42. u/uʔ
43. ui	44. uŋ/uk	45. iũ
46. uĩ	47. m̩	48. ŋ̍/ŋ̍ʔ

汕頭話-o元音後面可以接元音性韻尾。例字如：「補」[pou⁴²]、「租」[tsou³³]、「姑」[kou³³]。除了-ou韻母外，汕頭還有-oi韻母。例字如：「鞋」[oi⁵⁵]、「買」[boi⁴²]、「賣」[boi¹¹]。

汕頭方言的另一個特徵是沒有舌尖鼻音韻尾-n/-t，潮汕地區的閩南話，輔音韻尾比福建閩南話少。

（三）聲調系統

	平	上	去	入
陰	33	42	213	22
陽	55	35	11	55

汕頭方言有八個調類，陽上、陽去分立，陰去、陽去也不同。汕頭話是閩南方言中相當具有聲調存古性的一支。汕頭話的聲調系統，說明了古閩南方言有八個聲調，七調結構是晚近聲調歸併後才出現的新型態。

潮汕方言的詞彙

　　潮汕方言的詞彙體系中，有一批相當數量的詞很有自身特色，且這些詞彙不出現在閩南本土的廈漳泉方言內。

潮汕話的漢字	讀音	語意
物個	mi$ʔ^{25}$ kai^{55}	什麼
走鬼	tsau^{24} kui^{53}	婢女
雅	ŋia^{53}	漂亮
野樣	ia^{24} iõ^{31}	醜
樽	tsuŋ^{33}	瓶子
伊農	i^{33} naŋ^{31}	他們
薺蔥	tsĩ^{31} tsʰaŋ^{33}	荸薺
做尼	tso^{55} ni^{55}	為什麼
奴囝	nou^{33} kiã^{53}	小孩
唔畏	m̩^{31} uĩ^{55}	不怕
風琴	huaŋ^{31} kʰim^{55}	風箏
睇	tʰoĩ^{53}	看
荔果	nai^{31} kuẽ^{53}	荔枝

> 潮汕話不用「看」這個字來表達動詞「看見」、「看到」之意，而是用「睇」。香港粵語也是用「睇」來指稱「看」的意思。

知識補充站

汕尾話

　　潮汕方言一般都以潮汕平原東北部的汕頭話、潮州話為代表方言。位於潮汕平原西南方的汕尾話另有特色。汕尾指海豐、陸豐一帶，海、陸豐方言比汕頭閩南話更接近福建話。不過，海豐城區周邊有一條有趣的音變現象：ĩ > ŋ，也就是把多數閩南語讀鼻化前高元音的韻母，讀成成音節鼻音韻母。例字如「天」[tʰŋ^{33}]、「錢」[tsŋ^{24}]、「燕」[ŋ^{213}]。這個變化使當地「天」讀同「湯」，相當有趣。

9-6 雷州閩南話

雷州方言位於廣東省西側的雷州半島上。雷州話跟廣東省東側的潮汕閩南區遠望，兩地之間穿插粵語和客語，因此雷州方言自成一區。雷州閩語的研究代表作是林倫倫（2006）《粵西閩語雷州話研究》。

以下簡述雷州話的語音系統和語音特色，依照「聲母」、「韻母」、「聲調」分別說明。

（一）聲母系統

p	pʰ	b	m
t	tʰ		n	l
ts	tsʰ	s	z
k	kʰ		ŋ
0	h		

雷州話共有17個聲母音位。雷州話跟潮汕方言一樣，濁塞音跟同部位鼻音對立分布。不過，雷州話沒有舌根濁塞音聲母g-，這種現象在其他的閩南區域很少見。

（二）韻母系統

1. a	2. ia	3. ua
4. ai	5. uai	6. au
7. iau	8. am/ap	9. iam/iap
10. aŋ/ak	11. iaŋ/iak	12. uaŋ/uak
13. e	14. ue	15. eu
16. ie	17. em/ep	18. eŋ/ek
19. ieŋ/iek	20. uek	21. i
22. iu	23. im/ip	24. iŋ/ik

25. o	26. io	27. oi
28. oŋ/ok	29. ioŋ/iok	30. u
31. ui	32. uŋ/uk	

雷州話的韻母數量相當少，因為雷州話沒有鼻化韻母，也沒有喉塞韻尾。沒有舌尖輔音韻尾-n/-t這個特點，則跟潮汕方言一致。

豐富的鼻化韻母是閩南音系的首要特點，雷州話卻沒有鼻化韻母，這起因於雷州半島複雜的語言環境。頻繁的語言接觸、語音變化，導致閩南語移入雷州後，持續地與其他種語言或方言交融，引發許多後續的演變。

主要元音-e在雷州方言中可以組成相當多的韻母。-e元音可以單獨出現，也可以搭配介音-i-、-u-，或元音性韻尾-u，甚至是輔音韻尾-m/-p、-ŋ/-k。這個特徵在其他種閩南話中，也屬罕見。

（三）聲調系統

	平	上	去	入
陰	213	52	21	<u>55</u>
陽	11	33	55	<u>22</u>

雷州話跟潮汕方言一樣，都是有八個調類的閩南話，顯示了早期閩南的聲調格局。

不過，雷州話各調的調值與潮汕方言有很大的出入，陰平調甚至是曲折調型，與其他閩南方言陰平調讀高平調或中平調的讀法差異鮮明。

雷州的石狗文化

雷州以石狗文化著稱，目前已被北京當局列為國家非物質文化遺產。

雷州石狗是在雷州社會歷史與地域自然條件下，多民族民俗融合的產物，帶有濃重的民間信仰色彩。

石狗文化以圖騰崇拜、雷神、雷祖信仰為文化底蘊，加上楚漢文化、道教文化、佛教文化、風水堪輿術等因素的影響，發展為具有「呈祥報喜」、「守護神靈」、「司儀寵物」等多樣而廣泛用途的文物象徵。

雷州半島是世界兩大著名雷區之一，也是「天下雷王」的故里，雷神崇拜成為雷州先民的民俗風尚。同時又由於古雷州是古越族俚、獠、傜、僮、苗、黎人聚居之地，百越部族都有各自的崇拜圖騰。隨著社會生活的不斷變遷，百越民族雜居相處，於是各部族對圖騰的崇拜，經歷了保留、演繹與融合的過程。古百越民族對雷神、犬圖騰的崇拜，成了雷州石狗文化的源流。

隨著社會歷史的發展和民俗文化的融合，雷州石狗也不斷增加新的內涵。南朝陳太建年間「九耳神狗」的傳說，將雷州刺史陳文玉的誕降與狗耳呈祥報喜緊密相連，這無疑為雷州石狗文化的廣泛性奠定了基礎。

9-7 海南閩南話

海南閩南話位於海南島，主要集中在北部及東、南、西南部沿海一帶。海南閩語受到黎語的深度影響，因此海南閩語的音系帶有許多黎語的特徵。海南話的代表點是海口方言，以陳鴻邁（1998）《海口方言辭典》爲研究代表作。

以下簡述海口方言的語音系統和語音特色，依照「聲母」、「韻母」、「聲調」分別說明。

（一）聲母系統

	ɓ	m	f	v
t	ɗ	n		l
ts			s	z
k		ŋ		x
0			h	

海口方言共有16個聲母音位。雖然聲母總數與其他閩南方言相近，但海口聲母系統的內涵與其他閩南話很不一樣。

海口方言有「內爆音」[ɓ]、[ɗ]，內爆音又被稱爲「吸入音」，因爲發這種音時，需要由口腔外部「吸入」氣流，並在口腔中形成阻塞，之後再和肺部帶出的氣流一同衝出口腔外部。這個音有的學者認爲是「緊喉濁音」[ʔb]、[ʔd]。

此外，海南閩語的擦音聲母非常豐富，除了一般閩南方言有的[s]、[z]、[h]外，海南方言還有[f]、[v]、[x]。另一個顯著特徵是，海南話沒有閩南常見的「送氣」音。這些特點都使海南閩語顯得相當獨特。

（二）韻母系統

1. a	2. ia	3. ua
4. ai	5. uai	6. au
7. iau	8. am/ap	9. iam/iap
10. aŋ/ak	11. iaŋ/iak	12. uaŋ/uak
13. ɛ	14. e	15. ue
16. eŋ/ek	17. i	18. iu
19. im/ip	20. in/it	21. ɔi
22. ɔu	23. ɔm/ɔp	24. ɔŋ/ɔk
25. iɔŋ/iɔk	26. o	27. io
28. oŋ/ok	29. u	30.ui
31. un/ut	32. m̩	33. ŋ̍

海口話沒有鼻化韻母，也沒有喉塞韻尾，這個特徵跟雷州閩語一致。不過，海南閩語有舌尖輔音韻尾-n/-t，與雷州、潮汕方言不同。

此外，海南音系中雖和本土閩南一樣有-ɔ、-o對立，但-ɔ、-o元音構成的韻母結構，海南話跟本土閩南不完全相同。除了一般閩南語都有的韻母外，海南方言還有-ɔŋ/-ɔk、-oŋ/-ok對立，這個區別未見於本土閩南。

（三）聲調系統

	平	上	去	入	長入
陰	24	213	35	<u>55</u>	55
陽	21	33		<u>33</u>	

海南方言聲調的主要特徵是有三個「入聲調」，除了一般的陰入、陽入外，還有一個長入調，調長同舒聲調。

圖解閩南語概論

海南話的內爆音

　　內爆音，又叫做「吸入音」（implosive），這種音發音時，聲帶緊閉，喉頭下降，氣壓降低，而後將空氣吸入口腔之內。內爆濁塞音發音時，由外吸入的空氣進入口腔後，成阻部位緊閉，口腔壓力增高，氣流影響聲帶使之顫動，之後氣流再衝出口腔外部。

1. 　　　　　　　　　[ɓ]　　　　　　　　　　　　　　　[b]

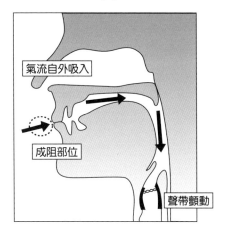 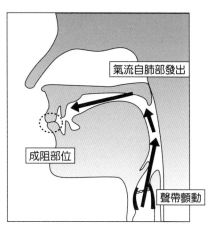

2. 　　　　　　　　　[ɗ]　　　　　　　　　　　　　　　[d]

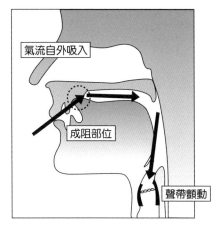 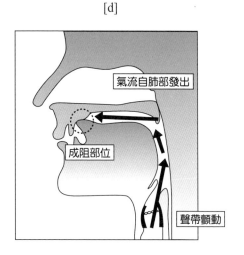

　　內爆音發音時，在口腔內越早形成口腔空穴，發音越容易。雙唇是由外而入的氣流所能碰到的第一個發音部位，因此也是世界上最常見的內爆音；相對的，成阻位於口腔後部的軟顎內爆音[ɠ]，就很少見。

9-8 新加坡閩南話

新加坡閩南話是泉、漳方言高度競爭融合後的結果。不過由於新加坡的閩南移民大部分是在19世紀下半至20世紀初才先後到達，因此目前新加坡閩南話仍具有高度變動性，語言變體的競爭持續進行中。

此外，因為新加坡的歷史背景，新加坡閩南話同時與英語、馬來語、粵語、客語等眾多語言接觸，造就了新加坡閩南話的包容特性。新加坡閩語的研究代表作是周長楫、周清海（2000）《新加坡閩南話概說》。

以下簡述新加坡閩南話的語音系統和語音特色，依照「聲母」、「韻母」、「聲調」分別說明。

（一）聲母系統

p	pʰ	b/m		
t	tʰ	l/n		
ts	tsʰ		dz	s
k	kʰ	g/ŋ		
0				h

新加坡閩南話共有十五個聲母音位。「入字頭」聲母讀dz-，沒有混入其他組字頭中。

（二）韻母系統

1. a/aʔ	2. ia/iaʔ	3. ua/uaʔ
4. ai	5. uai	6. au（ou）
7. iau	8. am/ap	9. iam/iap
10. an/at	11. ian/iat	12. uan/uat
13. aŋ/ak	14. iaŋ/iak	15. ã/ãʔ
16. iã/iãʔ	17. uã	18. aĩ
19. uaĩ	20. aũ（oũ）	21. iaũ/iaũ
22. e/eʔ	23. ue/ueʔ	24. i/iʔ
25. eŋ/ek	26. ẽ	27. uẽ/ueʔ
28. iu	29. im/ip	30. in/it
31.（iŋ/ik）	32. ĩ/ĩʔ	33. ə/əʔ
34. ən	35. ɯ	36. ɔ
37. ɔ̃/ɔ̃ʔ	38. o/oʔ	39. io/ioʔ
40. oŋ/ok	41. ioŋ/iok	42. u/uʔ
43. ui/uiʔ	44. un/ut	45.（uaŋ）
46. iũ	47. uĩ	48. m̩/m̩ʔ
49. ŋ̍/ŋ̍ʔ		

韻母系統的變動性較大，新加坡的閩南移民不同程度地保留來源地的閩南口音。上述的韻母表是大略統整後的結果。-ɯ、-ə韻母一般是泉籍人士會說，而-ẽ、-iɔ̃則是漳籍人士的口音。此外，來自漳州漳浦、詔安、東山等地的漳籍移民，會把-au、-aũ韻母字，讀成-ou、-oũ。

（三）聲調系統

	平	上	去		入
陰	44,33	42	21	31	32
陽	24	22			43,44

漳籍、廈門移民所說的閩南話，一般是有七個聲調，陽上歸入陽去。泉籍移民多數人去聲分陰陽，但也有部分移民去聲不分陰陽，和今日的泉州話一樣。

新加坡閩南話的外語借詞

新加坡本為馬來族居住地，又曾被英國殖民，因此閩南語到了此地後，借入許多馬來語、英語詞彙。其中又以馬來語最大宗。

閩南語漢字	讀音	意義	外語原形	借入語言
巴刹	pa^{22} sat^{32}	菜市場	pasar	馬來語
嗎干	ma^{21} kan^{42}	吃	makan	馬來語
吉寧仔	kiat^{44} leŋ^{21}ŋa^{42}	印度人	keling	馬來語
朱加	tsu^{22} ke^{44}	關稅	cukai	馬來語
三萬	sã^{22} ban^{22}	傳票	summons	馬來語
呂義	lu^{22} gi^{22}	吃虧	rugi	馬來語
馬打	ma^{44} ta^{24}	警察	matamata	馬來語
黎申	le^{21} sin^{44}	執照	license	英語
落合	lok^{21} kap^{32}	監獄	lock up	英語

這些看似暗號、密語的閩南漢字寫法，事實上只是外語借詞的「讀音轉寫」，每個字都取音不取義。

新加坡的菜市場

知識補充站

福建話

新加坡閩南話在南洋被稱為「福建話」（Hokkien）。福建話是東南亞華人對泉漳片閩南話的稱呼，由於新加坡泉漳籍的人口比例不均，因此新加坡福建話的口音以泉州音為重，且融入了少許的潮州話特色。知名新加坡電影《錢不夠用》、《小孩不笨》裡面使用的閩南語，就是道地的新加坡福建話。

9-9 臺灣普通腔

臺灣的閩南移民主要來自福建泉州與漳州地區。根據洪惟仁（2003）《泉漳競爭與臺灣普通腔的形成》，泉漳方言在臺灣經過300多年的接觸、融合後，浮現出一種全臺通行的「臺灣普通腔」，也就是一般泛稱的「臺灣話」。

臺灣普通腔無疑是方言接觸後的結果。臺灣普通腔的內容，有的選擇了漳腔讀音，有的選擇了泉腔讀音，總體而言，臺灣普通腔的語音系統明顯朝著漳州音系靠攏。

臺灣普通腔的浮現涉及三個語音演變，底下分別說明。

（一）入字頭的衰退

閩南傳統韻書中，聲母有十五個音位，其中「入字頭」非常不穩定，常常發生變化。

入字頭聲母，在臺灣地區有三派讀法。最保守的一派讀同漳州音，音值為[dz-]，有部分地區讀擦音[z-]。

另一類是泉系腔調，因泉系方言在兩百年前就已經出現dz＞l的變化，所以臺灣的泉系方言，入字頭大多也讀l-。

另外還有一類，入字頭字變為 l-或g-，依該字條件而定。聲母之後若接著-u-介音或元音，聲母會變為 l-，例如「潤」[lun³³]、「熱」[lua？³³]。聲母之後若接著-i-介音或元音，聲母則變成g-，例如「忍」[gim⁵³]、「二」[gi³³]。寫成語言學的規律是：dz＞l /_u，dz＞g /_i。

三派變體在臺灣競爭的結果，入字頭讀 l-，也就是泉腔方言的讀音，壓倒性獲勝。

（二）央元音的位移

泉州音系中讀-ɯ、-ɤ，或由這兩個元音擔任主要元音的韻母出現變化。臺灣的泉腔方言發音部位稍前，一般將這兩個元音描寫為-ɨ、-ə。

參與競爭的韻母主要是：-ɨ、-ə、-əe。例字如：〈居居類〉，「魚」[hɨ²⁴]、「豬」[tɨ⁵⁵]。〈科檜類〉，「火」[hə⁵³]、「飛」[pə⁵⁵]。〈雞稽類〉，「雞」[kəe²⁴]、「鞋」[əe⁵⁵]。

多年的接觸與競爭後，泉腔變體不敵漳腔讀音，臺灣普通腔一律選用漳腔讀法。競爭的結果是：〈居居類〉-ɨ改讀-i；〈科檜類〉-ə改讀-ue；〈雞稽類〉-əe改讀-ue。

競爭的結果，泉腔特有的央元音韻母消失，央高元音-ɨ的崩潰次序早於央中元音-ə。洪惟仁（2003）提出，泉腔方言央元音消失可歸結於央元音的「有標性」（mark）。有標元音發音困難，因此臺灣普通腔最後選擇了漳腔的「無標性」（unmark）讀音。

泉州央元音崩潰的特性，在廈門方言中也可發現，這個演變傾向符合語言普遍性。

（三）聲調的變化

聲調變體的差異較小，主要的變項有：「陽入本調」讀法、「陽平變調」讀法、「陰上變調」讀法。聲調系統競爭的結果，漳腔方言的讀法取得勝利。臺灣優勢音陽入本調讀[33]，陽平變調讀[33]，陰上變調讀[55]。這種讀音隨著人口年齡下降，穩定成長。

臺灣普通腔的變體競爭

　　臺灣普通腔是泉、漳方言競爭300年後發展出來的閩南腔調。具體而言，參與競爭的語音變體組合如下：

編號	字類	泉州話	漳州話	臺灣話	例字	勝出變體
1	入字頭	l-	dz-	l-	「日」[lit³³] 「熱」[lua?³³]	泉
2	居居類	-ɯ	-i	-i	「豬」[ti⁵⁵] 「煮」[tsi⁵³]	漳
3	科伽類	-ɤ	-e	-e	「短」[te⁵³] 「退」[tʰe³¹]	漳
4	科檜類	-ɤ	-ue	-ue	「過」[kue³¹] 「火」[hue⁵³]	漳
5	雞稽類	-ue	-e	-e	「雞」[ke⁵⁵] 「鞋」[e²⁴]	漳
6	毛襌類	-ŋ̇	-uĩ	-ŋ̇	「轉回來」[tŋ̇⁵³] 「光」[kŋ̇⁴⁴]	泉
7	恩巾類	-un	-in	-in	「斤」[kin⁵⁵] 「近」[kin³³]	漳
8	青更類	-ĩ	-ɛ̃	-ẽ	「星」[tsʰẽ⁵⁵] 「病」[pẽ³³]	偏漳
9	箱薑類	iũ	iõ	iũ	「羊」[iũ²⁴] 「想」[siũ³³]	泉

　　上述九組語音變體的競爭，臺灣普通腔只有第一組〈入〉字頭，和第六組〈毛襌〉類，和第九組〈箱薑〉類選用泉州變體，其餘都是漳州變體獲勝。第八組〈青更〉類的競爭，臺灣普通腔的形式是漳州音的投射，因為臺灣普通腔*ɛ＞e，所以〈青更〉類的韻母也平行音變：*ɛ̃＞ẽ。

　　廈門話是另一個融合泉、漳方言的語言。比較廈門話與臺灣普通腔，我們可發現第一組〈入字頭〉、第三組〈科伽〉類、第六組〈毛襌〉類、第九組〈箱薑〉類廈門、臺灣的演變結果相同，這說明泉漳變體的競爭朝著普遍性發展。

9-10 臺灣特色地方腔一

臺灣除了通行全臺的閩南優勢音外，還有幾個有特色的地方音。本處將介紹「臺南」、「宜蘭」、「臺北」、「鹿港」、「澎湖」等五處的語音。底下，我們會簡述該口音與臺灣普通腔的差異。

（一）臺南

臺南是臺灣最早開發的城市，臺南的歷史可以追溯到明朝永曆年間。臺南市區的中區、西區、東區、北區是主要的人口集中地，口音一致，這個口音被稱為「臺南腔」。

臺南腔的語音是泉漳混合腔，但有兩個特點可說：

1. 〈箱薑〉類字讀-iõ韻母：

這組字讀-iõ韻母，是漳州原鄉方言的特徵。例字如「箱」[siõ⁵⁵]、「薑」[kiõ⁵⁵]、「想」[siõ³³]、「讓」[niõ³³]、「羊」[iõ²⁴]。

〈箱薑〉類字臺灣普通腔讀-iũ韻母。臺南是全臺灣唯一〈箱薑〉類字讀-iõ的地區，不過，這個特徵目前正在衰退中。

2. o→ə

根據陳淑娟（2010）的研究，臺南地區-o元音已變為-ə元音，出現展唇化音變。例字如「桃」[tʰə²⁴]、「報」[pə³¹]、「考」[kʰə⁵³]。相應的-io韻母，也展唇化變為-iə。如「笑」[tsʰiə³¹]、「腰」[iə⁵⁵]、「橋」[kiə²⁴]。

這種口音的元音結構是對稱的六元音系統，原先同為圓唇音的-o：-ɔ對比，轉為展唇、圓唇對比-ə：-ɔ。圓展

對比讓聽話者更能聽辨這兩個元音。目前，o>ə的變化正向全臺灣擴散中。

（二）宜蘭

宜蘭腔以羅東口音為代表。宜蘭腔約莫有95%是漳腔成分，另外5%是受到臺北口音影響而帶入的泉系特點。宜蘭腔的特色如下：

1. 〈毛褌〉類字讀-uĩ韻母：

這組字讀-uĩ韻母，是典型的漳州方音特徵。例字如「園」[huĩ²⁴]、「卵」[蛋][nuĩ³³]、「酸」[suĩ⁵⁵]、「飯」[puĩ³³]、「黃」[uĩ²⁴]。

臺灣普通腔〈毛褌〉類字讀成音節鼻音-ŋ韻母。宜蘭是全臺灣唯一僅存〈毛褌〉類字讀-uĩ的地區。這個讀音隨著宜蘭、臺北交通的頻繁往來，逐漸消失。

2. 入字頭讀dz-

宜蘭口音dz-聲母的保存相對完整，變化較小。臺灣普通腔入字頭大多已經轉變為l-聲母了。

（三）臺北

老臺北口音偏泉腔系統。臺北近年來出現-o、-ɔ元音混同的發展，（陳淑娟2010）音值介於-o~-ɔ兩者之間。這個發展使本來閩南語有區別的兩組字混為一類，例如：「布」讀同「報」，「褲」讀同「課」。

這一種變化也使得元音系統趨向更平衡的結構。目前這種讀音正和臺南音競爭之中。

臺南腔、宜蘭腔、臺北腔

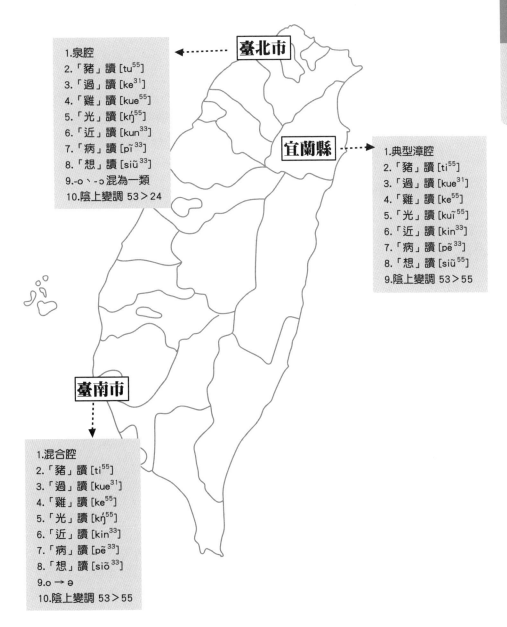

臺北市

1.泉腔
2.「豬」讀 [tu⁵⁵]
3.「過」讀 [ke³¹]
4.「雞」讀 [kue⁵⁵]
5.「光」讀 [kŋ́⁵⁵]
6.「近」讀 [kun³³]
7.「病」讀 [pĩ³³]
8.「想」讀 [siũ³³]
9.-o、-ɔ 混為一類
10.陰上變調 53＞24

宜蘭縣

1.典型漳腔
2.「豬」讀 [ti⁵⁵]
3.「過」讀 [kue³¹]
4.「雞」讀 [ke⁵⁵]
5.「光」讀 [kuĩ⁵⁵]
6.「近」讀 [kin³³]
7.「病」讀 [pẽ³³]
8.「想」讀 [siũ⁵⁵]
9.陰上變調 53＞55

臺南市

1.混合腔
2.「豬」讀 [ti⁵⁵]
3.「過」讀 [kue³¹]
4.「雞」讀 [ke⁵⁵]
5.「光」讀 [kŋ⁵⁵]
6.「近」讀 [kin³³]
7.「病」讀 [pẽ³³]
8.「想」讀 [siõ³³]
9.ɔ → ə
10.陰上變調 53＞55

9-11 臺灣特色地方腔二

（四）鹿港

鹿港是相當典型的泉系方言，帶有許多保守的泉州話特點。例如：

1. 〈居居〉類讀-ɨ韻母：

例字如「魚」[hɨ²⁴]、「煮」[tsɨ⁵⁵]、「豬」[tɨ³³]。臺灣普通腔〈居居〉類字讀-i韻母，選用漳腔變體。

2. 〈科檜〉類讀-ə韻母：

例字如「火」[hə⁵⁵]、「飛」[pə³³]、「過」[kə³¹]。〈科檜〉類字臺灣普通腔讀-ue韻母，選用漳腔變體。

3. 〈雞稽〉、〈杯稽〉類字讀-ue韻母：

臺灣中部的泉腔方言，〈雞稽〉、〈杯稽〉兩類字多混為一類，讀-ue韻母。這個變化與漳州音無關，是泉音內部的發展。例字如「雞」[kue³³]、「鞋」[ue²⁴]、「買」[bue⁵⁵]。

〈雞稽〉、〈杯稽〉類字，臺灣普通腔讀-e韻母，選用漳腔變體。

4. 〈青更〉類讀-ĩ韻母：

例字如「青」[tshĩ³³]、「更」[kĩ³³]、「井」[tsĩ⁵⁵]。臺灣普通腔〈青更〉類字讀-ẽ韻母，選用漳腔變體。

5. 聲調特點

鹿港方言的聲調結構完全和泉州話平行，分陰陽上，但不分陰陽去。鹿港的調值也很特別：陰平[33]、陽平[24]、陰上[55]、陽上[33]、去聲[31]、陰入[55]、陽入[35]。

這種聲調系統在臺灣地區很少見。臺灣有許多個泉腔方言點，但多數地區的聲調都是和臺灣普通腔一致的七調系統。

此外，鹿港的陰平調調值較低，讀[33]調，洪惟仁（1992）指出，這個特色給人鹿港口音「濁重」的印象。

（五）澎湖

澎湖的閩南話，可分為「馬公同安腔」和「湖西長泰腔」兩類。（洪2013）馬公方言是泉腔系統，湖西方言則是漳腔體系。

馬公方言是另一種類型的泉腔方言。馬公系統中沒有央元音-ɨ、-ə，〈居居〉類讀-u韻母，〈科檜〉類讀-e韻母。聲調結構也和泉州話不一樣，是不分陰陽上，但分陰陽去的七調系統。比較特殊的是，馬公方言入字頭讀dz-，並沒有變為l-，這個特點和多數的泉系方言不一樣。

湖西鄉的口音特點是把一般廈漳泉念-ɔ韻母的字，唸成-io韻母。舉例來說，童謠「天烏烏，要落雨」一語，湖西口音讀為[thĩ⁵⁵⁻³³ io⁵⁵⁻³³ io⁵⁵, beʔ³³⁻⁵⁵ lɔʔ⁵⁵⁻³³ hio³³]。漳州的長泰方言把這個韻母唸成-eu，湖西的口音和長泰類似。

另外一個特點是，湖西鄉有泉音系統的-ə元音，如「粿」[kə⁵¹]、「尾」[bə⁵¹]，這個元音很可能是受到鄰近泉系方言影響而融入系統中的。

鹿港腔、澎湖腔

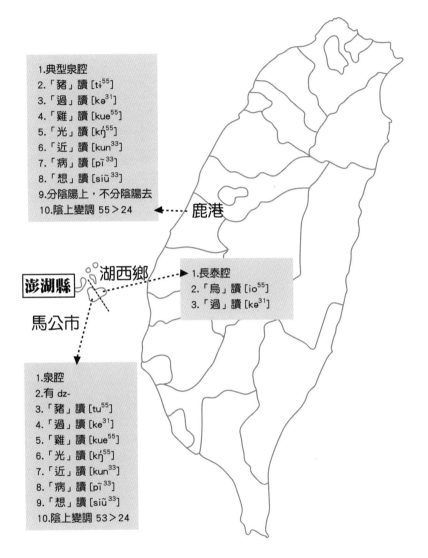

1.典型泉腔
2.「豬」讀 [tɨ⁵⁵]
3.「過」讀 [kə³¹]
4.「雞」讀 [kue⁵⁵]
5.「光」讀 [kŋ⁵⁵]
6.「近」讀 [kun³³]
7.「病」讀 [pĩ³³]
8.「想」讀 [siũ³³]
9.分陰陽上，不分陰陽去
10.陰上變調 55＞24

鹿港

湖西鄉

澎湖縣

馬公市

1.長泰腔
2.「烏」讀 [io⁵⁵]
3.「過」讀 [kə³¹]

1.泉腔
2.有 dz-
3.「豬」讀 [tu⁵⁵]
4.「過」讀 [ke³¹]
5.「雞」讀 [kue⁵⁵]
6.「光」讀 [kŋ⁵⁵]
7.「近」讀 [kun³³]
8.「病」讀 [pĩ³³]
9.「想」讀 [siũ³³]
10.陰上變調 53＞24

219

Memo

Memo

國家圖書館出版品預行編目資料

圖解閩南語概論／陳筱琪著. — 二版. — 臺
北市：五南圖書出版股份有限公司, 2022.07
　面；　公分

ISBN 978-626-317-889-2（平裝）

1.CST：閩南語

802.5232　　　　　　　　　111008030

1XDK

圖解閩南語概論

作　　　者 — 陳筱琪(247.6)

發 行 人 — 楊榮川

總 經 理 — 楊士清

總 編 輯 — 楊秀麗

副總編輯 — 黃文瓊

責任編輯 — 吳雨潔、黃美祺

封面設計 — 劉好音、王麗娟

美術設計 — 吳佳臻

出 版 者 — 五南圖書出版股份有限公司

地　　　址：106台北市大安區和平東路二段339號4樓

電　　　話：(02)2705-5066　　傳　　真：(02)2706-6100

網　　　址：https://www.wunan.com.tw

電子郵件：wunan@wunan.com.tw

劃撥帳號：01068953

戶　　　名：五南圖書出版股份有限公司

法律顧問　林勝安律師

出版日期　2016年 9 月初版一刷
　　　　　2022年 7 月二版一刷
　　　　　2023年 3 月二版二刷

定　　　價　新臺幣360元

經典永恆·名著常在

五十週年的獻禮 —— 經典名著文庫

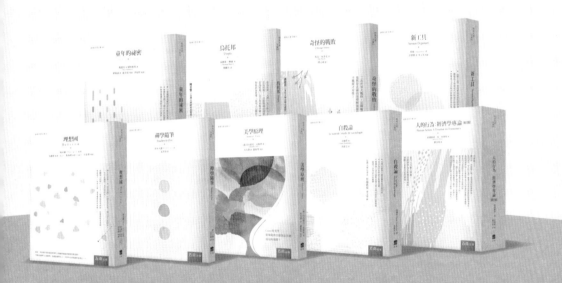

五南，五十年了，半個世紀，人生旅程的一大半，走過來了。

思索著，邁向百年的未來歷程，能為知識界、文化學術界作些什麼？

在速食文化的生態下，有什麼值得讓人雋永品味的？

歷代經典·當今名著，經過時間的洗禮，千錘百鍊，流傳至今，光芒耀人；

不僅使我們能領悟前人的智慧，同時也增深加廣我們思考的深度與視野。

我們決心投入巨資，有計畫的系統梳選，成立「經典名著文庫」，

希望收入古今中外思想性的、充滿睿智與獨見的經典、名著。

這是一項理想性的、永續性的巨大出版工程。

不在意讀者的眾寡，只考慮它的學術價值，力求完整展現先哲思想的軌跡；

為知識界開啟一片智慧之窗，營造一座百花綻放的世界文明公園，

任君遨遊、取菁吸蜜、嘉惠學子！